인문적 인간

인문적 인간
―시와 예술의 힘에 대하여

초판 1쇄 발행 • 2019년 7월 22일
초판 2쇄 발행 • 2023년 11월 13일

지은이 • 고영직
펴낸이 • 황규관

펴낸곳 • 삶창
출판등록 • 2010년 11월 30일 제2010-000168호
주소 • 04149 서울시 마포구 대흥로 84-6, 302호
전화 • 02-848-3097
팩스 • 02-848-3094

디자인 • 정하연
인쇄제책 • 프린탑

ⓒ고영직, 2019
ISBN 978-89-6655-113-2 03800

＊이 책에 실린 내용 일부나 전부를 다른 곳에 쓰려면 반드시
 저작권자와 삶창 모두에게서 동의를 받아야 합니다.

시와
예술의
힘에
대하여

인문적 인간

고영직
지음

삶창

{ 책머리에 }

사람의 줄무늬는
몸 안에 있다

히말라야 라다크 속담 가운데 "호랑이의 줄무늬는 몸 밖에 있고, 사람의 줄무늬는 몸 안에 있다"라는 말이 있다. 1991년 녹색평론사에서 처음 출간된 헬레나 노르베리 호지Helena Norberg-Hodge의 『오래된 미래』라는 책에 나오는 구절이다. 책을 처음 접한 1990년대에는 이 문장이 내 눈에 전혀 들어오지 않았다. 그런데 십 년도 훌쩍 넘어 2008년 무렵 이 책을 다시 읽을 기회가 있었다. 내 본성에도 맞지 않는 직장 생활을 하느라 몸과 마음이 천재지변 상태와 다를 바 없었던 2008년 늦가을 무렵이었을 것이다. "사람의 줄무늬는 몸 안에 있다"는 문장을 접하자마자 단박에 나는 여기 등장하는 '사람의 줄무늬'란 다른 말로 하면 '인문人文/人紋'이라는 생각을 했다. 같은 책을 다시 읽는 경우는 많지 않았는데, 십여 년 사이에 책 내용이 달라질 리는 만무한 일이, 책을 읽는 나 자신이 달라졌다는 생각을 하게 된 것 같다.

아마도 그 문장의 영향이었을까. 나는 직장에 사표를 던졌고, 더 이상 어딘가에 매여 누가 '시켜서' 하는 일을 하며 살고 싶지는 않았다. 그리고 내가 '내켜서' 하는 자동사의 삶을 살고자 갈망했고 그렇게 살고자 지난 십 년 동안 몸부림쳤다. 사람의 줄무늬는 타동사의 삶에서보다는 자동사의 삶을 얼마나 복원시켜 살아가는지에 달려 있다고 생각했기 때문이다. 이 문장은 지난 십 년 동안 움직일 수 없는 내 인생의 나침반이 되었음을 여기에 고백한다.

이 책 『인문적 인간』은 한 편의 글(「성장 신화의 붕괴, 절망의 꽃말들」)을 제외하고는 2009년 이후 쓴 글들 중에서 시와 예술의 힘에 관한 글들을 모은 산문집이다. 지난 십 년 동안 나는 '무엇인가를 하겠다'는 의지와 열정보다는 '무엇인가를 **함부로** 하지 않겠다'는 마음으로 살고자 했고, 기존의 타율적인 리듬과는 다른 자율적인 '리듬'을 형성하며 살고자 했던 것 같다. 혁명을 의미하는 영어 단어 'revolution'이 행성의 궤도를 뜻하는 'volution'에 're'를 붙인 단어라는 점을 한참 후에 알게 된 것은 내 생각과 행위에 대한 자기합리화의 명분을 제공하기에 충분했다. 좀 더 합리화하자면 '인문적 인간'이란 '나의 문화정책'을 세우고, 거기에 맞추어 내 인생을 '추구'하며 살아가는 것이라고 생각했다. 우리는 (문화) 정책이라고 하면 언제나 항상 '추진'하는 것이라고 생각하지만, 더 중요한 것은 '추구'하는 바가 무엇인지를 아는 것이라고 나 자신을 합리화했다.

지난 십 년의 시간을 회고할 때, 시와 예술의 힘이 없었더라면 나는 외로움과 산다는 일의 막막함에 지쳐 여러 번 쓰러졌을 것이다. 그때마다 나를 붙잡아준 것은 한 줄의 시와 예술 작품들이었다. 고정희의 시

「상한 영혼을 위하여」에 나오는 "외롭기로 작정하면 어딘들 못 가랴"라는 구절을 조용히 읊조리는가 하면, 천상병 시 「나의 가난은」 속 "가난은 내 직업이지만"이라는 구절을 위안 삼아 "비쳐오는 이 햇살에 떳떳"해지기로 마음을 다잡곤 했다.

그리고 문학을 제외한 타 장르에도 관심과 눈길을 돌리고, 그 분야 예술가들을 만나 이우異友의 우정을 나누었다. 기존에 살아온 방식과는 '조금' 다르게 살고자 했다고 해야 할까. 그런 과정에서 『논어』에 나오는 '근자열 원자래近者說 遠者來'라는 말을 새로 발견하게 되었다. 잘 알려진 것처럼, 이 말은 '가까이 있는 사람들과 기쁘게 지내면 멀리 있는 사람들이 찾아온다'라는 뜻이다. 팔을 뻗으면 닿을 수 있는 사람들과 '온기'를 함께 나누고, '인기척'을 서로 나누고자 했다. 제 궤도에서 이탈하지 않았더라면 쉽사리 만나지 못했을 사람들을 만났고, 제 궤도에서 이탈하지 않았더라면 절대 하지 않았을(못 했을) 고민들을 사람들과 공유하게 되었다. 자유롭지만 고독하게(이문재) 살고자 한 십 년이었다고 생각한다. 그리고 그런 사람들이 '각자'와 '각자'로 만나 서로 연대하고, 우리 사는 대한민국을 터무늬 있는 '비빌리힐스비빌뢰Hills'로 바꾸어야 한다는 나의 생각을 글로 표현했다. '나홀로 볼링'(퍼트넘)을 치는 사람들이 넘쳐나는 각자도생의 사회는 절대 좋은 사회가 아니기 때문이다.

1부 '시詩의 힘을 신뢰하자'는 천상병, 서경식, 조성웅, 베트남 시인 반레, 박상률 등의 작품에 대한 에세이라고 할 수 있다. 「천상병 시와 자발적 가난의 윤리학」은 의정부 문화살롱 '공'이라는 단체에서 초청받아 강연한 내용이다. 리 호이나키Lee Hoinacki의 『정의의 길로 비틀거리며 가다』를 감명 깊게 읽고 '육체, 장소, 시詩'라는 관점에서, 이른바 '기인

希人 신화'에서 건져내 천상병 시인의 시와 삶이 보여주는 자발적 가난이라는 윤리학을 금융 독재 혹은 금융자본주의 시대에 재조명할 필요가 있다는 주장을 담았다. 「'시의 힘'을 신뢰하자」는 재일조선인 지식인 서경식 선생의 『시의 힘』을 읽고 단상을 적은 것이다. 누군가가 말한 것처럼 "어떤 시들은 강철로 쓰여진다"는 점을 우리 삶과 운동에서 확인할 필요가 있다는 점을 강조하고자 했다. 「성장 신화의 붕괴, 절망의 꽃말들」은 국제통화기금IMF 이후 시로 쓴 가난의 풍경들을 통해 시대의 징후를 읽어내고자 한 글이고, 「현장의 시, 시의 현장」은 '노동시'라는 개념의 폐기 여부를 둘러싼 논쟁(고봉준, 황규관 등)을 의식하며 '시의 현장'은 어디에 있어야 하는가(또는 어디에 있는가)라는 문제의식을 조성웅의 시를 프리즘 삼아 읽어내고자 한 글이다. 이 주제는 문제의식을 갖고 계속 주시할 생각이다. 「시인은 국익을 말하지 않는다」는 베트남전쟁을 다룬 한국과 베트남 작가(시인 반레, 소설가 바오닌)의 작품을 비교하며 '연대의 의무'에 대해 생각하고자 한 글이고, 「아픈 십 대와 소통하는 문학의 힘」은 박상률 소설에 대한 해설이다. 청소년 '문학'의 중요성을 강조하고자 한 글이라고 이해해주시면 좋겠다. 「칠곡에는 '문학 할매'들이 산다」는 이 산문집에서 가장 애착이 가는 글이다. 경상북도 칠곡에 사는 할매들이 생애 처음 한글을 배우고 시를 쓰며 자기 삶을 가꾸어가는 모습은 시(예술)의 미적 효과뿐만 아니라 수행적 효과가 아닐까 생각한다. 아마도 시와 예술의 힘은 칠곡 할매들의 삶 속에 스며들고 녹아들었으리라.

 2부 '시대의 우울과 실천인문학'에 수록된 글들은 경희대 실천인문학센터(현재 실천교육센터) 운영위원으로 활동하면서 쓴 글들이 주를 이룬다.

실천인문학은 교도소 수용자, 노숙인, 자활노동자, 일반 시민들을 대상으로 문사철文史哲을 비롯해 다양한 인문교육을 하는 활동이다. 「시대의 우울과 예술」은 수년 전 서울 중구보건소가 주최한 포럼에 참여해 발표한 글이다. 갈수록 우울증 환자가 넘쳐나는 시대에 이 주제에 대한 깊이 있는 연구가 필요하다는 점을 실감하게 된다. 「미끄럼틀 사회와 평화인문학」은 인권연대와 법무부 교정본부가 주최한 세미나에서 발표한 글이고, 「실천인문학과 문학/글쓰기 교육」은 경희대 실천인문학 세미나에서 발표한 글이다. 「먹고사는 문제와 인문학」, 「너와 나의 안녕한 마음생태학을 위하여」에서 확인할 수 있듯이, 우리 사회에서 갈수록 '안녕'하지 못한 사람들이 넘쳐나고 있다는 점을 자주 실감하게 된다. 그런데 가짜 위로, 사이비 힐링이 아니라 어떻게 시와 예술의 필링feeling을 통해 자연생태학과 사회생태학뿐만 아니라 마음생태학을 회복할 수 있을지 고민이 된다. 분명한 것은 교도소 수용자가 시를 쓰고, '제도화된 빚'에 허덕이는 자활노동자가 인문을 생각하며, 다른 삶을 상상하고 다른 시간을 살아가고자 하는 데에서 작은 희망의 단서들을 자주 발견했다는 점을 여기에 밝힌다.

3부 '나우토피아를 위하여'는 '지금, 여기'에 세우는 '여기-천국Now-topia'에 대한 글들을 주로 모아놓았다. 먼저 나우토피아를 가로막는 '장애물'이라고 할 수 있는 블랙리스트·검열 문제(「우리는 미적 공화국의 시민들이다」)와 행정 시스템의 문제를 다룬 글들을 실었다. "태초에 행정이 있었다"고 철칙처럼 믿고 있는 공무원들의 관료주의 현상과 행정 권력 특유의 가독성可讀性 문제를 비판적으로 성찰하고자 했다. 「한국 생활 매뉴얼을 넘어, 기쁨의 정치학으로」는 이른바 다문화 사회를 향한 출판인들의 시선 전환을 촉구한 글이고, 「어린 미적 인간을 위하여」는 예술교육(혹은 예술캠핑)의 가능성을 모색하고자 한 글이다. 「문학장 바깥에서 이우異友를 만나다」는 문학장 바깥에서 최근 활발히 이루어지는 다양한 소모임들을 탐사하며 그 문화적 행갈이의 가능성을 짚고자 한 글이고, 「노년의 양식에 관하여」는 안티에이징$^{anti\text{-}aging}$이 아니라 향노向老 혹은 창의적 나이 듦이 요청되는 시절에 노년을 위한 양식의 세 차원(糧食/良識/樣式)을 생각하며 '멋' 담론의 부활을 꾀하고자 한 시론 성격의 글이다. 「꿈꾸는 책들의 나우토피아를 위하여」는 브라질 쿠리치바 지혜의 등대 도서관을 비롯해 북유럽의 도서관 정책을 더듬으며, 책/도서관/문화도시의 미래를 생각한 글이다. 이 밖에도 '시간'의 의미를 성찰한 글(「나를 위한 시간」)을 실었고, 서경식의 『언어의 감옥에서』 리뷰를 실었다. 맨 마지막에는 아직도 여전히 잊을 수 없는 상처와 트라우마를 주고 있는 4·16 세월호 참사에 관한 에세이를 실었다.

　우수마발의 글을 모은 이 책 『인문적 인간』을 내면서 감회가 없을 수 없다. 지나온 십 년의 시간을 돌아보는 시간이 되었음은 물론이다. 그동안 책 출간하는 것을 몹시 망설였는데, 앞으로는 좀 홀가분한 마음으로 세상을 향해 작은 '외침'을 해야겠다는 생각을 하게 된다. 문학에 대한 생각을 담은 평론집은 물론이고, 문화예술교육 관련 책들을 준비하고 있다는 말로 대신하고자 한다. 이 책을 내면서 가장 먼저 떠오르는 얼굴은 아내 은경과 아들 서현이다. 그동안 가장家長 노릇을 아주 못한 것은 아니지만, 매우 이기적인 선택을 한 내 결정은 식구들에게 이런저런 삶의 주름과 그늘을 안겨주었으리라 생각된다. 이 책의 출간이 3년째 마음의 병을 앓고 있는 아내의 얼굴에 조금이나마 웃음을 주는 일이 되기를 바랄 뿐이다.

  일일이 헤아릴 수 없을 정도로 고마운 얼굴도 어른거린다. 특히 경희대 우기동 교수를 비롯해 실천교육센터 김진해, 권순대, 고인환 교수에게 각별한 우정의 마음을 전하고 싶다. 동업자인 외우畏友들의 우정 어린 강권이 없었더라면 이 책 『인문적 인간』은 출간을 기약할 수 없었을 것이다. 문학평론가 이명원, 오창은 선생에게 고마운 마음 전하고, 신세를 지게 된 황규관 시인에게도 이 책이 민폐가 안 되었으면 하는 마음이다. 실천인문학 교육 현장에서, 혹은 이런저런 여러 자리에서 만나고 스쳐간 얼굴들 또한 생각난다. 부끄럽고 부족한 점이 많은 책이지만, 고정희 시인의 「상한 영혼을 위하여」의 맨 마지막 구절 "캄캄한 밤이라도 하늘 아래선 / 마주 잡을 손 하나 오고 있거니"처럼, 이 책이 '마주 잡을 손'을 만나기를 소망해본다.

2019년 7월

차례

책머리에   사람의 줄무늬는 몸 안에 있다   5

프롤로그   새로운 커뮤니티를 향하여!   14

1부 ___ '시詩의 힘'을 신뢰하자

천상병 시와 자발적 가난의 윤리학   19
'시詩의 힘'을 신뢰하자   45
성장 신화의 붕괴, 절망의 꽃말들   53
    —1990년대 시 텍스트에 나타난 가난
현장의 시, 시의 현장   71
시인은 국익을 말하지 않는다   87
아픈 십 대와 소통하는 문학의 힘   97
    —박상률 청소년소설집 『세상에 단 한 권뿐인 시집』
칠곡에는 '문학 할매'들이 산다   111

2부 ___ 시대의 우울과 실천인문학

너와 나의 안녕한 마음생태학을 위하여   133
시대의 우울과 예술   140
미끄럼틀 사회와 평화인문학   150
먹고사는 문제와 인문학   168
실천인문학과 문학/글쓰기 교육   186

3부 __ **나우토피아를 위하여**

우리는 미적 공화국의 시민들이다   205
빅 브라더 'e나라도움'   210
한국 생활 매뉴얼을 넘어, 기쁨의 정치학으로   214
어린 미적 인간을 위하여   222
문학장 바깥에서 이우異友를 만나다   234
노년의 양식에 관하여   248
꿈꾸는 책들의 나우토피아를 위하여   269
나를 위한 시간   288
덴마크어 '휘게'를 아십니까?   296
  —미하엘 엔데 『모모』/브리짓 슐트 『타임 푸어』/
    와타나베 이타루 『시골빵집에서 자본론을 굽다』
언어의 감옥에서, 해방의 언어를 꿈꾸다   304
  —서경식 『언어의 감옥에서』
나는 4월 16일을 살고 있다   312

에필로그   터 무늬 있는 '비빌리힐스'를 꿈꾸며   321

{ 프롤로그 }

새로운 커뮤니티를 향하여!

　잘 먹고 잘 사는 것은 우리 모두의 꿈이다. 사람은 누구나 잘 먹고 잘 사는 꿈을 위해 '얼굴에 땀을 흘리며' 자신과 가족의 밥을 구하고 공동체의 미래를 구상해야 한다. 잘 먹고 잘 사는 삶이란 무엇인가. 사람이라면 저마다 자신의 기본 욕망을 충족시킬 수 있는 의식주에 대한 걱정 없이 자유, 자치, 자연을 중심으로 하는 삶의 윤리학을 갖고 사는 삶이라고 할 수 있으리라. 물론 요즘 와서 의식주는 '식교주食敎住'라는 가치로 새롭게 대체되었다. 먹고살기 위한 일자리 마련과 적절한 교육 그리고 지속가능한 공동체를 위한 주택정책은 한 나라의 가장 핵심적인 복지 인프라라고 단언할 수 있다.
　그러나 잘 먹고 잘 살고자 하는 꿈이 실현된 적이 있었는가. 역사학의 연구 성과를 보지 않더라도 경제성장과 분배의 정의를 둘러싼 대립과 갈등은 항상 존재해왔음을 알 수 있다. 부와 권력을 가진 소수를 위한 '그들의 나라'는 결코 다수의 '우리들의 나라'가 되지 못했던 것이다. 옛날이야기의 결말이 항상 '잘 먹고 잘 살았더라'로 끝나는 것은 절대다수의 사람들이 잘 먹지도 못했고, 잘 살지도 못했다는 사실을 반증하는 사례 아니던가. 그런 점에서 민주주의와 시장경제의 결합을 통해 분배와 성장의 문제를 동시에 해결하고자 한 점은 이해할 수 있는 일이다.

그러나 결과는 어떠했는가. 민주주의는 속물민주주의로 변질되었고, 시장경제는 한국을 급속히 '주식회사 대한민국'으로 개조했다. 기업하기 좋은 나라라는 이명박 정부 시절의 슬로건은 박근혜 정부에 와서는 차라리 애교라고 보아야 할까. 부자 감세를 추진하면서 신입사원 임금을 대폭 삭감하는 나라의 경제정책을 민주주의 원리와 시장경제 가치가 정상적으로 작동하는 사회라고 볼 수 있을까. 이런 사회에 사는 사람들은 자본과 지식이 오직 나와 가족의 복지를 향상시킨다는 확고한 믿음을 내면화하게 된다. 자신들의 '현재'뿐만 아니라 '미래'의 삶 또한 심각히 의심하고 있기 때문이다. 어쩌면 저출산, 고령화 문제의 본질과 해답은 바로 여기에 있다고 할 수 있다. 젊은 사람들은 '출산파업'에 나선 것이고, 노인 세대는 가난한 미래에 대한 근원적 불안에 시달리고 있는 것이다.

문제는 우리 안의 문화 분단 현상이 더욱 심해진다는 점이다. 그것은 공포와 선망의 문화로 나타났다. 강한 것, 부자 되는 것에 대한 선망과 더불어 나와 내 가족이 사회적 낙오자로 전락할지 모른다는 공포의 문화는 이른바 셀프 테일러리즘 Self Taylorism을 전 사회적으로 강화했다. 대학도, 종교도, 문화/예술도, 시민사회도 사회적 패배자들에 대한 관심과 대안을 위해 제 목소리를 내지 못하고 있는 실정이다. 다른 분야는 말할 처지가 못 되지만, 문화/예술의 경우 '그들의 나라'를 뛰어넘는 '아름다운 나라'의 미래상을 위한 성찰과 연대의 정신과 상상력을 잘 보여주지 못했다. 미국의 정치학자 로버트 퍼트넘Robert David Putnam의 비유처럼, 우리는 어쩌면 '나 홀로 볼링Bowling alone'을 치고 있었던 것이 아닐까. 이 말은 볼링을 치는 사람은 늘었지만, 지역 리그 볼링 동아리 가입은 줄어드는 미국의 사회현상을 꼬집은 표현이다. 소통을 뜻하는 커뮤니케이션이라는 말이 커뮤니티를 전제로 한다는 점을 생각해볼 필요가 있다. 공통의 감각이란 우리가 살고 있는 커뮤니티를 떠나서 존립할 수 없기 때문이다.

어떻게 하면 나와 우리는 당신과 더불어 밥을 함께 먹고 볼링을 함께 칠 것인가. 그것은 결국 우리 사회가 이기심이라는 '보이지 않는 손'뿐만 아니라, 돌봄이라는 '보이지 않는 가슴'에 의해 경제발전을 이룰 수 있느냐 하는 문제와 직결된다. 언제까지 한 나라의 복지를 '김밥 할머니'의 헌신에 기대야 할 것인가. 더 많은 민주주의를 위한 새로운 상상력과 시민들의 연대가 필요한 것도 그런 이유 때문이다.

최근 지식사회에서 시장 유토피아의 자멸적 속성을 강력히 비판하고 탄핵했던 칼 폴라니Karl Polanyi의 『거대한 전환』(길)을 둘러싼 논의들이 활발하다. 이와 더불어 돌봄의 경제학이라고 할 수 있는 사회경제에 관한 다양한 담론들도 다양하게 제출되고 있다. 이런 논의들이 우리 사회에 건강한 활기와 희망을 불어넣었으면 하는 바람이다. 민주주의적 통제와 간섭을 받지 않는 시장전체주의는 브라질의 경우처럼 문화 분단의 요새국가A fortress state를 지향하게 된다. 우리도 그런 나라가 되지 말란 법은 없다.

1부

'시詩의 힘'을
신뢰하자

천상병 시와
자발적 가난의 윤리학

무용지용無用之用의 시학에 대하여

우리 시단과 독자에게 천상병 시인(1930~1993)은 신화와 풍문으로만 유통되는 것 같습니다. 천상병 시인에 대한 신화와 풍문이 시인을 대중적으로 알리는 데 큰 역할을 했다는 점을 부정할 수는 없겠지요. 그러나 시인에 대한 그런 신화와 풍문이 반복적으로 유포되는 것은 시인의 삶과 시정신을 온전히 이해하는 데 방해가 될 수 있다는 점에서 경계를 해야 한다고 봅니다. 저는 문학평론을 하는 입장에서 천상병 시인의 시와 삶에서 우리가 성찰해야 할 측면이 적지 않다고 보는 편인데요, 그게 바로 '자발적 가난'에 대한 시인의 태도에 있다고 생각합니다.

자발적 가난이란 말은 독일 사상가 슈마허E. F. Schumacher가 1970년대 초에 처음으로 한 말입니다. 1972년은 중요한 해입니다. 세계적인 로마클럽의 위임하에 매사추세츠공과대학MIT의 젊은 과학자 4명이 '지구미래예측사업'의 일환으로 〈인류의 위기에 관한 프로젝트〉 보고서를 출판하였는데, 이것이 바로 유명한 『성장의 한계』(갈라파고스)입니다. 이 보고서는 "끝없는 성장만이 우리를 행복하게 하는가?" 하는 질문을 지구의 미래 차원에서 처음으로 제기한 책입니다. 이 책이 출판될 무렵 우리 시대의 현자賢者라고 할 수 있는 슈마허 또한 비슷한 문제의식을 갖고서 자발적 가난이라는 개념을 제시하며 '작은 것이 아름답다'고 주장했습니다. 자발적 가난이란 말은 영어로 쉽게 풀어 말하면 'Less is More'라는 뜻입니다. '적은 것이 많은 것'이라는 뜻이지요.

흥미로운 사실은 1972년을 전후한 천상병의 대표작들에서 그런 자발적 가난의 시적 태도가 엿보인다는 점입니다. 이 무렵 천상병 시인은 1967년 7월 8일 중앙정보부가 발표한 동백림 사건에 연루되어 갖은 고문과 취조를 받고 난 뒤 선고유예로 풀려난 후에 극심한 후유증을 앓던 시절입니다. 1971년 고문 후유증에 시달리며 심한 음주로 인한 영양실조로 거리에서 쓰러진 그는 행려병자로 취급되어 서울시립정신병원에 입원되었다가 극적으로 사회로 귀환했고 이듬해 목순옥 여사와 결혼을 하며 가까스로 생활의 안정을 취하던 시절이었지요. 시작 활동을 많이 했을 리 없습니다. 그런데 민영 시인 등이 펴낸 유고 시집『새』(답게)를 비롯해 이 무렵에 발표된 시들이 천상병 문학의 전성기를 형성했다는 점을 부인할 수 없습니다. 이런 것을 보면 천상병 시인은 '천상 시인'이라는 생각이 듭니다. 시인이라는 존재는 미래를 내다보고 예측하며 예언하는 예민한 감수성의 소유자라는 점에서 말이지요.

제가 오늘 가져온 시집 중에서 유고 시집으로 나온『새』—여기 수록된 시들은 천상병 시인의 '결정판'이라고 보셔도 돼요—에 실린 시들이 특히 그렇습니다. 1967년 동백림 사건을 겪고 나서 어느 정도 후유증을 극복하며 1970년대 초반까지 썼던 시들이 천상병 시인의 대표작이라고 보아도 틀리지 않을 겁니다. 1970년 7월『시인』에 발표한 「나의 가난은」이라는 시를 잠시 살펴보죠. "가난은 내 직업이지만/ 비쳐오는 이 햇빛에 떳떳할 수가 있는 것은/ 이 햇빛에도 예금통장은 없을 테니까……"(「나의 가난은」). 이 시에 잘 나타난 자발적 가난의 시적 가치가 왜 지금 다시 중요한가에 대해 오늘 몇 마디 드리고자 합니다. 그 무렵 세계경제는 큰 위기 상황이었습니다. 석유파동이 있었고, 전 세계적으로 큰 불황에 빠지면서 자본주의에 대한 근본적인 위기가 닥칩니다. '위기'는 항상 '기회'가 될 수 있습니다. 그러나 그때로부터 40~50년이 흘렀지만 세상은 크게 달라지지 않았습니다. 철학자 발터 베냐민Walter Benjamin이 재난에 대해 정의한 것처럼, "모든 것은 이전처럼 계속되어야 한다!"라는 구호가 오늘의 금융자본주의 시스템의 습성이 된 것 같습니다. 이런 현상을 보면 천상병 시인이 시나 삶에서나 시종일관 보여준 자발적 가난의 시학과 윤리학은 지금 이 순간의 문화와 문명의 미래에 대해 많은 것을 생각하게 하는 것 같습니다. 저는 천상병 시인의 그런 시학과 윤리학이 오늘 우리가 이어받아야 할 중요한 가치가 될 수 있으리라고 생각합니다.

요즘 제 마음에 가장 '꽂힌' 표현 중 하나가 독일 시인 베르톨트 브레히트Bertolt Brecht가 한 말입니다. "예술가는 사회에 대해 책임을 질 뿐만 아니라 사회에 대해 책임을 물어야 한다." 아주 멋진 말입니다. 이 예술가라는 말에는 당연히 시인도 포함되는 것이죠. 저는 인문학자 또한 포함된다고 봅니다. 그만큼 우리 시대의 예술가들, 시인들, 인문학자들,

이런 사람들의 역할이 중요해요. 사회에 대해 책임을 지려는 태도와 책임을 물으려고 하는 태도가 동시에 필요하다고 봅니다. 책임이라는 말은 영어의 'responsibility'이죠. 여기서 'response'가 중요합니다. 'response'라는 것은 '어떤 부름에 응답하다'라는 뜻인데, 부름에 응답하는 것이 바로 책임감이라는 뜻이 됩니다. 이 점을 생각하면 저는 천상병 시인의 시와 삶이 보여준 모습들을 우리가 상투적으로 읽는 것보다는 다른 방식으로 읽어낼 수 있는 그런 시선들이 필요하다고 봅니다.

자발적 가난의 삶과 시를 산다 함은 결국 시와 철학을 비롯한 인문학이 추구하는 '쓸모없음의 쓸모'의 가치를 실현한다는 것입니다. 장자莊子가 말하는 '무용지용無用之用'이 그런 뜻입니다. 이 측면에서 천상병 시인의 시와 삶 텍스트를 다시 생각해보자는 것입니다. 여담입니다만, 천상병 시인은 실제 시 형식 또한 퍽 '간략하게' 썼어요. 경제적으로 쓴 것이지요. 자발적 가난의 시 형식을 몸소 보여준 셈이랄까요. 긴 시가 많지 않습니다. 그다음으로 불필요하게 부사나 형용사를 남발하지 않았습니다. 체질적으로 그런 기질을 갖고 있지 않았나 싶어요. 우리 시대 젊은 시인들의 시가 요설과 장광설에 빠진 것과는 정반대예요. 원래 공부가 부족한 사람들을 일러 "빈 수레가 요란하다"고 하는 것 아닙니까? 뭔가 부족한 사람들일수록 유난을 떠는 셈이지요.

그런데 잠시 생각해보면 진짜 진실한 것과 진정한 가치는 의외로 단순한 것들이 많습니다. 단순함 속에 삶의 진실이 있고, 진리가 있는 거 같아요? 우리는 그 점을 간과하고 사는데요, 천상병 시인의 경우 어느 시를 봐도 형식에서조차 자발적 가난의 시를 그대로 구현한다는 점을 알 수 있습니다. 동백림 사건 이후 그런 자각을 했을 수도 있겠지만, 천성적으로 그런 시 형식을 추구한 것이 아닌가 생각합니다. 그래서 천상병 시인의 시와 삶이라는 텍스트 전체를 놓고서 새롭게 해석하려는 안목이 필요하다고 봅니다. 결정본 『천상병 전집』이 나와야 하는 것은 당연하다고 할 수 있습니다.

육체, 장소, 시詩에 대하여

미국의 저명한 작가이고 인문학자인 리 호이나키Lee Hoinacki라는 분이 쓴 책 가운데 Stumbling Toward Justice(1999)라는 책이 있습니다. 『녹색평론』 발행인 김종철 선생이 『정의의 길로 비틀거리며 가다』(녹색평론사)라는 제목으로 번역했습니다. 이 책에서 리 호이나키는 '시적 정의Poetic Justice'가 무엇인지, 정의롭게 산다는 것이 무엇인지를 역설하며, 사람이 살아가는 데 필요한 세 가지를 강조합니다.

첫째가 육체입니다. 이 말은 나의 몸으로 깨닫는다는 의미이고, 육체노동을 해야 한다는 의미입니다. 이를테면 저는 한국 사람들이 인간의 오감 중에서 가장 잘 사용하지 못하는 감각이 '청각'이라고 봅니다. 남의 말을 좀처럼 잘 듣질 않아요! 이 점을 일상적으로 확인할 수 있는 공간이 바로 노래방입니다. (웃음) 여러분, 노래방 가서 남의 노래 잘 듣나요? 안 듣잖아요! 인간의 오감 중에서 청각은 가장 최후까지 남아 있는 감각이라고 할 수 있습니다. 이탈리아의 유명 산악인 라인홀트 메스너Reinhold Messner가 쓴 『죽음의 지대』(한문화)라는 책을 보면, 산악인들이 설산에서 크레바스crevasse에 빠져 죽기 직전에 이르렀을 때까지도 의사들이나 동료들이 하는 이야기가 다 들린다고 말합니다. 죽어가면서도 듣고 있다는 것이지요. 저는 리 호이나키가 육체성을 강조한 것은 그런 감각과 관련이 있다고 봅니다. 내 귀에 들릴 수 있는 가청可聽 거리, 손을 뻗을 수 있는 거리, 이 거리들에 대한 감각이 필요한 것 아니냐는 리 호이나키의 생각이 '육체성'이라는 말에 포함되어 있다고 봅니다. 저는 천상병 시인이야말로 몸으로서의 시, 온몸으로 깨닫는 시 형식을 추구한 것이라고 봐요. 물론 1970년대 중후반 이후에 쓴 시들은 다소 매너리즘에 빠진 측면이 분명히 있습니다.

둘째는 장소입니다. 장소라는 말은 영어로 'place'입니다. 그런데 자본주의는 특정한 장소의 의미를 공간space이라는 말로 추상화해버립니다. 'space'와 'place'는 엄연히 다르잖아요? 자본주의는 장소를 끊임없이 공간으로 추상화하는 속성을 갖습니다. 그래서 상품화, 시장화하는 것이지요. 천상병 시인의 모든 시가 그렇지는 않지만, 특정한 장소성에 대한 추구가 늘 개입되어 있다고 저는 봐요. 그런 지향은 어떤 구체적인 장소에 뿌리를 내리려는 지향과 욕망이 있었다는 말입니다. 앞으로 이런 부분을 더 검토할 필요가 있는 것 같아요. '어머니 가시다'라는 부제가 있는 「삼청공원에서」라는 시가 대표적입니다. 어머니를 그리워하는 마음이 뭉클한 작품인데요, 어떤 특정한 장소에서 특정한 대상과 강력하게 결속되었으면 하는 시인의 무의식을 읽고는 합니다. "쓸쓸함이여, 아니라면 외로움이여, 너에게도 가끔은 이와 같은 빛 비치는 마음의 계절은 있다고, 그렇게 노래할 때도 있다고, 말 전해다오"라는 표현을 보세요.

마지막으로 리 호이나키는 우리 삶에서 시詩로의 귀환이 필요하다고 말합니다. 천상병 시인이야말로 삶 자체가 시였던 분이었지요. 이 점에서 리 호이나키가 강조한 육체, 장소, 시詩에 대한 이야기는 천상병 시인의 시와 삶 측면에서도 적극 검토할 만한 요소가 있다고 생각합니다. 이 세 가지는 우리의 삶에서 굉장히 중요하다고 봐요. 모든 것이 시장화되고, 상품화되고, 추상화되는 현실에서 '장소성'을 지키며, '시'적인 삶을 살고자 하고, 손을 뻗으면 닿을 수 있는 거리의 사람들과 '육체성'의 감각을 갖고 살고자 한 지향이 천상병 시인의 시로 사는 삶에서 엿보이는 것이지요.

좀 구체적으로 말씀드리지요. 육체성에 관한 시들이 여러 편 있지만, 그 대표작이 1971년 2월 『월간문학』에 발표한 「그날은-새」라는 작품입니다. 1967년 7월 8일 천상병 시인은 서울상대 동창 강빈구라는 친구한테 100원 내지 6500원씩 도합 5만여 원을 갈취, 착복해 막걸리 몇 잔 먹었다는 이유로 중앙정보부에 끌려가서 모진 고문을 당했죠. 시인이 된다는 것은 그 입장이 '되는' 것일까요? 이 시를 보면 육체적 고통과 그것을 극복하려는 자기에 대한 절대적인 긍정, 그러니까 자신에 대한 순수한 긍정의 태도 같은 것이 잘 녹아 있습니다.

이젠 몇 년이었는가
무서운 집 뒷창가에 여름 곤충 한 마리
땀 흘리는 나에게 악수를 청한 그날은……

내 살과 뼈는 알고 있다.
진실과 고통

그 어느 쪽이 강자인가를……

—천상병, 「그날은—새」 부분

고통과 상처에 관한 작품이지요. 놀라운 점이 이 시의 두 번째 연에 나오는 "무서운 집 뒷창가에 여름 곤충 한 마리/ 땀 흘리는 나에게 악수를 청한 그날은……" 운운하는 부분입니다. 시인은 어두컴컴한 독방에 갇혀 고통의 상황을 보내던 중에 그곳에서 "여름 곤충"을 보았던 것이지요. 거미일 수도 있고, 바퀴벌레일 수도 있겠죠. 그런 곤충의 모습을 보며 나 자신이 '살아 있음'에 대해 경외감을 느끼고, 살아 있음의 순간성을 느낀 것이지요. 저는 이런 감정과 태도는 굉장히 에코소피Ecosophy하다고 봅니다. 비슷한 경험은 1970년대 중반 김지하 시인이 생태시, 생태사상으로 승화하는데, 천상병 시인 또한 그런 시적인 인식을 선취했다고 말할 수 있는 셈이지요.

인간의 육체라는 게 얼마나 나약합니까? 우리가 중앙정보부 요원들의 고문과 매질을 견뎌낼 수 있을까요? 그렇지 않다고 봐요. 불지 마라고 해도 불게 되지 않을까요? 그런데 천상병 시인은 그런 가혹한 환경 속에서도 자기 바깥에 대한 관심과 사유를 놓치지 않았습니다. 저는 시인들뿐만 아니라 우리나라 사람들에게서 자신의 '안쪽'만 보려는 모습이 큰 문제라고 생각합니다. 자기 '바깥'을 봐야 하는데, 문을 열고 바깥에 나가 누군가를 만나 인간적인 접촉을 해야 하는데, 그러질 않잖아요. 이런 가혹한 환경 속에서도 "여름 곤충" 한 마리, 즉 자신의 바깥에 있는 사물과 소통하고자 한 시인의 태도는 어쩌면 무심한 듯했겠지만 무심한 것이 아니었던 것이죠. 그래서 저는 천상병 시인의 시적 특징을

'사심 없음'이라고 표현하겠습니다. 이 사심 없음의 태도 덕분에 "여름 곤충"을 볼 수 있었던 것이지요.

장소성 같은 경우는, 아까 삼청공원을 예로 들었습니다만, 이 분이 구체적인 특정한 장소, 그러니까 시적 대상으로서 현실의 장소뿐만 아니라 산, 새처럼 자신의 어떤 존재와 결속하려는 장소성의 의미를 다룬 시를 많이 썼어요. 요즘 유행하는 말로 하면 단순한 생태시는 아니지요. 지금의 생태시는 '얕은' 생태시가 많아요. 피상적으로 사물을 보는 것이죠. 예를 들어 절간에 가서 풍경 소리 듣고 시 한 편 쓰고 하는 식이죠. 이런 시는 피상적인 생태시예요. 그런데 천상병 시인의 경우 종종 '심층 생태시' 같은 시적 경지를 보여주는 경우가 있어요. 좀 멋지게 표현하면 '짙은' 녹색문학이라고 표현할 수 있을 것 같아요. 이 점에 대해 더 진전된 연구가 필요합니다.

천상병 시인은 데뷔 과정을 보면 당시 문협(문인협회)의 정통 라인에 서 있었던 분이라고 할 수 있습니다. 시인 이전에 먼저 등단한 평론의 경우 조연현 선생의 추천이었고, 시인으로 등단한 게 김춘수 선생과 유치환 선생의 추천이었으니 문협의 정통 라인이지요. 그런데 천상병 시인은 당시의 문협 라인에 속하지 않는 경향의 시적 행보를 보여주었습니다. 끊임없이 낯선 것들에 대한 시적 호기심이 있었던 것 같아요. 그동안 천상병 시 연구에서 새, 물 같은 이미지에 대한 연구가 있었지만, 저는 '하늘'에 관한 이미지에 더 주목해야 한다고 생각해요. 세상을 살면서 발밑을 보지 말고 하늘을 보고 살아야 하지 않겠습니까? '땅'이라고 하는 말에는 '겸손함'이라는 뜻이 함축되어 있습니다. 그런데 우리나라에서는 부동산 가치로서의 땅을 사랑하는 사람들이 많아요. (웃음)

천상병 시에는 하늘에 관한 시들이 적지 않습니다. 윤동주에 관한 어느 시는 하늘에 관한 시입니다. '윤동주론'이라는 부제를 단 「은하수銀河水에서 온 사나이」(1971)라는 시가 그렇지요. 윤동주 시인은 「별 헤는 밤」에서 하늘을 자신의 자화상을 비추는 하나의 거울로 본 시인이지요. 그래서 우리가 '하늘을 본다'는 행위는 결국 나와는 전적으로 무관하게 오늘도 여전히 그렇게 사심 없이 존재하며 운행하는 자연과 우주의 어마어마한 힘에 대해 한없이 겸손해진다는 의미 또한 있을 것이라고 저는 믿고 있습니다.

우리는 겸손이라는 덕목을 잃어가고 있습니다. 그러니 부끄러움이 없어졌어요. 한마디로 말해 수치의 문화가 없어진 것입니다. 물론 자본주의는 사람들로 하여금 '수치심'를 강요하는 측면이 분명히 있지만, 저는 기본적으로 자신에 대해 부끄러움을 느끼는 감각과 삶의 태도는 퍽 중요하다고 봅니다. 예를 들어 내가 오만hubris에 빠져 과오를 저질렀을 때 스스로 자책할 줄도 알고 심지어는 조롱할 줄도 아는 태도가 나를 더 성숙시킬 테니까요. 그래서 하늘을 보고 살아야겠지요. 그런데 우리의 경우 영국 비평가 레이먼드 윌리엄스Raymond Williams가 언급한 견고한 '감정의 구조structure of feeling' 같은 것이 있다고 할 수 있는데요, 저는 일종의 땅만 쳐다보는 감정의 구조가 있다고 봅니다. 이 말은 이른바 '스놉snob'의 문화라고 할 수 있어요. 속물의 문화, 속물 사회가 우리 시대의 감정의 구조라고 봐야겠지요. 철학자 하이데거M. Heidegger라면 독일어로 '근본기분Grundstimmung'이라는 말로 표현하겠지요. 이런 이유 때문에 저는 천상병 시인의 「귀천」 같은 시에 등장하는 하늘의 이미지는 우리가 다른 존재에 대해 의식하게 하고, 겸손이라는 덕목을 깨닫게 하는 '나침반' 같은 시라고 생각합니다.

　미국 사회학자 데이비드 리스먼David Riesman은 20세기 명저인 『고독한 군중』(홍신문화사)에서 "아메리카 사회는 기본적으로 타자 지향의 사회다"라는 말을 합니다. 이 말을 받아 일본의 철학자 가라타니 고진柄谷行人도 비슷한 이야기를 합니다. 타자 지향이란 무엇입니까. 이 말은 기본적으로 남들이 나를 어떻게 보는지에 대해서는 관심이 많은데, 나 자신이 남들을 어떻게 보는지에 대해서는 하나도 관심이 없는 사회를 뜻합니다. 이것이 스놉의 문화죠. 미국, 일본만의 문제일까요? 우리나라는 더 심하지 않을까요? 천상병 시에 나타난 하늘 이미지가 하강 이미지가 아니라 상승 지향의 시적 이미지를 구사한 점을 그래서 주목해야 합니다. 하늘을 우러르며 하늘을 두려워하는 마음, 즉 경외감의 태도가 나타나기 때문입니다. 우리가 경외감이라고 했을 때, 이 '외畏' 자가 중요해요. 공경하되 두려워하는 마음인 것이지요. '두려워하다'는 것은 얼마나 중요한가요. 우리가 두려움을 갖지 않으니까 '벌거벗은 맨얼굴'로 사는 것 아닐까요? 아마도 우리는 아침에 집 밖에 나갈 때마다 거울을 보고 '인두겁'을 하나씩 쓰는 것 아닐까요?(웃음) 이런 측면에서 보면 천상병 시인이 시와 삶에서 여일하게 보여주고자 한 자발적 가난의 형식과 내용은 더더욱 큰 의미를 갖는다고 하겠습니다.

　아까 장소성에 관해 말씀드렸는데요, 저는 「소릉조小陵調」(1971)라는 시를 생각해봅니다. 이 시는 천상병 시인의 명편이라고 할 수 있어요. '70년 추석에'라는 부제가 붙었는데요, 저는 이런 시를 보면 소유자 사회가 되어버린 우리 사회를 다시 한번 생각하게 됩니다. '더 많이 소유할수록 더 행복하다'는 자가당착에 우리 모두가 빠져 있는 것이지요. 한

번 읽어보겠습니다.

아버지 어머니는
고향 산소에 있고

외톨배기 나는
서울에 있고

형과 누이들은
부산에 있는데,

여비가 없으니
가지 못한다.

저승 가는 데도
여비가 든다면

나는 영영
가지도 못하나?

생각느니, 아,
인생은 얼마나 깊은 것인가.

—「소롱조(小陵調)−70년 추석(秋夕)에」 전문

자발적 가난은 강요된 가난과는 전혀 다릅니다. 여전히 '강요된 가난'을 살아야 하는 사람들이 너무나 많습니다. 공광규라는 시인이 「푸어」라는 시에서 "푸어라는 어종이 인간 생태계를 위협하고 있다"고 한 비유가 생각납니다. '하우스 푸어', '헬스 푸어', '워킹 푸어' 같은 각종 푸어들이 넘쳐 나는 세상에 대한 예리한 비유이지요. 그런 푸어가 넘쳐 나는 시대는 분명 강요된 가난이라고 할 수 있겠지요. 그러나 천상병 시인이 추구한 것은 자발적 가난의 태도입니다. 우리의 문화와 문명을 바꾸는 데 있어서 매우 중요한 시적 상징 역할을 한다고 저는 봅니다. 쉽게 말씀 드리자면, 우리가 행복하지 못한 이유는 다른 데 있지 않다고 봅니다. 경제성장에도 '불구하고' 행복하지 않은 것이 아니라, 경제성장 '때문에' 행복하지 않은 것일 수 있다는 말이지요. 저는 이런 인식의 전환을 천상병 시인의 시와 삶에서 생각해볼 수 있다고 봅니다. 아마도 저는 바로 이런 가치 때문에라도 우리가 천상병 시인의 작품을 두고두고 읽어야 하는 분명한 이유가 있다고 믿고 있습니다.

"가난은 나의 직업"이라는 윤리에 대하여

천상병 시에는 시종일관 가톨릭적인 인식과 정서 같은 것이 깔려 있어요. 그런 종교적 지향 때문인지 하늘에 대한 동경이 등장하는 것이겠지요. 이 부분에 대한 연구와 해석이 필요해요. 독일 신학자 디트리히 본회퍼Dietrich Bonhoeffer라는 분이 있는데요, 나치가 만든 아우슈비츠 가스실에서 죽음을 맞았지요. 그가 쓴 역저 *Life Together*라는 책이 있습니다. 우리말로는 『말씀 아래 더불어 사는 삶』(빌리브, 아인북스)이라는 제목으로 출간되었습니다. 본회퍼는 이 책에서 '홀로된 사람에게는 커뮤니티가 필요하고, 커뮤니티에 몰빵하는 사람에게는 고독함을 권유해야 한다'는 취지로 이야기를 합니다. 천상병 시인은 엄청 고독한 삶을 사셨죠. 고독함이라는 그런 상황들을 스스로 감내하신 것 같아요. 그래서 천상병 시인은 우정의 가치를 높이 산 거 같습니다.

우리말에 심금을 울린다는 말이 있지요? 멋진 영화를 보거나, 멋진 시를 봤을 때 쓰는 표현이지요. 심금이라는 말은 마음 '심心'에 거문고 '금琴'입니다. 우리 마음에 거문고가 하나씩 있다는 뜻이에요. 그런데 세상 살다 보면 먹고사는 일이 힘들어서 어느 순간에 마음속 거문고의 존재가 희미해져 버리지요. 과연 내 안에 거문고(시인)가 있었던가 싶은 마음 상태가 되는 거지요. 그런 상태를 브라질 교육자 파울루 프레이리 Paulo Freire라는 사람이 '마음의 관료주의'라고 불렀어요. 우리 마음 자체가 딱딱한 돌덩이가 된 것 아니냐는 의미이지요. 그래서 시가 필요한 것이겠지요.

저는 천상병 시인의 시와 삶은 우리가 살고 있는 자본주의가 더 난숙해질수록 끊임없이 다시 읽히고 읽혀야 한다고 생각합니다. 비근한 예를 하나 들지요. 요즘 MBC에서 방영하는 〈아빠, 어디가〉라는 프로그램이 있지요? 방송 보면 별 이야기 없잖아요. 아빠랑 아이들이 자연에서 시시콜콜하게 놀지요. 그런데 이 시시콜콜한 이야기가 퍽 감동을 주잖아요. 〈1박 2일〉, 〈정글의 법칙〉 같은 프로그램도 그렇지요. 문제는 TV 브라운관을 통해 관망할 따름이지 직접 내가 아이랑 캠프를 떠나는 것은 아니잖아요? 현대인들이 다 그렇습니다. 한마디로 말씀드리면,

어느 철학자의 표현처럼 '시간의 향기'가 휘발된 거예요. 시간의 향기가 없어진다는 것은 하이데거가 말한 것처럼 한 그루 '떡갈나무의 향기'를 누릴 시간을 갖지 못한다는 것이고, 그런 마음 상태가 지속되면 벽돌처럼 딱딱해지며 사막화됩니다. 그런 "정서의 사막 상태가 실재하는 사막을 만들어낸다"고 한 연구 결과도 있습니다. 빌헬름 라이히Wilhelm Reich라는 사람이 한 이야기지요.

그래서 TV 브라운관을 통해 보는 게 필요한 게 아니라 문을 열고 집 밖으로 나가는 게 더 중요한 겁니다. 우리는 집 밖으로 나가야 합니다! 그런 행위가 바로 내 몸으로 느끼는 감각이고, 감수성이며, 그런 관계들이 모여서 우리 사회가 좀 더 '인기척' 있는 사회가 되는 것이겠지요. 이 점에서 천상병 시인이 스스로 가난을 선택하고자 한 삶의 자세가 필요한 것 같아요. 제가 천상병 시인의 대표작 한 편을 뽑으라고 한다면, 「귀천」이 아니라 「나의 가난은」이라는 시를 꼽는 것도 그런 이유 때문이에요. 이 시는 진짜 명시名詩입니다. 오늘 제 이야기의 핵심 근거가 되는 작품이지요. 다들 아시겠습니다만, 한번 찬찬히 읽어보겠습니다.

> 오늘 아침을 다소 행복하다고 생각는 것은
> 한 잔 커피와 갑 속의 두둑한 담배,
> 해장을 하고도 버스값이 남았다는 것.
>
> 오늘 아침을 다소 서럽다고 생각는 것은
> 잔돈 몇 푼에 조금도 부족이 없어도
> 내일 아침 일도 걱정해야 하기 때문이다.

가난은 내 직업이지만
비쳐오는 이 햇빛에 떳떳할 수가 있는 것은
이 햇빛에도 예금통장은 없을 테니까……

나의 과거와 미래
사랑하는 내 아들딸들아,
내 무덤가 무성한 풀섶으로 때론 와서
괴로웠음 그런대로 산 인생. 여기 잠들다. 라고,
씽씽 바람 불어라……

—「나의 가난은」 전문

    1970년 7월 시인 조태일 선생이 주재하던 시 전문지 『시인』에 발표한 작품입니다. 저는 이 시의 세 번째 연에 등장하는 "가난은 내 직업이지만"이라는 표현은 진짜 몸으로 깨닫지 않고서는 정말 쉽게 나올 법한 표현이 아니라고 봅니다. 이런 시를 천상병 시인이 1970년에 썼어요. 『성장의 한계』라는 로마클럽의 보고서가 나온 때가 1972년이었잖아요? 이 보고서에서 제기하는 윤리가 바로 자발적 가난이라고 할 수 있어요. 여러분, 열역학법칙을 아십니까? 1법칙, 2법칙, 3법칙이 있는데요, 이 중에서 3법칙이 제일 핵심입니다. 열역학 3법칙을 봐도 지금의 지구 자원으로는 더 이상의 경제성장이 불가능하다는 것이지요. 『성장의 한계』는 몇 차례 번역되었습니다. 1~2년 전에도 다시 번역되어 출간되었는데요, 저는 이 책을 얼마 전 '와우북페스티벌'에 갔다가 반값에 구매

해서 봤어요.

　인도의 저명한 작가 아룬다티 로이Arundhati Roy라는 분이 『생존의 비용』(문학과지성사)에서 "길을 잘못 들어서 공동묘지에 들어선 기분이 든다"라고 말한 적이 있어요. 어찌 보면 지금의 금융자본주의 시대는 다분히 그런 요소가 있지요. 오직 경제성장에 '몰빵'하는 사회잖아요. 이런 시대에는 그 사람이 좌파든 우파든 간에 오직 하나의 이념, 그러니까 '먹고사니즘'밖에 없습니다! 먹고사는 일이 하나의 이데올로기가 되어버린 시대라는 의미에서 그렇습니다. 그런 사회는 필연적으로 반지성주의를 표방하게 됩니다. 반지성주의와 먹고사니즘이 커넥션을 형성하는 것이지요. 먹고사는 일이 중요하지 않다는 말씀이 아니에요. 거기에 모든 것을 몰빵하는 것이 문제라는 거죠. 이 점에서 아룬다티 로이의 말은 굉장히 중요한 언급이라고 할 수 있어요. 우리는 지금 너무나 열심히 달려서 '공동묘지'로 가고 있는 것 아닌가 하는 자각과 개안이 필요한 것 같습니다.

　시인(예술가)은 여러 역할이 있습니다. 저를 초대해주신 박이창식 선생님도 오늘 처음 뵈었지만 전부터 제가 존함을 들어 알고 있었습니다. 재미있고 의미 있는 일들을 하고 계신 분으로 알고 있어요. 문화 혹은 예술의 속성이라는 것이 재미와 의미 거기에 있는 거 아닐까요? 재미의 의미화, 의미의 재미화가 필요한 것은 그런 이유 때문입니다. 그런 측면에서 보면, 천상병 시인이 1980년대부터 작고 직전까지 쓰신 시들은 감히 말씀드리자면 풀어져도 너무 풀어져 있어요. '나사' 몇 개가 심하게 풀어진 거 같아요. 물론 모든 시가 그렇다는 말은 아닙니다. 아마 선생님도 이런 얘기 하는 저를 보고 하늘에서 "허허, 괜찮다!" 하실 것만 같은 느낌이 들긴 합니다. (웃음) 하지만 유명 시인이라고 해도 대표작 5편 이상 남긴 경우는 그리 많지 않습니다. 데뷔작이 대표작이 되는 시인도 꽤 있어요. 일제 때 활동한 함형수라는 시인의 경우 「해바라기의 비명」이라는 시 한 편으로 문학사에서 시인 대접을 받고 있지요. 5편 이상의 대표작을 남긴다는 게 말처럼 쉽지 않아요. 그런데 천상병 시인은 제가 방금 소개한 「나의 가난은」을 비롯해 「소릉조」, 「귀천」을 포함하면 5편은 되는 거 같아요. 시인으로서는 그렇게 '가난한' 편이 아니었던 셈이지요.

금융독재 시대와 '천상병'이라는 텍스트에 대하여

이제 천상병 시인의 어떤 만남들에 대해 말씀드리고자 합니다. 강혁 선생님이 '현대사와 천상병'이라는 주제로 말씀을 하신 거 같은데요, 천상병 시인의 개인사에서 중요한 '만남들'이 여러 번 있었습니다. 저는 사람이 변하는 계기는 두 가지가 있는데, 하나는 '책'과의 만남이고, 다른 하나는 '사람'과의 만남이라고 봐요. 특히 10대 후반에서 20대 시절에 어떤 책을 만나고 어떤 사람을 만나느냐가 퍽 중요해요. 천상병 시인도 여러 사람들과 만났지요. 저는 이분의 시에 적잖은 영향을 미친 만남이 시인 신동엽과의 만남이라고 봅니다. 신동엽 시인은 1969년 4월 7일에 작고했지요. 그런 신동엽 시인의 죽음에 대해 쓴 시가 있습니다. 짤막한 평론도 있습니다. 그 시가 「곡哭 신동엽」이라는 작품입니다.

어느 구름 개인 날
어쩌다 하늘이
그 옆얼굴을 내어보일 때,

그 맑은 눈
한곬으로 쏠리는 곳
네 무덤 있거라.

잡초 무더기
저만치 가장자리에
꽃, 그 외로움을 자랑하듯,

신동엽!
꼭 너는 그런 사내였다.

아무리 잠깐이라지만
그 잠깐만 두어두고
너는 갔다.

저쪽 저
영광의 나라로!

—「곡(哭) 신동엽」 전문

이런 시를 썼고요, 또 신동엽 시인이 작고한 지 하루 이틀 사이에 짧은 평론도 썼습니다. 『월간문학』 1969년 6월호에 「신동엽의 시」라는 제목으로 쓴 평문인데요, 앞부분에 이런 표현을 썼습니다. "그가 죽자마자 그의 시집 『아사녀』를 새삼 읽어서, 그의 조기 함몰의 까닭을 미루어 짐작하고 가슴이 메었다. 그는 병몰한 것이 아니고 전몰한 것이다. 그것을 증언해야 하겠다." 이렇게 쓰고 있습니다. 어떤 강한 결기 같은 것이 느껴지지 않나요? "그는 병몰한 것이 아니고 전몰한 것이다"라는 표현에서 천상병 시인은 신동엽 시인의 죽음을 '전몰戰歿' 상황으로 받아들였다는 그의 마음 상태를 알 수 있습니다. 그런 결기를 갖고 쓴 시들이 아마도 천상병 시인의 인생에서 가장 빛나는 업적을 남긴 것 아닌가 싶습니다. 신동엽 시인의 죽음을 애도하는 시와 평문처럼 천상병 시인 또한 병사가 아니라 전몰하겠다는 어떤 강한 결기 같은 시적 태도를 그 무렵에 갖고 있었던 게 아닌가 생각이 들어요. 아마도 그런 마음 상태가 시적 성취로 이어진 것이겠지요.

여담입니다만, 유고 시집 아닌 '유고 시집'으로 출간된 『새』(답게)는 당시 문단의 많은 분들이 참여해 십시일반의 마음으로 출간된 시집입니다. 이때 발문을 쓴 분 중에 김구용이란 분이 계시는데요, 이분은 우리나라에서 굉장히 뛰어난 불교적 사유의 깊이를 보여준 바 있는 시인이지요. 그런 분이 이 시집 발문에서 천상병 시인을 아끼고 안타까워하는 마음을 절절히 표현합니다. 이 대목을 잠시 소개하겠습니다.

이 사람아. 내 말이 들리는가. 모두 보고 싶어 하네. 글쎄 왜 그러나. 그러지 말게. 그대 노여움을 풀어드려야지. 그대는 책이 나오기까지 수고한 여러 친구들에게 정리(情理)로도 감사하다는 말을 해야 하지 않나. 간청일세. 어서 대답 좀 하게나. 잊지 못할 사람아.

—「내 말이 들리는가」 부분

오늘 이야기를 이제 정리해야 할 것 같습니다. 천상병 시인은 효율성과 실용성이 숭배되는 사회에서 '쓸모없음의 쓸모'의 시학과 윤리학을 추구하고자 했어요. 시와 삶 모든 측면에서요. 이런 태도는 지금의 문화판 혹은 예술판에 주는 메시지가 분명히 있지요. 외람된 말씀일지 모르겠습니다만, 제가 명색이 문학평론가인데 요즘 소설을 잘 안 읽습니다. 이 말 어디 가서 옮기지는 마세요.(웃음) 아주 안 본다는 말은 아니에요. 작가에 대한 예의가 아니겠지요. 그럼 무슨 말이냐구요? 저는 지금의 문학은 어쩌면 문학의 문학성 자체가 문제이고, 지금의 예술은 예술의 예술성 자체가 문제라는 생각을 해봐야 한다고 봅니다.

19세기 말에 활약한 미국 시인 월트 휘트먼Walt Whitman이라는 사람이 있습니다. 대표작이 『풀잎』(1855)이에요. 휘트먼이 한 표현 중 '퍼블릭 포에트리public poetry'라는 개념이 있어요. 우리말로는 '공적인 시'라는 뜻이지요. 아까 브레히트가 한 말과 비슷한 맥락을 갖지요. 저는 천상병 시인의 모든 시가 다 그렇다는 것은 아니지만, 너무나 심심한 듯한 시에서 사심 없는 마음으로 사물을 바라보고, 늘 어린아이 같은 마음으로 살고자 한 삶의 태도는 지금의 예술판에 꼭 필요한 예술가로서의 태도이고 덕목이라고 생각해요. 그게 지금 필요한 '공적인 시'라면 공적인 시라고 말할 수 있겠지요. 우리는 지금 대량생산—대량유통—대량소비—대량폐기 되는 천박한 자본주의 시스템에 살고 있습니다. 천상병 시인의 시와 삶은, 소유하지 않는 것을 의미하는 무소유와는 조금 다릅니다만, 소유하지 않으려는 삶의 태도는 굉장히 중요하다고 봅니다. 우리는 지금 돈에 입이 달린 시대를 살고 있어요. 이런 시대에 무엇이 더 중요한 것이고, 무엇이 더 행복한 것인지에 대해 천상병 시인의 시와 삶에서 생각해볼 수 있으리라고 봐요.

천상병의 시 「최저재산제最低財産制를 권합니다」를 권합니다. 시절이 하 수상하니, 이런 시가 자주 눈에 띕니다. 1980년대에 쓰여진 것으로 보입니다. 어쩌면 행복의 제도화는 이런 상상력에서 비롯하는 건 아닐지 모르겠습니다. 천상병 시인이 "한 10억원 정도로/ 사유재산고私有財産高를 제한하는 것"을 시적 상상력으로 제시한 내용에 대해 여러분은 어떤 생각이 드십니까? 10억 원이라는 액수가 너무 적다고 보아야 할까요? 엊그제 우리나라 1인당 국민소득이 2만4000달러를 돌파했다고 하는데, 살림살이 좀 나아지셨습니까?

    세계평화 위해서도
    사회복지 위해서도
    필자는 최저재산제 권합니다.

    최저임금제 있잖아요?
    최저한도의 임금을 말하는데
    왜 최저재산제가 있을 수 없어요?
    박정희 정권 때
    박장군 쿠데타 모의 때

여러 가지 인쇄물을 담당한
이모라는 실업가가
박정권 성공 후의 비호를 받아
5백억 환의 재산을
모았다는 보도를 접하여
나는 아연실색한 일이 있어요!

미국 같은 선진국에서는,
부자는 부자대로, 많은 재산을,
대학이나 병원이나,
사회복지시설에,
끊임없이 기부하면서
사회 환원을 기어코 한다는데,
우리나라서는 그러지 못해요!

그래서 필자가 말씀드리는 것이
이 최저재산제입니다요!

한 10억 원 정도로
사유재산고(私有財産高)를 제한하는 것이
앞으로 유익한 자유주의체제가 될 것이며,

이북 동포들의 제국주의 소리도 줄 것이고

일반 노무자들도 큰 혜택을
보리라 생각합니다!

— 「최저재산제(最低財産制)를 권합니다」 전문

　최근 이탈리아 자율주의 그룹에서 활동하는 정치철학자들의 책을 봤습니다. 프랑코 베라르디(비포)$^{Franco\ Berardi[Bifo]}$라는 이탈리아 정치철학자가 쓴 『봉기』(갈무리)라는 책인데요, 이 책의 부제가 '시와 금융에 관하여'입니다. 흥미진진한 부제인데 "이게 뭘까" 싶어 탐색하는 중입니다. 비포는 우리가 '금융 독재' 시대에 살고 있다고 말해요. 그런데 이런 금융 독재는 그냥 지배하는 게 아니라 항상 '말'을 통해 지배한다고 주장해요. 이 책에 이런 표현이 나와요. "금융 독재는 언어를 자동화하고 식민화하는 과정이다. 따라서 오직 언어 영역에서만 사회적 연대가 재건될 수 있고, 오직 언어 영역에서만 해방의 과정에 필요한 새로운 조건들이 창출될 수 있다." 굉장히 멋진 말 아닌가요? 지금의 금융 독재는 언어를 통해 지배한다는 그런 자각을 가질뿐더러 그 언어의 금융 독재에 편입되지 않는 새로운 언어를 만들어내는 것이 필요하다는 주장입니다.
　비포^{Bifo}라는 필명을 쓰는 프랑코 베라르디가 말하는 '봉기$^{The\ Uprising}$'의 핵심이 바로 '금융에 대항하는 언어(시적 언어)의 가능한 봉기'라는 전망 안에서 이런 주장을 하는 겁니다. 탈자동화하는 언어를 통해, 그리고 지불 거부를 통해 봉기를 하자는 겁니다. 한마디로 새로운 상징을 만들어내자는 말입니다. "시적 언어는 언표 영역에서의 지불 거부"라는 비포의 주장이 그것입니다. 이런 금융 독재의 시대에 천상병 시인의 시적 메시지는 무엇인가를 소유하지 않는 차원을 넘어, 우리가 새로운 하늘도 좀 보고 살아야 하며, 자본주의적 산업화로 시작한 점진적 추상화 과정에 맞서는 새로운 시적 언어를 발명해야 하는 이즈음에, 하나의 표현과 상징이 될 수 있으리라고 봅니다. 우리의 삶이 실재의 부채는 물론이고, 형이상학적 부채를 상환하는 시간으로 변모한 것에 맞서 저항하고자 할 때, 천상병 시와 삶의 텍스트는 하나의 참조점이 될 수 있으리라고 저는 말씀드릴 수 있습니다.

오늘 제 이야기는 이제까지와는 '조금 다른' 의미의 지평에서 천상병 시인의 시와 삶을 해석하자는 주장으로 요약할 수 있을 것 같습니다. 강의 전에 강혁 선생님과 잠깐 이야기를 나눴는데요, 천상병 시인이 베트남 전쟁에 반대하는 칼럼을 썼다는데, 저는 아직 보지 못했습니다. 저도 베트남 문제에 관심이 많아서 찾아봐야 하는데 말입니다. 그런 사실들을 검토해보면 천상병 시인을 무위도식하는 시인쯤으로 취급하려는 경향에 대해 강한 저항감을 갖게 돼요. 천상병 시인은 무위도식이 아니라 오히려 무위자연한 삶의 태도를 우리 시단에서 선취한 시대의 현자였다는 생각을 하게 됩니다.

제가 오늘 천상병 시인에 관해 기존 이야기와 좀 다른 이야기를 한 것도 그런 이유 때문이에요. 너무나 상투적인 이미지도 문제이고, 너무 신화화하려는 것도 모두 경계해야 합니다. 원래 시인이라는 존재는 뭔가 의미 있는 돌파구를 여는 존재가 아닐까요? 잔잔한 연못에 돌멩이 하나 던지면 파문이 점점 커지는 것처럼 그런 방식으로 미적인 효과를 수행하는 것이겠지요. 그게 시(예술)가 수행하는 '퍼포밍performing'이겠지요. 예술의 수행적 행위! 천상병 시인의 시든 삶이든 간에 신화와 풍문의 벽을 박차고 나와 좀 더 다른 맥락에서 우리는 어떤 시(예술)를 써야 하고, 어떤 삶을 살아야 하는지에 대해 하나의 상징을 제시하는 참조 사례로서 널리 읽히고 또 읽혔으면 하는 바람입니다. 오늘의 제 이야기가 조금이나마 여러분들의 마음에 닿았기를 바랍니다. 경청해주셔서 고맙습니다.

'시^詩의 힘'을 신뢰하자

교양의 자멸, 지성의 패배

지금 공부 중인가요? 이 질문은 우리가 세상을 살며 죽을 때까지 품어야 할 큰 질문이라고 생각한다. 질문이 없는 삶과 사회는 타자에 대한 상상을 못 하고, 그런 사회가 추구하는 문화와 문명은 결국 통증이 없는 문명을 의미하는 '무통문명無痛文明'(모리오카 마사히로, 森岡正博)에 가깝다고 할 수 있기 때문이다. 인간의 인간성을 지키기 위해 우리는 스스로에게 질문을 던져야 하고, 이 질문을 하는 힘은 공부에서 나온다고 할 수 있다. 스스로에게 질문을 하는 공부가 필요한 것이다.

그런데 그런 공부는 실용적인 공부와는 조금 다른 큰 공부를 의미한다. 그것은 자기 앞의 생을 어떻게 살아야 할 것인가 하는 큰 질문과 관련이 있다. 나는 물론 실용적인 공부가 무의미하다고 말하려는 것이 아니다. 그런 공부가 사람에 따라 필요할 수 있겠지만, 어쩌면 신자유주의 시대의 실용적인 공부는 자기 계발만을 목표로 하는 주체의 탄생을 꾀한다는 점을 성찰하지 않으면 안 된다. 오히려 지금 우리에게 필요한 공부는 지금 당장 써먹을 수 있느냐 하는 실용성과는 전혀 상관없어 보이는 것이 어쩌면 진짜일 수 있다는 점을 생각해보아야 하는 것이다. 다시 말해 어떻게 살아야 할 것인가 하는 총론식의 공부가 필요하다. 우리는 그동안 너무나 자주 각론 강박증을 앓아오지 않았던가. 지금 당장의 솔루션을 찾으려는 공부의 한계를 아는 것은 중요하다. 문제들이 서로 연결되어 있는 경우가 적지 않기 때문이다.

나는 시의 힘을 진짜 이해할 수 있는 공부를 권하고 싶다. 재일조선인 디아스포라diaspora 지식인 서경식이 2015년 출간한 『시의 힘』(현암사)은 좋은 길라잡이가 되리라 믿어 의심치 않는다. 『시의 힘』은 나를 포함한 6명의 선정위원들이 한국작가회의가 주관하는 '작가들이 사랑한 2015년 올해의 책'에 선정한 책이다. 서경식은 우리 시대는 "교양의 자멸, 지성의 패배"를 특징으로 한다고 진단한다. 물론 이 표현은 서경식의 '현장'인 일본적 상황을 염두에 두고 쓴 것이겠지만, 지금 여기 한국의 상황에 그대로 대입해도 무방하리라 생각한다. 한국과 일본 모두 과거사 문제 해결에서뿐만 아니라, 2011년에 일어난 동일본 대지진과 후쿠시마 원전 사고, 2014년에 발생한 4·16 세월호 참사 이후 "인간이 인간으로서 살아남고자 하는 저항"(한국어판 서문)이 절실히 요청되고 있음에도 불구하고 "'저항'은 자주 패배로 끝"나고 있으며, 새로운 사회적 비전 또한 보이지 않은 채 일종의 스놉의 사회로 변모하며 출구 없는 폐색의 상황에 갇힌 것으로 파악되는 두 나라 상황이 포개지기 때문이다.

문제는 폐색의 사회를 지배하는 논리와 감정이 무엇인가에 대한 성찰이다. 그것은 '생활 보수파의 먹고사니즘 이데올로기'라고 확언할 수 있다. 오로지 먹고사는 것이야말로 지상 최고라는 식의 가치가 하나의 이데올로기가 되었고, 어쩔 수 없음이라는 상황을 수용하며 냉소주의를 내면화한 사회로 변질되고 있다는 점을 성찰해야 하는 것이다. 어쩌면 이 점을 성찰하지 않는 공부는 각자도생의 생존 논리일 뿐이다. 먹고사니즘과 냉소주의가 작동하는 사회는 필연적으로 반지성주의를 용인할 뿐만 아니라, 알지만 실천하지 않는 냉소의 문법을 철저히 따르게 된다. 이 회로에서 벗어날 수 있는 것은 서경식이 말하는 시의 힘에서 가능할 수 있지 않을까 한다.

서경식이 말하는 시의 힘이란 무엇인가. 그것은 '의문형의 희망'이다. 다시 말해 국가의 힘과 자본의 논리에 대해 '의문'을 제기할 수 있는 상상력의 힘이라고 간주할 수 있다. 다음 시를 보라. "꾸며낸 혓바닥으로 / 상냥하게, 희망을 노래하지 마라/ 거짓된 목소리로, 소리 높여, 사랑을 부르짖지 마라"라는 일본 시인 사이토 미쓰구^{齊藤貢}의 「목숨의 빛줄기가」라는 시는 3·11 후쿠시마 원전 사고 이후에도 진실을 외면하며 거짓 언어를 일삼는 국가와 자본에 대해 근본적으로 의문을 제기하는 불온한 상상력을 내장한 작품이다. 서경식이 한국어판 서문에서 무력한 "패배로 끝난 저항이 시가 되었을 때, 그것은 또 다른 시대, 또 다른 장소의 '저항'을 격려한다"고 말한 이유가 여기에 있을 것이다. 다시 말해 시의 힘이란 지금 당장의 효용성을 넘어서는 차원에 있는 어떤 것이라고 할 수 있다. 소설가 황석영이 출세작 「객지」(1971)에서 '동혁'의 입을 통해 "꼭 내일이 아니라도 좋다"고 한 의미와 통하는 것이라고 간주할 수 있는 셈이다. 어느 지면에서 서경식이 희망(希望)이란 희망(稀望)을 의미한다고 말한 것도 그런 이유와 무관해 보이지 않는다. 희망은 자주 오는 게 아니라 '드물게' 오는 것이 아니던가.

"어떤 시들은 강철로 쓰여진다"

 시의 힘을 신뢰할 수 있는 공부를 하자. 시의 힘을 신뢰할 줄 아는 사람은 지금 당장의 비참함과 참혹함에도 불구하고 내일에 대한 무한한 긍정의 힘을 신뢰할 줄 아는 사람이다. 여기서 말하는 긍정이라는 말을 이른바 긍정심리학과 처세술에서 말하는 긍정주의의 맹신과는 전혀 상관이 없다. 대체로 심리학과 처세술에서 말하는 긍정주의는 이른바 루쉰魯迅의 '아Q'식 정신승리법에 불과하다. 그래서 나는 정신승리법과 다를 바 없는 힐링이라는 말을 몹시 싫어한다. 나는 차라리 힐링이라는 말 대신에, 필링feeling이라는 말을 권하고 싶다. 시에서 그런 필링을 느낀다는 것은 결국 함께 살자라는 감각을 느끼는 것이라고 할 수 있다.
 시는 실제 지금 당장의 현실을 바꾸는 데는 무력했고, 앞으로도 그럴지 모른다. 그러나 사회를 바꾸는 진짜 힘은 시의 힘을 의미하는 이야기와 상징에서 촉발되었다는 점을 이해해야 한다. 쿠바, 베네수엘라, 코스타리카, 브라질, 우루과이 같은 21세기 라틴아메리카 여러 나라들의 혁명적 변화를 추동한 힘이 바로 시의 힘에서 비롯하였다는 것은 잘 알려진 사실이다. 예를 들어 칠레 시인 네루다Pablo Neruda, 우루과이 작가 에두아르도 갈레아노Eduardo Galeano, 콜롬비아 작가 가브리엘 마르케스

Gabriel García Márquez, 아르헨티나 시인 알폰시나 스토르니Alfonsina Storni, 페루 시인 세사르 바예호César Vallejo, 니카라과 시인 에르네스토 카르데날Ernesto Cardenal 같은 문인들이 쓴 시와 산문은 어느 한 나라에 그치지 않고, 라틴아메리카 민중들의 가슴에 불을 지피며 사회를 바꾸는 거대한 원동력이 되었다. 이 점에 관해서는 미국의 독립언론인 안드레 블첵Andre Vltchek이 「시와 라틴아메리카 혁명」(『녹색평론』 134호, 2014년 1-2월)라는 텍스트에서 열렬히 증언한 바 있다. 그는 "어떤 시들은 강철로 쓰여진다"고 말하며, 라틴아메리카의 변화를 추동한 시의 힘에 대해 다음과 같이 말한다.

> 우리가 승리한 것은 우리의 두뇌 때문만이 아니었다. 우리는 우리의 심장 때문에, 우리의 창조적인 남자와 여자들, 타인들의 마음을 움직이고 대륙 전역의 사람들에게 영감을, 때로는 분노를 불러일으키는 그들의 능력 때문에 승리했다.

시는 그렇게 라틴아메리카 민중들의 욕망을 바꾸었고, 감수성 자체를 바꾸며, 사회를 바꾸었던 것이다. 안드레 블첵은 위 글에서 욕망과 감수성을 바꾼다는 것이 왜 중요한가를 재미있는 비유를 들어 설명한다. 나를 바꾸고, 우리 사회를 바꾸는 데 있어서 욕망과 감수성을 바꾸는 공부가 왜 중요한지를 우리가 깨닫게 된다면 나와 당신은 다른 사회에서 살 수 있으리라는 믿음을 갖게 될 것이다. 안드레 블첵은 말한다. "만약 한 편의 좋은 시가 번쩍이는 붉은색 '페라리'보다도 사람들로부터 더 많은 찬미를 받을 수 있다면, 사람들은 도둑질을 멈추고 시를 쓰기 시작할 것이다"라고. 나와 당신은 블랙이 쓴 이 문장에 대해 어떻게 생각하는가. 결국, 시의 힘이란 우리 안의 어떤 척도를 바꾸는 힘으로 작동할 것이라고 말할 수 있으리라. "교양의 자멸, 지성의 패배"를 말하는 시대에도 불구하고 우리가 시를 읽고 쓰고 말해야 하는 이유가 여기에 있다. 다시 말해 우리 시대를 규정하는 냉소의 어둠을 밝히는 작은 빛은 시의 희미한 빛이라고 할 수 있는 셈이다. 서경식이 앞의 책에서 "최근 50년이라는 척도로 사회를 바라보면 상상력이, 나아가 타자에게 공감하는 공감력이 급속하게 쇠퇴했다. 그 대신 유치한 자기중심주의적 언설이 인기를 끌고 있다"고 진단하는 사회일수록 시의 가능성을 더욱 신뢰해야 마땅하리라. 2015년 4월 작고한 위대한 작가 에두아르도 갈레아노는 평소 인간의 세포조직은 '분자分子'가 아니라 '이야기'로 구성되었다고 즐겨 말했다. 이 말은 시(이야기)의 가능성을 깊이 신뢰했기 때문에 가능한 진술이었다.

새의 눈, 벌레의 눈

그리고 간과할 수 없는 것은 내가 지금 하고 있는(하려고 하는) 공부가 무엇을 위한 공부인가 하는 질문이다. 2016년 발간된 김종철 『녹색평론』 발행인의 칼럼집 『발언』(전2권, 녹색평론사)에서는 책보다 더 중요한 것은 우리가 사는 '현실'이라는 점을 강력히 환기한다. 이 책은 2008년 5월부터 2015년까지 언론 매체에 쓴 칼럼을 모은 것으로 지금 우리가 사는 비인간적인 시스템을 어떻게 벗어날 것인가 하는 물음을 제기한다.

그리고 "조금이라도 더 인간적이고 지속가능한 사회를 어떻게 만들어낼 것인가"('책머리에') 하는 문제의식을 행간에 부려 놓는다.

이 책에 대해 어느 지면에 짧은 글을 쓴 바 있음에도 불구하고 재론하는 이유는 우리는 왜 공부를 하는가에 대해 생각해보고 싶어서이다. 나는 이 책을 보며 국가와 자본의 힘에 맞서서 진리를 말할 수 있는 '용기'에 대해 깊이 생각하게 되었음을 고백하지 않을 수 없다. 다음 진술을 보라. "아이들이 맘껏 놀지 못하고, 건강한 성장기를 박탈당하면서 '교육지옥'에 갇힌 채 살아야 하는 사회, 청년들이 활기를 잃고 기껏해야 7급 공무원이나 '정규직'을 몽상할 수 있을 뿐인 사회는 미래가 없는 사회이다." 나는 이 책을 보며 김종철은 철저한 민주주의자라는 사실을 실감하게 된다. 기본소득이라는 희망이 실제 구현될 수 있는 것은 민주주의의 철저한 이행에서만 가능하고, '패도'의 세계에서 '왕도'를 구현하는 정치 또한 민주주의의 강화에서만 구현될 수 있다. 김종철의 이러한 관점은 시의 힘을 철저히 신뢰하는 태도와 무관하지 않으리라고 나는 확신한다.

이것은 단적으로 일본 작가 오다 마코토小田実의 삶과 사상을 기념하며 일본에서 행한 강연을 소개한 칼럼 「'패도'의 세계에서 '왕도'를 생각한다」에서 확인된다. 이 글에서 김종철은 오다 마코토의 반전 평화, 민주주의 사상은 폭격하는 자가 아니라 폭격당하는 자의 시선으로 세상을 보려는 태도에 있었다고 한다. 그리고 "우리가 양심적인 인간이고자 한다면, 필요한 것은 하늘을 나는 새의 눈[鳥瞰]이 아니라 땅을 기는 벌레의 눈[蟲瞰]이다"라고 말한다. 벌레의 눈[蟲瞰]이라니! 이 표현이야말로 우리나라를 대표하는 지식인 김종철이 세상을 바라보는 확실한 발화 지점이라는 점에서뿐만 아니라, 우리가 공부하는 진짜 이유라는 차원에서 깊이 음미되어야 한다.

당신은, 지금, 공부 중이신가? 무엇을 위한 공부를 하시는가. 새의 눈을 갖기 위한 공부인가, 벌레의 눈을 가지려는 공부인가. 새의 눈이란 다른 말로 표현하면 식자우환識字憂患이라 할 수 있다. 서경식의 『시의 힘』과 김종철의 『발언』을 읽으며 시의 힘을 상상하고, 우리 사는 현실을 바꾸는 진짜 동력이 무엇인지에 대해 생각해보는 일은 얼마나 아름다운가. 그것은 결국 '시인'의 일과 '시민'의 일이 따로 분리되어 있지 않다는 의미가 아닐까 한다. 나는, 지금, 책을 읽을수록 책 밖의 현실을 이해하고 바꿀 수 있는 공부가 필요하다는 점을 실감하고 있다. 나는 학생이다!

성장 신화의 붕괴,
절망의 꽃말들

―1990년대 시 텍스트에 나타난 가난

어리고, 배고픈 자식이 고향을 떴다

―아가, 애비 말 잊지 마라
가서 배불리 먹고 사는 곳
그곳이 고향이란다

―서정춘, 「30년 전―1959년 겨울」 전문

'1959년 겨울'이라는 부제가 붙은 이 시는 보릿고개 시절을 살았던 시인의 체험이 소박하게 묻어나는 작품이다. 고향의 산천과 집을 떠나 "배불리 먹고 사는 곳"을 찾아 길을 떠나야 했던 가난의 체험은 우리 문학사에서 자주 접할 수 있는 매우 익숙한 풍경이었다. 소월은 「옷과 밥과 자유」(1925)라는 시에서 '옷과 밥과 자유'를 향한 원초적인 그리움의 정서를 속말에 가까운 간절한 모국어로 그려냈는가 하면, 신경향파를 대표했던 최서해는 무대를 만주로 확장하여 식민지 유민들의 가혹한 궁핍의 상황을 도저한 증언의 언어로 고발한 바 있었다. 이러한 가난에 관한 문학적 변용과 탐구는 1960~1970년대 산업화 시대를 거쳐 1980년대 민중문학에서도 단골 주제가 되었다.

특히 1980년대 문학사적 사건이었던 박노해의 『노동의 새벽』(풀빛)에서 가난한 자들은 자본주의적 현실에서 자신의 운명을 발견하는 계급의식으로까지 발전한다. 가난한 자들은 이제 자신의 계급적 인식 아래 자본가에 대한 대타의식으로 나아갔다. 「대결」과 「손 무덤」은 그 생생한 사례들이다. "이 숙명적인 대결을/ 어찌한단 말인가"(「대결」)라는 계급의식의 시적 수용은 이후 싸움의 미학을 위한 하나의 지침이 되기까지 했다. 부정적 현상도 일어났다. 이른바 민중시 계열의 작품에서 민중 약전 식의 시들이 양산되었고, 정치에 종속되어 문학의 도구화를 부추겼다. 어느 평자의 지적은 자못 아프다. "지난 시절 시인들에게는 미학을 찾지 않아도 미학이 먼저 와 있었다. (…) 절대 곤궁이 휩쓰는 세상에서 시인은 가난을 노래하는 것만으로도 미학을 구현했다."(고운기, 『작가』, 1999년 여름호)

이제, 1980년대의 박노해 신화는 유효하지 않다. 김정환은 박노해의 『노동의 새벽』에 대해 전태일의 삶과 견주어 "시 작품의 기본 여건에 있어 초보를 밑도는 수준"(산문집 『전망은 그릴 수 없는 아름다운 그림』, 사회평론)이라고 비판한다. 그는 또 "우리가 박노해를 감옥에서 해방시켜야 스스로 해방"될 수 있다고 덧붙인다. 어쨌든 우리는 1990년대 초반 현실 사회주의권의 동시적 몰락과 함께 가난의 메타포가 문학 현장에서 일제히

퇴각하는 현상을 목격하게 된다. 그리고 갑자기 대두된 '문화 담론'의 열풍을 온몸으로 맞는다. 일상은 욕망의 분출을 위한 시공간이 되었는가 하면, 지난 시절에 대한 회고와 후일담의 서사가 한동안 우리 문학을 엄습했다.

전자는 이미 자본의 쇼윈도라는 낯선 거리가 구체적인 일상이 된 것으로 나타난다. '압구정동'이라는 문제 설정은 한국 자본주의 욕망 구조의 동력을 보여주는 사례가 된다. 유하, 하재봉, 함민복 등의 시는 자본주의가 소비하는 언어들로서 자본주의를 풍자하고 야유하는 방식을 취한다. 가령, "광고의 나라에 살고 싶다/ 사랑하는 여자와 더불어/ 아름답고 좋은 것만 가득 찬/ 저기, 자본의 에덴동산, 자본의 무릉도원,/ 자본의 서방정토, 자본의 개벽세상—"(함민복, 「광고의 나라」)라는 식이다. 그러나 이들 시에 나타나는 시적 자아란 얼마나 연약하기 짝이 없는가. 유하가 압구정동을 산책하며 고향의 '하나대'를 떠올리지만 시인은 그곳의 삶으로 돌아갈 수 없다는 거대한 상실감을 보여준다는 것을 우리는 이미 알 수 있다. 압구정동이란 배제와 선택, 그러니까 '차이'의 논리에 의존하는 공간이며, 따라서 환멸과 유혹을 강하게 느끼게 한다. 압구정동은 이제 상대적 잉여가치의 생산에 의해 노동자들을 체제내화하는 전략을 구사하는 단계에 이른 한국형 자본주의의 천박한 자화상이 드러나는 공간이었던 셈이다. 그래서 '이탈'을 예찬하는 김중식의 일인칭 화자는 궤도에서 이탈한 자의 상실감을 심하게 앓는다. "집도 절도 죽도 밥도 다 떨어져 빈 몸으로 돌아왔을 때 나는 보았다 단 한 번 궤도를 이탈함으로써 두 번 다시 궤도에 진입하지 못할지라도 캄캄한 하늘에 획을 긋는 별, 그 똥, 짧지만, 그래도 획을 그을 수 있는, 포기한 자

그래서 이탈한 자가 문득 자유롭다는 것을"(「이탈한 자가 문득」). 과연, 자본주의적 궤도에서 이탈한 자가 자유롭다고 말할 수 있을까.

후자, 그러니까 회고의 수사는 1990년대 초반 사태沙汰를 이룰 정도로 쏟아졌다. 후일담의 성장소설이 나타났다면, 시에서는 신서정의 미학을 운운하며 복고풍의 회고담이 유행을 이룬다. 『하늘밥도둑』(창작과비평사)을 위시한 심호택의 일련의 시들은 1950~1960년대 가난했던 시절로 훌쩍 시간 여행을 떠나 기억의 저편을 복원한다. 심호택의 「양은도시락」은 대표적이다. 왜 이와 같은 현상이 도래했는가? 그것은 "눈 침침하다/ 눈은 넋그물/ 넋 컴컴하다"(김지하, 「쉰」)라는 흐릿한 좌표 때문이며, "追憶은, 廢墟를 건너기 위해 있는 것이 아닌가"(이윤학, 「한낮의 풀밭」)라는 지적처럼 폐허와 당대의 삶에 대한 정신적 허기에서 비롯되었다고 할 수 있다. 누추한 폐허를 살고 있다는 자각이 과거로의 침잠으로 향하도록 했다. 이것은 결국 "옛길 버리고 왔건만/ 새 길 끊겼네"(백무산, 「경계」)라든가, "역사가 강물처럼 흐른다고 믿는가/ 그렇지 않다/ 단절의 꿈이 역사를 밀어간다"(백무산, 「인간의 시간」)에서처럼 지난 연대와의 단절적 인식론과도 그 뿌리를 같이한다. 그리고 우리는 많은 시인들이 시적 전환의 맥락에 대한 고민도 없이 생태시에 열광하고 예찬하는 풍경을 연출하는 상황을 맞게 된다.

어느 시인은 "가난이야 한낱 남루에 지나지 않지만"(서정주)이라고 말했다. 평자의 주관적인 판단일 수밖에 없겠지만, 가난이 남루에 지나지 않는다는 판단은 산업화의 과정을 거치는 시대였다면 몰라도 농경 사회가 완벽히 파괴된 지금에 와서는 맞지 않는다는 생각이다. 김수영과 박용래 그리고 천상병이 노래했던 가난은 차라리 행복한 빈자의 미학을 구가할 수 있었던 황금기였다고나 할까. 특히 박용래의 절창 「저녁눈」에 비친, 한없이 아름다운 가난의 풍경은 어쩌면 마지막 농경 사회를 살았던 시인 특유의 낭만적 심성에서 비롯된 산물이라고 보아야 한다. 그러나 이제 어느 시인이 이 가난의 미학을 노래할 수 있을까. 고도의 압축 성장을 통한 산업화가 진행된 우리 사회에서 체감되는 가난은 빈자貧者의 낭만이 아니라 가혹한 빈궁貧窮의 상황이다.

그런데 1990년대 시에서 가난을 노래한 작품들은 지난 연대에 비해 눈에 띄게 줄었다. 그 이유는 굳이 묻지 않아도 알 수 있다. 이와 관련해 신경림은 시집 『쓰러진 자의 꿈』(창작과비평사) 후기에서 이렇게 말하고 있다. "쓰러지는 자들, 짓밟히는 것들의 상처와 아픔을 어루만지고 흩어지는 것들, 깨어지는 것들을 다독거리는 일, 이 또한 내 시의 숙명인지도 모르겠다." 1990년대 시적 상황에 대한 신경림의 선언은 구체적인 세목을 드러내는 대신, 시단의 어떤 경향에 대한 우회적인 비판이 아닐 수 없다. 「찌그러진 작업화」를 보자. 이 시에서 우리는 "농익어 단 열매만을 뽐내는 저 큰 나무" 뒤안에서 쓰러지고 짓밟히는 것들의 상처와 아픔을 만나게 된다.

> 얼어붙은 비탈길을 미끄러지는 쓰레기차가 보인다
> 이른 새벽 셔터를 올리는 시퍼렇게 터진 손이 보인다
> 새벽길 삼백리를 달려온 찌그러진 작업화가 보인다
> 농익어 단 열매만을 뽐내는 저 큰 나무에
>
> ─신경림, 「찌그러진 작업화」 부분

시인은 위 시에서 특히 동사와 형용사의 변화를 통해서 이 상처와 아픔을 드러낸다. 그러니까 '미끄러지는 쓰레기차', '터진 손', '찌그러진 작업화' 등의 표현은 마지막 행의 "열매를 뽐내는"이라는 표현과 대비를 이루면서 시적 효과를 유발한다. 단 열매에 취해 그 뒤안의 고통을 잊지는 않았는가 자문할 일이다.

한편 이대흠과 유용주는 체험의 언어로써 노동의 건강성을 다시금 노래한다. "집들이에 가거나 개업식에 가서/ 수도꼭지를 틀어 보기라도 하면/ 나와 같은 노동자들의 땀방울이/ 콸콸 흘러나와/ 때 묻은 내 손을 닦아줍니다"(이대흠, 「사람의 체온」). 서민적 풍취가 물씬 풍기는 이대흠의 시는 생존과 실천을 위한 그의 체험에서 비롯된다. 목수 출신의 시인 유용주도 모진 세상에 못질을 한다. "세상 모나고 거칠고 딱딱한 곳엔/ 늘 크고 단단한 못이 필요하다"(「목수」)라든가, "모든 사랑은,/ 빛나는 상처의 못박힘들이다"(「못」)라는 표현들이 그러하다. 그러나 유용주는 상처를 껴안는 사랑의 못질 행위 뒤안에서 숨 가쁜 노동의 무게에 짓눌리곤 한다. "잠 속에서도 시 쓰는 일보다/ 등짐 지는 모습이 더 많아/ 밤새 꿈이 끙끙 앓는다"(「가장 가벼운 짐」)라는 시적 전언은 가난한 화자에게 허여된 잠 속에서마저도 허기와 결핍에 시달리는 내밀한 공포의 정도를 드러내고 있다. 그리하여 우리는 "그대 밥무덤 속에 영원히 갇히고 싶네"(「아내에게」)라는 시인의 오래된 꿈을 보게 된다. 이 시에서 보듯 1990년대의 시인들은 박노해의 「손 무덤」의 세계를 노래하지는 않는다.

1990년대는 무엇보다 노동 조건의 변화가 어느 때보다 급변한 시기였다. 구조조정과 고용 한파는 언제나 가난한 자들의 어깨 위에 짓눌려 있는 형국이다. 이 상황을 응시하는 시인들의 표정은 어떠한가. 김기택과 조기조의 시는 그 사례들이다.

ⅰ)
심장이며 허파며 내장들이 하나도 남지 않은 상체는 썰렁하고
그 모든 것들이 쌓인 다리는 무겁다
그 무게에 의지하여 나는 걷는다
(…)
가는 곳을 모른 채 걸음은 그치지 않고 간다
텅 빈 이 커다란 무게를 지고

—김기택, 「실직자」 부분

ⅱ)
내 겨울잠은 깡깡 얼어 있다
아 전신마비의 언 잠이여
혹독하구나 살아 있는 것은
팔딱이는 심장뿐이다

내 꿈은 뇌에 있지 않고
쉬지 않고 맥동하는 심장에 있다

—조기조, 「고치의 잠」 부분

ⅰ)은 실직자가 겪는 정신적, 육체적 상황을 육체화시켜 표현한 작품이다. ⅰ)의 화자는 기형적인 육체성을 갖고 있다. 무엇 하나 남지 않은

"상체"와 "그 모든 것들이 쌓인 다리"라는 시적 설정은 마지막 행에서 보듯 실직자의 육체에 부여된 '텅 빈 무게'의 짐을 잘 드러낸다. 기형적 육체에 감당하기 힘든 텅 빈 무게를 지고 자신이 "가는 곳을 모른 채" 걸음을 떼야만 하는 실직자의 상황을 그려낸 시인의 솜씨는 뛰어나다.

ⅱ)의 화자는 '그날'의 변신을 위해 오늘 고치의 겨울잠을 청한다. 그러나 고치의 겨울밤이란 "전신마비의 언 잠"과도 같은 쓰라린 상황을 이겨야 하는 싸움의 시간이다. 과연, 이 시의 화자는 "팔딱이는 심장"만으로 '그날'을 맞을 수 있을까. "최선을 다해 지는 자만이/ 울 수 있는 것이다"(「약속」)라는 다른 표현에서 보듯, 이 시인에게 있어 겨울잠의 과정은 '울음'을 울기 위한 통과의례일지도 모른다. 한편 조기조의 「난시청 지역에서」라는 시에서 표현된 '가리봉'은 예의 유하 시에 나타난 '압구정동'의 대척점이 된다. "모든 것이 유인물로 유비통신으로 출근길 버스 안에서나 퇴근길 횡단보도 앞에서나 수신돼". 가리봉은 노동자 혹은 가난한 자들이 공적 커뮤니케이션의 난시청성에 맞서 하나의 '소통과 연대'를 이루는 공간으로 표상된다. 그것은 예나 지금이나 양적 차이는 있을지언정 질적 차이는 없으리라.

이와 같은 시적 성찰은 〈일과시〉 동인을 비롯해 맹문재, 박영근, 박관서 등에서도 비슷한 표현을 낳는다. 어느 프락치 노동자의 약전이랄 수 있는 박영근의 장시 『김미순傳』(실천문학사)은 전락轉落한 노동자의 운명을 직정적으로 부조한다. 절망의 포즈를 남발하는 시대에 대한 시인의 당연한 대결의식의 산물이겠지만, 프락치 노동자라는 소재 선택은 좀처럼 공감의 연대로까지 이어지지 못하는 아쉬움을 낳았다. 맹문재의 시는 반성의 사유와 그리움의 정서에 서 있다. 가령 「반성」, 「쇠독」, 「그리움이 먼 길을 움직인다」 등의 시들이 그러하다. "마석 모란공원의 안내판에 나를 비춘다/ 너도 저럴 수 있느냐?"(「반성」) 위에서 보듯 이 시인에게 있어서 '마석 모란공원'은 자신을 비추는 거울(또는 나침반)과 같은 구실을 하는 셈인데, "너도 저럴 수 있느냐?"라는 구절이 암시하듯 가야 할 저편과 가지 못하고 있는 오늘의 내면 상태 사이에서 윤리적으로 길항하는 모습을 보여준다. 이 반성의 시정신이야 어느 때든 필요한 것이지만, 그 반성의 마음 자락에는 누군가를 의식하지 않는 철저한 자기 대면이 요구되는 것은 아닐까 싶다. 이 점에서 정기복의 「모란공원」 연작시도 같은 계열에 속한다고 말할 수 있다. 가난을 응시하는 정기복의 시선은 유전적 체험과 농촌적 정서와 깊은 연관을 맺는다. 「들쥐의 내력」과 「수몰지구」는 그 생생한 사례들이다. "흙담에서 내몰린 생들이/ 대도시 변두리 산동네 콘크리트 벽을 치고 오르며/ 시리고 애달프게, 들쥐처럼 산다"(「들쥐의 내력」)라든가, "종국이 아버지 생애의 팔 할이/ 물 밑에 가라앉아 있다면 이 할은/ 안개에 녹아 있다"(「수몰지구」)라는 표현은 자의식의 잠음에 갇힌 최근 시단의 경향에서 매우 이채롭다. 특히 "이 할은 안개에 녹아 있다"라는, 짧지만 많은 설명들을 함축한 표현은 드러내기의 유혹과는 거리가 멀다고 할 수 있다.

한편 박관서의 『철도원 일기』(내일을여는책)에 나타난 '기차'의 이미지는 곽재구의 「사평역」이나 김정환의 『기차에 대하여』(창작과비평사)에 드러난 바 있는 다소간의 낭만적 경사 및 변혁의 메타포와는 거리가 멀다. 그러나 엄밀히 말하자면 곽재구 쪽에 가깝다. 박관서의 기차 이미지는 "어깻죽지 노곤노곤한 이 밤"(「별」)을 맞보는 일상의 터전이다. 쉬운 일상어를 통해 철도 노동(자)의 고단하지만 아름다운 삶을 따뜻이 응시하고 따뜻한 '집'을 꿈꾸는 박관서의 시들은 성실한 삶을 살아가는 자 특유의 낙관이 묻어난다. 다만 그의 시가 부조한 가난의 풍경들은 너무 익숙하다는 점에서 그가 어떤 시적 사유를 보여줄지 기대할 필요가 있다. 황규관의 시 「푸른 작업복을 입으며」는 "떠나고 싶으나 돌아와야 하는 처지"의 노동자들의 삶을 그려낸 작품이다. 그러나 이 시의 화자는 누더기 희망 앞에서 더 이상 헛꿈을 꾸지 않겠다는 의지를 밝힌다. "날 탄압한 건 나 자신이었으므로/ 이 어두운 작업복에/ 무슨 거대한 뜻을 새기진 않겠다". 이 인식은 "나도 어서 어제와 결별해야겠다"(「결별」)는 선언으로 구체화되지만, 그 결별의 방향이 무엇일지는 쉽게 잡혀지지 않는다. 다소간 자기검열에서 벗어나지 못한 맹문재에 비해 황규관의 시는 그 검열을 벗어나 있는 듯 보이지만, 황규관 시의 미래가 밝다고는 감히 말할 수 없을 듯하다. 1990년대는 이처럼 뭇 시인들로 하여금 속수무책의 절망감을 안겨주었다.

1990년대 말의 'IMF 충격'은 이 땅에 사는 많은 사람들에게 현실적인 궁핍의 공포를 느끼게 해준 계기였다. 특히 중산층 신화의 몰락과 함께 계급양극화의 심화, 확산 현상은 최근 우리가 겪은 가장 큰 변화 양상이었다. 이른바 '20:80'의 무서운 사회로 가고 있다는 사회학자들의 진단도 나왔다. '나'의 성장과 강화를 위해 '너'를 짓밟거나 죽여야 했던 근대화 과정 속에 경제 파국이 예견되었다는 발본적 반성론의 견해도 없지 않았다. 어쨌든 성장 신화의 꿈은 대마불사大馬不死의 신화와 함께 허무하게 무너졌고, 거리에는 도스토옙스키적 집단 허무주의가 배회하고 있다. 이것은 "또 다른 銃"(김준태) 또는 "태초에는 말씀이 있었고/ 오늘날에는 돈이 있다."(정현종, 「돈이여」)로 풍자되는가 하면, "결국/ 도시에서의 삶이란 벼랑을 쌓아올리는 일"(함민복, 「옥탑방」)이라는 자기성찰적 표현으로 나타나기도 한다.

'서울역'은 이 시대의 한 상징으로 떠올랐다. 저 근대화 시기에 서울역이 농촌 출신 탈향자들이 도시 노동자로 입사入社하기 위한 관문 역할을 했다면, 이제 서울역은 그 입사자들 중에서 중도 탈락된 자들의 마지막 막장이 되었던 셈이다. 중세의 순례 행렬을 연상하게 하는 남루한 실업자들이 수백 명씩 무리지어 급식을 받는 서울역의 우울한 풍경은 '옷과 밥과 자유'가 무산된 오늘의 가혹한 현실을 상징하는 메타포이다. 정희성은 "죄 많은 내가 누워야 할 자리에/ 다른 사람이 먼저 와 있다"(「서울역 1998」)고 탄식한다.

임동확은 시집 『처음 사랑을 느꼈다』(솔)에서 특유의 '난파선'의 이미지를 다시 누추한 치욕의 현실을 맞아 재차 구사한다. 첫 시집 『매장시편』(민음사)에서 광주 '바깥'을 향해 희망의 모스부호를 타전했던 시인은, 다시 "낡은 희망"(「마포종점 2」)을 타전한다. 왜 시인은 다시 희망의 복원을 꿈꾸는가. 그것은 "불구의 시간들"(「희망사진관」)에 대한 "치욕"의 내면화가 깊이 작용한 탓이다. 그리하여 "더 추구할 명분도/ 폐기 처분할 열망도 없는 이 세기의 미아들"(「Homeless」)과 시적 화자는 하나로 겹쳐진다. 그러나 시인은 그들에게 동정과 연민의 시선을 보내지 않는다. 되레 가차 없는 풍자와 야유 또는 준엄한 역사적 성찰로 향한다. 이 과정은 "지극히 타당한 균형"(「깃발」)의 세계, 즉 『중용』에서 구현하고 있는 세계(초월성)를 갈망하기 위한 시적 노정의 의미를 갖는다. 「빙판과 칼날」 같은 시에서 보듯 시인은 지금 초월성과 내재성 사이에서 길항하며,

새로운 희망의 철학을 향해 힘찬 행보를 하고 있다. 정치적 상상력을 발휘하되, 정치라는 악귀로부터 벗어나기 위한 힘찬 사유가 녹아 있는 시인의 시는 일상의 좁은 시야에 갇혀 있는 요즘 시단과 다른 감동을 주기에 충분하다.

요즘 시에는 고통의 비명이 넘친다. 죽음과 욕망 또는 치욕의 일상에서 비롯한 비명들이 쏟아지고 있다. 그런데 언어 저 너머 육화된 존재의 아픔이 느껴지지 않는 것은 무슨 까닭일까. 이런 현상은 어제오늘의 일은 아니었다. 그러나 최근 시에서 폐쇄된 자의식의 회로를 넘어서는 새로운 언어의 표현이 드물어진 현상은 1990년대 시가 자신의 영토로 자부했던 서정성과 일상성의 의미를 지나치게 좁게 한정했기 때문은 아닐까. 물론 드문 사례이지만 시인의 창조적 정신이 작용한 작품도 없지는 않다.

황인숙의 「남산, 11월」(『자명한 산책』, 문학과지성사), 오탁번의 「또 애기똥풀」(『겨울강』, 세계사), 허수경의 「베를린에서 전태일을 보았다」(『내 영혼은 오래되었으나』, 창비), 김광규의 「디셈버 송」(『가진 것 하나도 없지만』, 문학과지성사), 황지우의 「거룩한 식사」와 「지하철역에 기대고 서 있는 석불」(『어느 날 나는 흐린 酒店에 앉아 있을 거다』, 문학과지성사), 김정환의 「一瞬」(『해가 뜨다』, 문학과지성사), 박철의 「영진설비 돈 갖다 주기」(『영진설비 돈 갖다 주기』, 문학동네), 고형렬의 「성에꽃 눈부처」(『성에꽃 눈부처』, 창작과비평사) 등이 그것이다.

김광규의 시는 이른바 중산층 신화의 몰락을 냉정한 시선으로 묘파한다. IMF 사태를 해일 사태에 비유한 「디셈버 송」은 시인 특유의 차가운 시선과 아이러니의 미학으로 존재적 위기감을 정치(精緻)하게 분석한 경우에 속한다.

온몸이 차갑게 젖어들어 왔다.

깜짝 놀라서 눈을 떴다. 방바닥이 온통 물에 잠겨 있었다. 천장에서도 물방울이 뚝뚝 떨어졌다.

이게 무슨 일인가. 섣달 초승에 홍수가 날 리도 없고.

(…)

미국식 영어로 철썩거리는 파도 소리를 듣고, "헬프 미"를 외쳤지만, 아무도 도와주지 않았다. 물이 빠져나갈 때까지 기다리는 수밖에 없었다.

오래 걸릴 것 같았다.

금이나 보석을 받고, 구명조끼와 고무보트를 비싸게 파는 행상이 어느새 나타났다.

낯익은 얼굴이었다.

―김광규, 「디셈버 송」 부분

알레고리적 구성으로 짜인 이 작품은 "섣달 초승"의 갑작스런 해일이라는 기발한 비유와 함께 마지막 표현에서 보이듯 끝까지 현실을 냉정하게 보려는 윤리적 태도가 결합되어 풍자와 야유의 미학을 성공적으로 구현하고 있다. 여기에 제시된 현실은 분명히 비극적 상황임에도 시인의 붓끝에서 한차례 상상력의 변용 과정을 거치며 현실은 희극으로 전환되기에 이른다. 이와 비슷한 사례는 예의 시집에서 자주 발견된다. 「무너진 건물더미에 깔려」, 「축혼가」, 「생각보다 짧았던 여름」 등의 작품이 거기에 해당된다. 고현학적 상상력으로 명명할 수 있는 시인의 시 쓰기는 중산층적 삶의 위기감을 통렬하게 반영하는 것으로 귀결된다. 「종묘 앞에서」의 마지막 2행은 우울한 서울의 풍경에 대한 풍속화가 아닐까 싶다. "조선 왕조가 잠든 종묘 앞 지붕 없는/ 광장에서 찌꺼기처럼 살아가는 우리 식구들".

황인숙의 「남산, 11월」은 실업자 문제를 다룬 작품이다. 무엇보다 감춤과 드러냄 사이의 긴장을 적절히 통어함으로써 잔잔한 감동을 준다. 모두 3연으로 짜여진 이 시의 묘미는 3연의 극적 반전에 있다. 1연과 2연에 제시된 시적 상황은 햇빛을 쬐며 행복에 겨워하는 단풍나무가 '객관적으로' 묘사되고 있다. 그런데 3연에 와서 시인은 그 단풍나무 아래의 풍경을 시치미 떼듯 '아주 슬쩍' 보여준다. "싸늘한 바람이 뒤바람이/ 햇빛을 켠 단풍나무 주위를 쉴 새 없이 서성인다./ 이 벤치 저 벤치에서 남자들이/ 가랑잎처럼 꼬부리고 잠을 자고 있다." 존재하는 것과 부재하는 것 사이의 거리감을 즉물적인 직접화법의 드러냄을 통해서가 아니라, 시적 의도의 철저한 은닉과 감춤을 통해 표출하고 있는 셈이다.

1990년대를 여는 시인보다 가혹하게 겪은 〈일과시〉 동인들의 현장 보고서도 빼놓을 수 없다. 〈일과시〉 동인들은 1988년 결성되어 10년이 넘도록 노동 현장을 지키며 정직한 노래를 부르고 있다. 그들은 항변한다. "이제 가난이라든가, 낯익은 슬픔은 시가 되지 않고 슬로건이 되지 않고 돈이 되지 않는가?"(『한 노동자가 위험하다』, 갈무리)라고. 이 항변은 『실천문학』(1998년 겨울호)의 특집 「IMF 1년, 민중의 삶」에 수록된 〈노동시 6인선〉을 비롯해 동인집에서 구체적으로 확인할 수 있다. 김기홍의 시작이 구체적인 세목으로써 궁핍한 현실을 전경화하고 있다면, 김해화는 삶의 위기에 처한 자들의 전락을 응시한다. "세상의 큰 그늘 이루던 사람들만/ 몸 상하고 일 끊기니 이름이 없구나"(「잃어버린 이름」)라는 김해화의 탄식은 '존재 증명'을 갖지 못하는 자들의 상황을 잘 드러낸 상징이 된다. 노동은 분열되었고, 삶은 극심한 하청화 과정을 겪게 되었다. 김해화의 『누워서 부르는 사랑노래』(실천문학사)는 "남의 집 짓느라 먼지 속 떠도는" 철근노동자의 "벗어던질 수도 없는/이 무거운 짐"(「집·짐」)을 정직하게 성찰한다. 시인은 「패랭이꽃」, 「부활을 위하여」, 「지금」 등의 시편들에서 무너지는 삶 속에서도 새로운 부활을 꿈꾼다. 그런데 그에게 있어 새로움이란 무엇인가. 그것은 "벗이여/ 새로움이란/ 새 옷을 갈아입는 것이 아니네/ 이렇게 거짓없이 낡아가는 것이네"(「새로움에 대하여」)라는 표현에 명백히 밝혀져 있다. 그러니까 김해화의 시편들은 "거짓 없이 낡아가는 것"의 의미를 역설하는 시적 선언인 셈이다. 이 다짐은 정당하다. 그러나 이 정당한 시적 다짐 앞에서 나는 어떤 곤혹감을 느낀다. 노동자를 위험으로 내모는 자본의 위력 앞에서 "거짓 없이 낡아가는 것"이라는 실천윤리가 얼마나 취약한 것인지 하는 의문 때문이다. 물론 이것은 비단 김해화의 한계만은 아니리라. 바로 거기에 우리의 곤혹감이 있는 것이다.

그러나 이즈음의 궁핍을 노래하는 시들은 풍자와 야유는 많아도 즉물적인 시 쓰기에서 좀처럼 벗어나지 못하는 듯하다. 그 결과 한 편의 시에서 우리는 상상력이 좀처럼 개입할 수 있는 여지를 얻지 못한다. 모든 것을 설명해버리는 시적 진술은 희망의 복원을 성급하게 갈구하는 계몽의 욕망의 발로일지 모른다. 그러나 그러한 인식에 이르기까지 과정에 대한 필연적인 매개가 고려되지 않는 성급한 계몽의 욕망은 무책임할 수 있다고 감히 말할 수 있지 않을까. 한동안 우리 시는 너무나 많은 주의主義에 시달렸고, 지금은 넘치는 주정主情에 시달리고 있지 않은가. 그래서 비루한 삶의 세목들을 차분히 응시한 황지우의 「거룩한 식사」 같은 시에서 어떤 깨달음을 얻는지 모른다. 위 시에서 화자는 "나이 든 남자가 혼자 밥 먹을 때/ 울컥, 하고 올라오는 것이 있다"라고 말한다. 화자의 이 같은 인식은 유년 시절의 심상과 겹쳐져 있기에 더 설득력이 작동한다. "양푼의 식은 밥을 놓고 동생과 눈흘기며 숟갈 싸움하던/ 그 어린 것이 올라와, 갑자기 목메게 한 것이다". 자기화되지 않은 언어와 인식은 자칫 위선이 될 수 있다. 어느 중년의 가난한 삶을 엿보는 시인의 따뜻한 시선에서 황지우 특유의 냉소가 말끔히 걷혀져 있는 것은 그래서 이해될 수 있다.

박철의 시편들은 가난을 드러내지만 '웃음'을 잃지 않는 특징을 갖는다. 시집 『영진설비 돈 갖다 주기』에 수록된 동명의 시는 얼마간의 궁상과 청상도 없지는 않다. 하지만 작은 일상의 깨달음들이 과장되지 않아 담백한 맛을 느끼게 해준다. 박철의 시를 보면 가난을 그리는 일이 꼭 심각할 필요는 없다는 것을 깨닫게 한다. 그러나 위 시에도 뭐랄까, 어떤 침묵의 비밀이 간직되어 있다. "어느 한쪽,/ 아직 뚫지 못한 그 무엇이 있기에"라는 표현은 위 시의 화자가 영진설비에 하수도 뚫은 노임 4만원을 가져다주지 못한 이면의 진실을 드러낸다. 그 이면의 진실이란 시대와의 불화를 겪으며 시인 자신이 궁상을 떨 수밖에 없는 어떤 갑갑증 때문이리라. 물론 위 시가 이 갑갑증에 대한 전면적인 성찰을 시도하지는 않았지만, 일상에서 겪는 그 갑갑증을 깔끔한 구도와 정직한 언어로 표현한 것은 적잖은 의의가 있다.

가난의 시적 형상화에 있어 허수경의 「베를린에서 전태일을 보았다」는 가난을 대상화하지 않는 사유의 힘이 깃든 작품이다. 위 시는 한국과 독일의 국경을 허물어뜨리며 '빈곤의 세계화'를 시적으로 표현한 뛰어난 작품이다. 모든 것이 '돈'으로 교환되는 자본의 광기 앞에서 어느 곳도 안전한 곳이 없다는 것을 이 시는 깊은 사유와 풍부한 시적 비유로써 증명하고 있다. 1990년대 말 베를린의 전태일은 누구인가. 5연에서 그는 도시 곳곳을 배회하는 '부랑아'의 이미지로 채색되어 있다. "그의 얼굴이 희다 입술이 붉다 냄새나는 외투와 맥주/ 얼굴에 하얀 페인트를 칠하고 입술엔 붉은 페인트를 칠하고 아내를 아들을 버리고 버스 정류장에 나와 있다". 이 부랑자의 이미지는 지상 전시실에 진열된 "고향에서 강제로 이주당한 신들"의 이미지와 맞물려 상승 작용을 일으키며, 한때 첨단의 절정이었으나 이제는 낡아버린 존재가 되었음을 의미한다. 베를린의 전태일은 끊임없이 도시 거리를 헤매며, 환멸과 유혹의 상품이 늘어선 세계를 느릿느릿 걸어다닌다. 그러나 그 걸음에서 이미 갈 곳을 잃은 자의 좌절과 우울 또한 당연히 묻어난다. 자기를 상품으로 시장에 내놓은(내놓을 수 있는) 산책자의 여유는 완벽하게 사라졌기 때문이다.

가혹한 현실은 자칫 오늘의 시인들로 하여금 조급한 '희망의 노예'로 만들기도 한다. 그러나 희망은 얼마나 더디게 오는가. 희망은 결코 신념만으로 오지 않는다. 희망이 신념이 될 때 숱한 폭력이 자행되었음을 지난 역사는 아프게 증언한다. 그래서 시인들은 "어두운 禪"(황지우)의 전략적 허무주의에 빠지기도 하며, "늙은 자궁의 세계여, 그 몸을 활짝 열어 그 치부의 밑바닥까지 보여다오"(임동확)라고 과장 섞인 절규를 하는 게 아니겠는가. 절대 궁핍의 세상에서 나의 빈궁함을 노래하는 것만으로 미학이 될 수는 없다. 시인은 그 유혹을 극복하며 자신만의 언어를 통해 세상에 대한 통합적 상상력을 드러낼 때 가난이라는 소재주의에 갇히지 않는 좋은 시를 얻을 수 있을 것이다. 통합적 상상력의 길은 사회·역사적 관계에 대한 시정신을 잃지 않는 것이다.

현장의 시,
시의 현장

현장의 시

백무산은 어느 대담에서 "공장 밖이 절벽입니다"라고 말했다. '신자유주의 체제의 바깥은 없다'는 말을 살아 있는 생활의 입말로 표현한 것이라고 할 수 있다. 백무산은 그 대담에서 (노동)운동의 정점에 '생태주의'가 필요하다고 역설한다. 백무산이 생각하는 생태주의는 "운동성을 삶의 깊이로 전환시키는 길"을 의미한다. 풀어보자면 "사회운동 에너지를 삶의 깊이로 환원하고 공동체적 감각을 회복하는 생명 나눔의 에너지로 전환해가자는 것"[1]이다.

---

1 백무산·고영직 대담, 「공장 밖이 절벽입니다」, 『실천문학』 2013년 가을호, 112쪽.

우리는 백무산 시인이 운동의 정점에 생태주의가 필요하다고 말한 의미와 맥락을 생각할 필요가 있다. 여기서 말하는 생태주의는 어떤 특정의 생태주의를 지칭하는 것이 아니다. 구체적으로 말하자면 지구의 환경을 위해서 소비를 줄이자는 식의 캠페인을 제안하려는 것이 아니라는 의미이다. 어쩌면 시인이 말하는 생태주의는 생태-생명-생활의 의미를 모두 포괄하는 의미라고 할 수 있다. 백무산이 제안하는 생태주의는 펠릭스 과타리Félix Guattari가 『세 가지 생태학』(동문선)에서 제안한 '에코소피ecosophy'와 통한다고 감히 말할 수 있으리라. 과타리가 말하는 세 가지 생태학은 마음생태학, 사회생태학, 자연생태학을 모두 포괄한다.

생태와 생명과 생활의 문제는 셋이되 더 이상 셋이 아니다. 실천의 관점에서 서로 구별할 수는 있겠지만, 그렇게 분리될 수도 없고, 그렇게 쪼개져서도 안 된다. 셋의 문제는 결국 하나의 공통적인 미적·윤리적 영역에 속하는 문제이다. 과타리가 셋의 윤리-정치적 접합으로서 에코소피를 강조한 사회적 맥락이 이 지점에 있다고 보아야 할 것이다. 예를 들어 쌍용자동차, 유성기업, 밀양 송전탑, 한진중공업 같은 투쟁 현장들과 접속하고 연대하려는 행위는 집단적 에로스를 분출하고자 하는 사회생태학의 측면과 무관할 수 없는 것이다. 이것은 최근 사회운동이 '살아가기'와 '투쟁하기'가 결합된 '살아가기 위한 투쟁'(고병권)의 양상을 띠는 현상과 깊은 관련이 있다. 과타리가 "개인들은 연대함과 동시에 점점 더 다르게 되어야 한다"[2]고 강조한 맥락 또한 이 지점에서 유의미성을 얻는다. 이 과정에서 시를 비롯한 예술의 역할이 중요하다는 점을 더 자주 생각하고 시적 정의를 실천하기 위해 모색해야 하는 것이 아닐까.

문제는 어떤 시(예술)적 방법론과 실천이 더 유효한가 하는 점이다. 2013년, 고봉준과 황규관이 '노동시'라는 명칭과 개념에 대해 근본적인 이의를 제기한 것은 지금 여기의 '현장'에 부합하는 개념으로서 노동시라는 개념이 더 이상 유의미한가에 대한 적절한 의문이었다. 고봉준은 「노동시여, 안녕?」(『시인동네』 2013년 여름호)과 「우리가 알던 노동시의 종언」(『시와사람』 2013년 여름호)에서 '노동시의 종언'을 선언하고, '새로운 평면' 위에서 '현장'을 사고하자고 제안한다. 황규관은 「'노동시'가 남긴 것과 노동시가 가져야 할 것」(『실천문학』 2013년 가을호)에서 '노동시'의 개념 해체보다 더 중요한 것이 "노예노동에 대한 시적 사유"라고 강조한다. 두 사람의 논의에서 강조점의 차이는 있으나, 사건의 시공간으로서의 '현장'을 강조한다는 점에서는 동일하다. 다시, 문제는 현장이다!

이 글에서 나는 현장의 시들을 다루고자 한다. 조성웅의 『식물성 투쟁의지』(삶창), 저항시 80인 앤솔러지 『우리 시대의 민중비나리』(삶창) 그리고 〈객토문학〉 동인의 『탑』(갈무리)이 그것이다. 밀양 송전탑 건설 반대(『탑』), 비정규직 노동자들의 투쟁(『식물성 투쟁의지』), 우리 시대 온갖 첨예한 쟁점의 투쟁 현장들(『우리 시대의 민중비나리』)을 다룬 시집들이다. 이 시들에 나타난 투쟁하는 현장의 생태학을 살펴보려는 것이 이 글의 목적이다. 시인들은 저마다 어떤 관점과 방식으로 지금 여기의 현장들을 응시하며 투쟁하는 생태학을 구현하고 있는가.

---

2 펠릭스 과타리, 『세 가지 생태학』, 윤수종 옮김, 동문선, 2003, 57쪽.

조성웅의 「식물성 투쟁의지」

　조성웅의 시집 『식물성 투쟁의지』는 시와 혁명을 노래하는 '현장' 시집이다. 조성웅은 시집에서 '혁명의 시'와 '시의 혁명'을 동시에 꿈꾸고 노래하고자 한다. 이것은 '공통적인 것The common'이 급속히 붕괴하는 우리 현실과 떼려야 뗄 수 없다. 공동체는 너와 나 사이에 공통의 자산, 아이디어, 지혜(지식)를 형성하며 구축된다. 이렇게 형성된 공통의 자산은 나의 것도 아니고, 너의 것도 아닌 우리의 관계가 만든 것이라고 할 수 있다. 바로 이러한 공통의 자산 혹은 공통의 부를 '공통체common wealth'라고 한다. 문제는 "오늘날 자본축적은 점점 더 생산과정의 외부에서 일어나기 때문에 착취는 공통적인 것의 수탈이라는 형태를 띤다"[3]는 점이다. 국가의 지배(권)와 자본의 소유(권)에 의한 공적 소유와 사적 소유 양자를 넘어 공통적인 것을 지키고 관리하려는 운동이 중요해진 이유이다.

　공통적인 것을 지킨다는 것은 결국 사회적인 것을 지킨다는 말과 다르지 않다. 조성웅의 시에서 이런 사유와 시적 상상력을 발견하는 것은 어렵지 않다. 조성웅은 이러한 사유와 상상력을 '연대'와 '적대'의 방식으로 표현한다. 시집 『식물성 투쟁의지』가 특히 주목을 끄는 것은 2000년대 이후 급증한 불안정노동자들의 갖은 투쟁 현장에서 쓰인 현장 시라는 점 때문이다. 최근 사회운동의 새로운 주체들은 대의제 프레임 바

3　안토니오 네그리·마이클 하트, 『공통체』, 정남영·윤영광 옮김, 사월의책, 2014, 205쪽.

깥에 존재하는 불안정노동자들과 더불어 대의제로부터 '추방'된 사람들이다. 이들은 점거와 난입 같은 직접행동의 방식으로 대의 불충분성과 대의 불가능성의 문제를 동시에 사유하며 실천하는 운동들을 벌이고 있다.

  지금의 사회운동이 '살아가기 위한 투쟁'의 양상을 띤다고 한 언급은 그런 의미에서이다. 쌍용자동차와 유성기업 같은 노동운동 현장이든, 아니면 밀양 송전탑, 용산 참사, 강정마을 같은 사회운동 현장이든 간에, 결국 '살아가기 위한 투쟁'이라는 점에서는 여일하다. 조성웅이 "대표자 없는 대표자들, 우리가 혁명적 전망이다/ 이 반란의 몸짓이 만들어가는 이행의 삶"(「펼쳐라, 촛불」)이라고 쓴 표현에서 시인의 확고한 의지와 선언을 확인할 수 있다. 그리고 실제 시인이 생각하는 "이행의 삶"은 갖은 형태의 사유와 이미지의 차원으로 변주된다. "투쟁하는 삶 속에 정박해 있는 우리들의 코뮌"(「농성장의 첫날밤」)의 모습으로, "수평과 수직을 가로질러 하나의 원을 그리는 가창오리떼의 군무"(「비상」)로. 조성웅은 자신의 이러한 사유와 상상력을 '식물성 투쟁의지'라고 명명한다. 아래 두 편의 시는 혁명의 시와 시의 혁명에 관한 조성웅의 사유와 상상력을 엿볼 수 있는 작품이다.

①
85크레인 아래에서 조용히 귀 기울인다.
강철 위에
씨 뿌리고 뿌리내려 온갖 식물들이 자랄 수 있는 텃밭을 가꾸었다니!
인간에 대한 예의와 존중, 정성을 다하면

세상의 모든 강철 같은 경계가 허물어져
부드러운 흙의 마음으로 다시 태어날 수 있다는 이 놀라운 가능성!

인간을 향한 광합성 작용,
김진숙 동지의 식물성 투쟁의지는
사랑이 오를 수 있는 거대한 씨앗이다

—「식물성 투쟁의지」 일부

②
우리의 행진은 삶에서 시로 창작되었고
노래와 춤으로 끊임없이 변주됐으며
바람-꽃을 타고 공장과 사회로 범람하는 영속 혁명이다
마침내 우리는 자본주의의 내륙을 타고 봉기로 북상하는 연분홍 진달래 군락,
꽃피는 총이다

—「꽃피는 총」 일부

조성웅은 국가와 자본에 의해 공통의 부에 대한 대대적인 징발이 진행되는 지금 여기에서 '혁명의 시'와 '시의 혁명'을 통한 사회적 연대의 재건 가능성을 적극적으로 모색한다. ①에서 고공농성 중인 김진숙이 식물을 기르는 행위를 통해 우리 시대 현장의 시(예술)가 "식물성 투쟁의지"를 갖추어야 한다는 시적 인식을 보여주는 것에서도 알 수 있다. 경제적 공리주의가 득세하는 세상의 견고한 질서에 맞서는 진짜 힘은 "인간을

향한 광합성 작용" 같은 "식물성 투쟁의지"라는 조성웅의 시적 선언은 결국 무엇이 '시적 정의'인가에 대해 환기하는 바가 크다.

그것은 '사랑'이다. "강철"로 표상되는 국가-자본은 언제나 항상 동일한 것을 추구하려 한다. 그러나 사랑은 동일한 것이 아니며, 그런 사랑은 사랑의 부패한 형태들에 지나지 않는다. 조성웅은 "강철"에 맞서 "흙의 마음"을 노래한다. 이 "흙의 마음"이란 ②에서 "찰흙 같은 협력"으로 변주되는데, 그것은 통일로서의 사랑의 형태와는 거리가 멀다고 할 수 있다. 어쩌면 그것은 '차이로서의 사랑' 같은 것인지도 모르겠다. 조성웅이 "귀 기울여봐/차이는 협력의 방법이야!"(「차이에 대하여」)라고 쓴 표현들을 보라. 안토니오 네그리와 마이클 하트가 『공통체』(사월의책)에서 "사랑은 공동으로 계획하고 실현하는 행동이며 삶 정치적 사건이다"라고 역설한 이유가 여기에 있으리라.

시인이 말하듯이 "식물성 투쟁의지"는 지금 여기의 현장에 필요하다. 그러나 왜 중요한가에 대한 사유와 더불어 그것이 어떻게 작용할 것인가에 대해 고민하는 것도 필요하다. 사건이 이루어지는 시공간에서 발화되는 '현장의 시'에 대한 고민을 하다보면 결국 '시의 현장'에 대한 고민으로 이어지는 것도 그런 이유 때문일 듯하다. 이 점에서 조성웅의 시는 일종의 사회적 서정에 대한 사유와 상상이 더 요구된다고 감히 말할 수 있다. 월트 휘트먼은 『풀잎』(열린책들)에서 시인이 갖는 민주화의 임무에 대해 상상력, 포용하기, 공감하기, 목소리 내기 같은 과제들을 제시했다.

조성웅 시인이 이 과제들을 수행하지 않았다는 주장을 하려는 것이 아니다. 조성웅은 이 점에 관해서라면 누구보다 현장에서 치열한 싸움을 수행했다. 예를 들어 "우리는 단결을 더하고 연대를 곱해 평등을 쟁취할 것이다"(「분노 하나로 충분했던 날을 갔다」)라는 표현을 자신 있게 시에서 표현할 수 있는 시인은 많지 않다. 그러나 이러한 시적 '선언'이 저절로 득의의 시적 '전망'을 얻게 되는 것은 아니다. 시인이 역설한 것처럼, 순환 가능한 삶이 이루어지는 '신명의 광장'(「청국장 투쟁」) 혹은 "웃음의 광장"(「비상」)은 결국 '함께-삶'의 가치를 언어화할 때 가능할 법하다. 이 점에서 나는 일종의 우정으로서의 시가 필요한 것이 아닐까 한다. 예를 들어 "오직 한 사람을 위한 자리"(「난 진달래가 만발한 시간에 미용실 '툴'에 간다」)를 마련할 줄 아는 미용실 '툴'의 "루 선생" 같은 넉넉한 우정 같은 것이 지금 여기 현장의 시에 요구되는 것이 아닐까 한다. 그런 우정으로서의 시는 창작의 욕망과 사회적 수리social repair의 욕망 간에 적절한 균형을 갖게 하는 하나의 방편이 되지 않을까 한다. 조성웅의 경우 사회적 수리의 욕망이 간혹 창작의 욕망을 압도하는 경우가 있다는 점을 생각해보아야 하는 것이다. "식물성 투쟁의지"라는 매우 인상적인 시적 비전을 제시하며 사회생태학에 대한 높은 관심을 갖고 있으나, 마음생태학과 자연생태학에 대한 시적 사유와 상상력이 상대적으로 빈곤하다고 느껴지는 것은 무슨 까닭일까.

「탑」과 「우리 시대 민중비나리」의 경우

세상은 저절로 아름다워지는 것이 아니다. 세상의 변화를 위해서는 '거룩한 분노'가 응당 필요한 것이 분명하지만, 그런 분노의 파토스가 사회적인 것을 (재)구성하는 힘으로 곧장 작동하지 않는다. 오히려 괴물과 싸우다 스스로 괴물이 되어버리는 사례를 우리는 너무나 자주 목격하지 않았던가. 세상의 힘에 맞서는 진짜 힘이 무엇인지에 대해 숙고하고 현장에서 꾸준히 실천할 필요가 있다. 사회학자 리처드 세넷Richard Sennett은 세상의 힘에 맞서는 진짜 힘은 '협력의 의례儀禮' 또는 '의례적 연대'에 있다고 주장한다. 협력 자체를 목적으로 삼던 의례가 필요하다는 것이다. 이 점에서 밀양 송전탑 문제를 시적으로 다루고 있는 〈객토문학〉 동인의 제10집 『탑』(갈무리)과, '2013년 저항시 80인 선집'의 형태로 출간된 『우리 시대의 민중비나리』(삶창)라는 앤솔러지는 협력의 의례가 빚어낸 선물이라고 할 수 있다. '함께 삶'의 가치를 시적으로 구현하고자 한 기획이라고 할 수 있으리라.

먼저 『탑』을 보자.

> 언젠가는 무너질 것을 예비한 채
> 절 마당을 버티고 선 공든 탑
> 지극정성의 정점(頂點)
> 운주사 천탑(千塔)이여
> 세우기도 전에 이미 운명을 끝낸
> 밀양 송전탑 철탑이여
> 어느 교회의 첨탑에서도 일순간 하늘은 무너져
> 산천(山川)을 떠도는
> 파편(破片)들은 어디에도 있다
>
> ―양곡, 「탑」 부분

위 시는 "운주사 천탑"과 "밀양 송전탑 철탑"의 대비를 통해 송전탑의 운명을 예고하는 작품이다. 시의 행간에서 밀양 송전탑이 "어느 교회의 첨탑"처럼 일순간에 붕괴하는 '문명의 바벨탑'이 될 수 있다는 시인의 무의식을 확인할 수 있는 작품이다. 이와 비슷한 문제의식을 보여주는 작품으로는 "살아있는 것은 그 이상을 오르지 않는다"라는 표현이 매우 인상적인 박구경의 「암흑가의 아파트」, "이 땅에는 더 이상 오를 탑이 없다"라는 시적 선언으로 시작하는 표성배의 「시간이 멈추어 있는 탑」을 꼽을 수 있다. 표성배의 시는 뛰어난 '현장시'로서의 가치를 내장한 작품이라고 확언할 수 있다. 시에 등장하는 "강정에서 평택에서 울산에서 밀양에서······"라는 구절에서 송전탑 문제가 밀양의 문제만이 아니라 '전국화'된 문제라는 시인의 인식을 엿보는 것은 어렵지 않다. 국가는 이 땅에서 '살아가기 위한 투쟁'의 방편으로 행하는 고공 농성조차 철저히 외면하며 국민들을 '추방'한다는 사실을 환기한다.

〈객토문학〉 동인의 『탑』에서 가장 눈길을 끈 시인은 박덕선이다. '에코토피아의 실현'을 추구하려는 박덕선은 시론에 해당하는 산문 「나는 왜 문학을 하는가?」에서 생명성 회복과 인간성 회복은 자연과 여성성의 회복에서 가능하다는 시적 인식을 보여준다. 박덕선이 쓴 「하나님 어머니」라는 시를 보라. 현장의 시와 투쟁하는 시의 현장 측면에서 무엇이 시의 수행적 힘인지에 대해 생각하게 한다. 나는 이 시의 마지막 구절 "황폐한 자궁에 꽃들의 씨앗을/ 심으소서"라는 구절을 오래 음미했다. 이런 시 언어는 낯설고 새로운 '리듬'의 발견에 대해 생각하게 하는 힘을 내장하였다. 여기서의 리듬이란 결국 국가와 자본의 질서에 맞서는 삶의 다른 형식이라고 간주해도 좋을 법하다.

그러나 우리는 냉소주의 시대에 살고 있다. 냉소주의는 사회적 연대의 소멸에서 비롯한다. 이런 시대에 시(예술)적 방법으로서 '아이러니'의 효과에 대해 더 생각해야 하는 것이 아닐까. 경제학자 앨버트 허시먼Albert O. Hirschman이 "진보주의자들은 의분義憤에는 강했지만 풍자에는 약했다"(『보수는 어떻게 지배하는가』, 웅진지식하우스)[4]라고 한 말을 생각해보라. 이탈리아 자율주의 그룹의 활동가인 프랑코 베라르디[비포]가 "냉소주의에 대한 진정한 대안은 열정이 아니라 아이러니"[5]라고 한 말을 참조할 필요가 있다. 비포는 "아이러니는 사유 작용을 자극하고, 이해라는 공감의 메아리를 부른다"라고 한 블라디미르 얀클레비치의 말을 인용해 금융자본주의 시대에 시(예술) 언어가 수행해야 하는 아이러니가 갖는 방법론적 의미를 역설한다.

저항시 80인 선집 『우리 시대의 민중 비나리』에서 눈길을 끄는 작품 역시 아이러니의 방법을 적극적으로 활용한 작품들이다. 이 선집은 우리 사회의 온갖 문제적 현장들을 저항의 눈으로 성찰한 앤솔러지이다. 다른 언어로 다른 세상을 꿈꾸는 시인들의 '비나리'라고 할 수 있으리라. 모두 5부로 구성된 이 시집을 일독하면서 든 생각은 사회적인 것의 소멸과 붕괴를 막기 위해서는 적극적인 '공동-추론'이 필요하다는 점이었다. 지금 여기의 문제는 어느 특별한 개인의 상상력과 힘으로 해결하지 못한다. 일종의 공동 작업 형태의 공동-추론을 통해서만 문제적 현장의 문제들을 함께 도출할 수 있다. 이러한 상상력의 공동-추론과 연대

---

4 앨버트 허시먼, 『보수는 어떻게 지배하는가』, 이근영 옮김, 웅진지식하우스, 2010, 224쪽.
5 프랑코 베라르디[비포], 『봉기』, 유충현 옮김, 갈무리, 2012, 156쪽.

행위가 정치적 기획이자 존재론적 기획이 되어야 함은 물론이다.

①
용산, 우리들의 십자가
용산, 고통 속에 잉태된 거룩한 슬픔의 성소
용산, 딛고 일어서야 할 절망과 포기할 수 없는 희망의 밑바닥
우리는 인간인가. 그렇다면
인간의 마을을 포기하지 않는 참된 용기를 주소서.
─김선우, 「우리는 인간인가, 여기는 인간의 마을인가」 부분

②
골수와 웃음까지 포획한 친절 주식회사의
주주들은 웃음 한 줄이 금란 한 줄이 되는 일을 잘 알았더군요

정녕 윗입술은 아랫입술에게 입 맞추지 못했군요
당신은 당신에게만 친절하지 못해야 했군요
그러므로 당신은 당신의 웃음을 진정으로 좋아하지 않았군요
─문동만, 「울음 한 줄」 부분

③
죽음은 살아 있어야 한다
죽음이 살아 있어야 한다
죽음이 우리 앞에 살아 있어야

우리 삶이 팽팽해진다

죽음이 수시로 말을 걸어와야

우리 살아 있음이 온전해진다

—이문재, 「백서(白書)2」 부분

'비나리' 형식으로 공통의 행복을 표현한 ①의 시적 비전, 감정과 협력마저 수탈하며 수동적 정동을 강권하는 자본주의 질서에 맞서 능동적 정동의 가능성을 역설적으로 환기하는 ②의 상상력, 그리고 '죽임'의 시대에 참다운 '죽음'의 의미를 성찰하는 일이야말로 '살아가는 것'의 본질일 수 있다는 ③의 반어법적 인식에서 비롯한 시적 성취를 보라. 『우리 시대의 민중비나리』에는 이러한 시적 성취가 무수하다. 시인들마다 음색도 다르고, 음역도 다르지만, 우리 시대 최량最良의 저항시 선집이라고 보아도 무리는 없을 터이다. 희망 없는 희망을 상상하고, 생명을 긍정하려는 시의 힘이 여기에 있다.

그러나 우리 시대 현장의 시가 처한 현실이 녹록한 것은 아니다. 파울 첼란Paul Celan의 저 유명한 비유처럼 시는 '유리병 편지'와도 같다고 할 수 있다. 하지만 지금 여기의 시인들은 나희덕이 쓴 것처럼 "파도가 휩쓸고 간 자리에 남겨진/ 젖은 종이들, 부서진 문장들"(「아홉 번째 파도」)을 부여잡고 막막한 심정에 처한 것일지도 모르겠다. 노동자들이 '노동시'와 '노동당'을 외면하고, 한 사람의 시민보다는 소비자로서의 정체성을 자신의 정체성으로 삼는 현상과 무관할 수 없다. 나희덕이 위 시의 마지막 연에서 "더 이상 번개를 통과시킬 수 없는/ 낡은 피뢰침 하나가 해변에 우두커니 서 있다"라고 쓴 표현에 시인이라면 누구나 공감하게 되는 것도 그런 이유 때문이리라. "낡은 피뢰침"은 바로 우리들 자신이라고 할 수 있다.

새로운 시의 현장을 위하여

최근 우리 시의 현장은 사실에 압도된 시적 상상이라고 해도 무방할 것 같다. 언어절言語絶의 참사라는 말은 이런 경우에 쓰는 것이다. 금융자본주의가 주도하는 현실은 생산을 기호적 교환 과정으로 변환함으로써 생산의 물질성 자체를 소거한다. 비포가 "금융 독재는 언어를 자동화하고 식민화하는 과정"이라고 한 것도 언어와 경제 간의 밀접한 관련 양상을 표현한 말이다. 금융 독재는 시 언어를 적극적으로 활용한다. 최근 시의 경우 시적 주체가 희미해졌고, 서정보다는 서사 지향의 시석 방법이 우위를 점하고 있으며, 시적 미유 대신에 시인의 사유와 상상력을 직접 진술하는 작품들이 자주 등장하는 현상도 이런 현실과 관련 있음에 틀림없다. 시에서의 '직접행동'이라고 할 수 있는 어떤 징후가 포착되고 있는 것이다. 이것은 "착취당할 의무밖에 없었던 무국적자들"(송경동, 「법외 인간들의 시대를 맞아」)이 대량으로 양산되는 현실과 무관하지 않으리라.

그러나 시는 정치적인 기획인 동시에 존재론적인 차원의 기획이라고 할 수 있다. 지금 여기의 투쟁이 살아가기 위한 투쟁이라는 점을 잊지 말아야 하는 것이다. 이 점을 간과할 경우 시 언어는 관념적으로 흐를 가능성이 상존한다. 시대의 절망에 관심을 기울이게 하고, 개별자들에게 주의를 갖도록 하는 시의 언어가 동시에 필요한 것이다. 국가와 자본에 의해 행사되는 지배와 소유의 견고한 질서는 사회 전반적으로 끝없이 주체적 보수화를 강요하고 있으며, 이러한 보수주의는 실존적 경련으로 나타난다. 심리학을 비롯한 이른바 '치료 산업'이 득세하는 이유가 여기에 있다. 생태-생명-생활을 아우르는 생태철학에 대한 시적 관심과 고민이 깊어져야 하는 것이 아닐까. 과타리가 『세 가지 생태학』에서 "지배적인 주체성의 엔트로피 증대를 모든 수단을 동원해 막는 것이 중요하다"고 주장하는 것도 다면적인 운동이 필요함을 강조한 맥락이라고 보아도 좋을 법하다.

지금의 시인들이 더 많은 것을 해야 한다는 주장이 아니다. '다르게' 행동할 필요가 있다는 점을 말하려는 것이다. 이 점에서 산업 프롤레타리아 시대를 분석할 때 유용했던 개념들, 예를 들어 희소성, 가격, 생산, 노동이라는 언어로 '포스트프롤레타리아' 시대를 분석하는 일이 거의 쓸모없어졌다는 점을 인정할 필요가 있다. 최근의 정책 담론과 정책 사업의 언어들이 공허하기 짝이 없는 것도 이런 현상과 무관하지 않다. 지금 여기 현장의 시에서 조성웅이 발명한 '식물성 투쟁의지' 같은 새로운 언어와 상상력이 더 중요해진 것도 바로 이런 이유 때문이다. 이른바 경제적 '현실성'이란 이름의 경제주의 바깥을 사유하고 상상하는 새로운 언어가 필요한 것이다. 새로운 현장시들이 요구되는 셈이다. 조성웅의 시를 함께 읽으며 이 글을 맺을까 한다.

85크레인은 녹슬어가도
김진숙 동지는 방울토마토와 치커리와 함께 푸르러 갑니다

이소선 어머니는 괜찮다 다 괜찮다 토닥여줍니다
따뜻한 눈물로 지어진 이 포옹은 자기 힘의 한계를 갖지 않습니다
244일 동안의 고단한 노동은
마침내 깔깔깔깔 싹이 돋는 놀이가 되고
부드러운 흙을 움켜쥐는 집단적인 율동이 되며
탱탱하고 동글동글한 몸과 몸의 신명으로 펼쳐진
공동체의 노래로 태어났습니다
녹슬어가는 강철시대마저 너끈하게 품었습니다

―조성웅, 「괜찮다 다 괜찮다」 부분

시인은 국익을
말하지 않는다

독일 시인 브레히트는 어느 글에서 다음과 같이 썼다. "암울한 시대,/ 암울한 시대에도 노래를 부를 것인가?/ 그래도 노래를 부를 것이다./ 암울한 시대에 대해." 시인(예술가)은 시대가 암울하면 할수록 자신이 살고 있는 암울한 시대에 대해 노래를 불러야 한다는 브레히트의 위대한 신념이 묻어나는 언명이다. 우리는 브레히트 자신의 삶과 예술이야말로 이 언명에 대한 치열한 응답 과정이었음을 잘 알고 있다. 브레히트가 「서정시를 쓰기 힘든 시대」에서 "꽃피는 사과나무에 대한 감동과/ 엉터리 페인트공에 대한 경악이/ 내 가슴 속에서 다투고 있다"고 썼듯이, 그의 삶과 예술은 이른바 '엉터리 페인트공'인 히틀러에 대한 견결한 저항정신을 빼놓고서는 말할 수 없다. 독재자들이 시인과 가수를 두려워하는 것도 이와 같은 치열한 저항정신과 윤리에 있을 것이다.

시인(예술가)이 독재자에게 저항하고 전쟁에 반대하는 이유는 자유와 평화에 대한 인류의 유구한 염원 때문이다. 다른 말로 표현하면 자유와 평화를 위한 투쟁에 나서지 않는 자기 자신의 무력함에 맞서는 저항의 윤리라고도 말할 수 있다. 우리는 누구나 자유로운 삶과 평화로운 세상에서 살고 싶어 하지만, 이 자유와 평화의 꿈이 언제나 항상 실현되지는 않았다. 이 점에서 20세기는 최악의 세기로 간주되어야 마땅하다. 20세기는 소위 '관공서의 천년왕국'(찰스 디킨스, Charles Dickens)을 구현하려고 한 서양 근대주의자들의 계몽의 빛이 참혹한 어둠 내지는 핵核의 빛으로 변질된 세기였다. 두 번의 세계대전이 끝난 뒤에도 멈추지 않는 전쟁들의 목록을 보라.

이런 궁핍한 시대에 위대한 시인들은 언제나 항상 자유를 노래하고 평화로운 세상을 염원하는 시를 쓰고 노래를 불렀다. 우리가 기억하는 네루다, 브레히트, 마야콥스키, 밥 딜런, 김남주 같은 시인들은 자기의 땅에서 스스로 유배를 떠나 타자를 상상하지 않으려는 공리주의적 계몽의 기획에 도전하고 또 도전했다. 외면할래야 외면할 수 없는 대면 요청의 상황에서 진실이 부르는 소리들에 기꺼이 응답하는 존재가 시인이고 시인이어야 함을 입증한 것이다. 베트남전쟁을 반대하는 노래 〈바람만이 알고 있지 Blowin' in the wind〉(1963)로 유명한 가수 밥 딜런Bob Dylan의 경우는 좋은 예가 될 것이다. "얼마나 많은 귀를 가져야 타인들의 울음소리를 들을 수 있을까?", "얼마나 더 많은 사람이 죽어야 너무 많이 죽었음을 깨닫게 될까?"라는 밥 딜런의 노래 가사는 반전 평화의 오래된 꿈을 호소하는 위대한 시적 언명이라고 확언할 수 있다.

시인은 국익을 말하지 않는다. 시인은 자유와 평화를 노래하는 존재이다. 시인이 국익을 말하는 사회는 불행한 사회일 것이다. 모든 시인이다 그렇지는 않겠으나, 항상 좋은 시인들은 지금도 계속되는 전쟁들에 대해 전쟁의 한복판에서 전쟁의 슬픔과 참상을 고발하는 존재이다. 정한용의 『유령들』(민음사)은 간명한 숫자와 진술을 통해 참혹한 전쟁의 과정에서 억울하게 숨진 희생자들에 대한 우리들의 무관심을 환기하는 빼어난 시집이다. "민간인 사망 비율/ 1차 대전 10%/ 2차 대전 60%/ 아프간/ 이라크전쟁 90%"(「9·11, 그리고」). 정한용의 이런 진술에서 우리는 온몸이 귀가 되어 타인의 고통을 내 것으로 느끼려는 좋은 시의 수행적 능력에 대해 생각하게 된다. 그러나, 전쟁에 대한 우리들의 관심도 그렇고, 시인들의 상상력도 '새로운 전쟁'을 막을 수 있을 만큼 충분하지는 않다. 베트남전쟁에 관한 한국과 베트남 시인들의 시를 교차하여 읽는 것은 반전 평화에 대한 우리들의 관심과 상상력에 대해 생각하는 명상의 시간이 될 것이다. 우리는 전쟁의 공포로부터 자유로울 수 없는 한반도의 주민들이 아니던가!

한국과 베트남 두 나라 시인들이 기억하는 전쟁은 일종의 기억의 전쟁 양상을 보인다. 장윤우의 시 「우리의 젊은 피는 식을 줄 모른다」와 베트남 시인 반레가 쓴 시 「꼬마 수인들이 다투는 소리를 듣다」(1973)를 같이 감상해보자. 두 나라 시인이 쓴 시에 나타난 무의식을 통해 이 전쟁의 본질과 양상을 읽어내는 것은 당대 사람들의 특정한 마음의 프레임을 읽어내는 것과 같다. 장윤우의 시는 베트남전쟁에서 개선하는 "민족의 아들들"을 환영하는 작품이고, 반레의 시는 '전쟁의 베트남화'가 진행되던 1973년 무렵 어느 정치범 감옥에 수감된 해방전사 어머니들과 꼬마 수인囚人들 간에 이루어지는 눈물어린 사연을 다룬 작품이다.

①
건강한 아들들은
이제 돌아왔다

異域 하늘
太極旗를 꽂고
(…)

血義를 다진
白馬와 비둘기,
鬼神도 잡는 靑龍
猛虎 勇壯들이여
金上士, 李大尉,
꽁가이의 눈물 젖은 손길을
차마 못 뿌리치던 朴一兵,
戰塵 속에서 모두 飛虎 같던
친구들이여
우린 무엇을 드려야 하는가

오직 感泣할 뿐
民族의 이름으로 꽃다발 드리느니
우리의 젊은 피는

식을 줄 모른다

—장윤우, 「우리의 젊은 피는 식을 줄 모른다」 부분

②
적들이 감옥 문을 잠시 연 날
두 살배기 다섯 살배기 수인들이 햇빛 속으로 엉금엉금 나왔다
담장 밖 풀을 뜯는 물소 한 마리
아이들이 서로 다툰다
　저건 코끼리야
담장에 기대앉은 여자 수인들, 저마다 웃음이 터지는데
볼에는 눈물이 가득 흐르네.

—반레, 「꼬마 수인들이 다투는 소리를 듣다」 전문(번역 : 구수정)

①의 시는 1960년대 중후반 베트남전쟁 당시 한국인들의 무의식을 반영하는 일종의 선전문학이라고 할 수 있다. 우리가 ①과 같은 시적 경향에서 확인할 수 있는 것은 참전을 대가로 국익을 취하면 그만이라는 식의 전도된 '무지에의 의지 will to ignore'이다. 그것은 "경제는 성장해야 한다"는 지배 이데올로기에 기초한 것인데, 이러한 인식을 무의식적으로 내면화한 사회에서는 이 전쟁에서 수많은 사람들이 죽었고, 수많은 사람들을 죽였다는 의식조차 없는 것을 당연시하는 마음의 식민지화가 작동하게 된다.

문제는 이러한 마음의 식민지화의 효과이다. 실제로 그 효과는 유례없이 참혹했다. 베트남 전쟁터에서의 민간인 학살 문제는 철학자 알래

스데어 매킨타이어Alasdair MacIntyre가 개념화한 연대의 의무로부터 한국 사회가 자유로울 수 없는 도덕적 의무 논란을 불렀다. 매킨타이어가 말하는 연대의 의무는 인간 존재를 '서사敍事의 일부'로서 규정할 때 발생하는 도덕적 의무이다. "나는 내 가족, 내 도시, 내 부족, 내 나라의 과거에서 다양한 빚, 유산, 적절한 기대와 의무를 물려받는다"는 사실이야말로 내 삶의 기정사실이고 도덕의 출발점이라는 점을 확고히 수용하려는 태도와 관련된다. 일본의 식민 지배를 규탄하면서도 베트남전쟁 참전과 민간인 학살 문제에 침묵하는 한국 사회에 대해 일본 우파들이 지속적으로 도덕적 힐난을 제기하는 것도 바로 이런 맥락이라고 할 수 있다.

역사학자 임성모가 「기억의 내전 : 세기말 일본의 자화상」(『당대비평』 1999년 가을호)에서 "베트남-한국 관계를 한국-일본 관계와 오버랩시켜 볼 수 있는 시각을 갖지 못한다면, 거기에 극히 자기중심적인 기억과 망각의 메커니즘이 작동하고 있음을 간과하는 결과가 될 것이다"라고 말한 것도 그런 이유 때문이다. 우리가 베트남전쟁을 기억하고 환기하는 일이 ①의 시와 같은 우월 의식을 확인하려는 것이 되어서는 안 될 것이다. 1970년대 우리 시에 나타난 베트남전쟁의 양상이 유독 개인의 지독한 실존의 고뇌를 드러내는 형식으로 제출된 것은 이와 같은 연대의 의무와 무관하지 않을 것이다. 그런 이유 때문에 우리는 김명인, 송기원, 김준태, 김태수의 참전시들에서 일종의 '용병傭兵의 회한'을 확인하게 된다. 이 점은 박영한, 황석영, 이원규의 소설에서도 대동소이하게 나타난다.

②의 시는 우리의 교전 상대국인 베트남의 시인이 1973년에 쓴 작품

이다. 전쟁 중인 베트남에서 감옥 문이 열려야 담장 밖 "물소 한 마리"라도 볼 수 있는 제한된 자유는 사실상 북베트남의 승리가 목전에 있는 전황 변화와 더불어 베트남-미국 간 평화협정의 진행 덕분이다. 우리는 이 시에서 독립과 자유를 위해 오랫동안 싸워온 베트남 민족이야말로 인내와 희망으로 이룩된 나라라는 시각을 얻을 수 있다. 월남 지배자들의 갖은 고문에도 굴하지 않고 자기 민족의 자치와 해방을 위해 싸워온 베트남 사람들의 투쟁은 누구랄 것 없었다. 이런 투쟁이 가능할 수 있었던 것은 공동체와 혁명을 향한 베트남 사람들의 오래된 믿음과 함께 승리할 수 있다는 불굴의 자신감에서 비롯한다.

우리는 이러한 베트남 사람들의 오래된 열망과 의지를 찜짱Chim Trắng, 휴틴Hữu Thỉnh, 탄타오Thanh Thảo 같은 베트남 전쟁문학을 대표하는 시인들은 말할 것도 없고, 전쟁문학의 고전이랄 수 있는 바오닌Bảo Ninh의 『전쟁의 슬픔』(아시아), 응우옌반봉Nguyễn Văn Bông의 『하얀 아오자이』(동녘), 반레Văn Lê의 『그대 아직 살아 있다면』(실천문학사), 호아인타이Hồ Anh Thái의 『섬 위의 여자』(인천문화재단) 같은 소설에서 '아프게' 확인할 수 있다. 바오닌의 『전쟁의 슬픔』은 전쟁의 슬픈 속성을 증언하고 고발하는 생생한 실체가 아닐 수 없다. 가혹한 전쟁을 치른 베트남 작가들의 문체에서 위대한 철학자의 풍모가 느껴지는 것도 무리는 아닐 것이다.

아아! 전쟁이란 집도 없고 출구도 없이 가련하게 떠도는 거대한 표류의 세계이며 남자도 없고 여자도 없는, 인간에게 가장 끔찍한 단절과 무감각을 강요하는 비탄의 세계인 것이다. (…) 모든 것이 뒤바뀐 시절이라 거대한 위험이나 큰일이라고 여겨지던 것들은 모두 일상적인 것이 되어버렸고, 매일매일의 기쁨이나 슬픔 같은 인간사의 소소하고 자잘한 것들은 오히려 이치에 어긋나는 것으로 받아들여지고, 또한 거의 존재하지도 않았다. 그것은 불행의 징조로 여겨질 만큼이나 드물었다. 그리고 실제로 그랬다.

—바오닌, 『전쟁의 슬픔』(하재홍 옮김, 아시아, 2012), 47~48쪽.

베트남전쟁은 2015년에 종전 40주년을 맞았다. 한국과 베트남 두 나라의 관계는 1998년 김대중 정부가 베트남전쟁에 대해 공식으로 '유감'을 표명한 이후 새로운 경제협력 파트너로서 우호 관계를 단단히 다지고 있다. 그러나 베트남에 관한 한, 우리는 전쟁 당시의 질 낮은 특파원적 시각에서 크게 벗어나지 못한 채 새로운 문제들에 직면해 있다. 베트남 민족을 자신의 인격조차 부여받지 못하고 총알 세례를 받아야 할 '적'으로 이해하는 수준은 넘어섰지만, 베트남에 관한 우리의 고정관념은 동남아의 시장이고 관광지라는 인식의 프레임을 넘어서지 못했다. 국내 유수의 한 언론사 특파원이 2004년에 쓴 기사에서 베트남을 이른바 '처녀 수출국'으로 왜곡 보도한 것은 극단적인 사례가 될 것이다. 베트남 출신의 국제결혼 여성들에 대한 한국 남성들의 일상적 차별과 모욕 또한 엄존한다. 전후 세대인 베트남 작가 응웬옥뜨$^{Nguyễn, Ngọc\ Tư}$가 쓴 『끝없는 벌판』(아시아)은 농촌 출신 국제결혼 여성에 대해 깊이 있는 이해를 돕는 작품이라고 할 수 있다.

베트남에서도 이 전쟁이 낳은 기억의 정치학을 해결해야 하는 과제를 안고 있다. 전중^{戰中} 세대와 전후 세대 사이 가치관의 차이로 인해 세대 간, 남녀 간 갈등이 격화되는 등 사회 통합의 문제가 제기되는 것은 과거 극복의 문제가 만만한 일이 아니라는 점을 강력히 환기한다. 개혁·

개방 이후 베트남 사회는 유례없는 산업화와 현대화를 추진했다. 이에 따라 공동체와 혁명의 덕목들이 퇴색하고, 물질적 욕망을 맹목적으로 추구하는 사회 분위기가 형성되면서 관료주의와 부패가 심각한 사회 문제로 부상했다. 이와 같은 현대 베트남의 문제들에 대해 베트남을 대표하는 작가인 레민쿠에^{Lê Minh Khuê}는 단편 「전지전능한 달러」(『베트남 단편소설선』, 글누림)에서 돈이면 다 된다는 식의 분위기가 형성된 베트남 사회를 향해 매섭게 비판하고 있다. 베트남의 작가들은 어쩌면 또 하나의 전쟁을 치르고 있는 중인지도 모른다.

베트남전쟁은 무엇이었는가. 전쟁은 끝났고, 두 나라는 수교를 맺었으며, 서로의 처지를 이해하려는 시민단체 등의 노력에 의해 지속적으로 관계가 개선되고 있다. 하지만 우리 작가들이 이 전쟁에 대해 물어야 하는 질문은 중단될 수 없을 것이다. 말할 수 없는 것에 대해 말해야만 하는 것이 문학의 유구한 수행적 역할이기 때문이다. 무엇보다 한반도의 평화체제 구축을 위해서는 전쟁을 겪은 두 나라 작가들이 일상적인 차원이든 비일상적인 차원이든 간에 지속적으로 상상력의 연대를 이루어야 함은 당연하다.

이 점에서 생각해보면 2000년대를 전후해 한국문학의 현장에 제출된 베트남(전쟁) 관련 작품의 목록은 빈곤할 뿐만 아니라 작품 수준에서도 빈한함을 면치 못하는 것 같다. 오현미의 『붉은 아오자이』(영림카디널), 조해인의 『쏭사이공』(실천문학사)은 이 전쟁의 과정과 본질에 대한 작가적 해석의 깊이 부재가 역력하다. 이대환의 『슬로우 불릿』(실천문학사), 방현석의 중편 「존재의 형식」(『랍스터를 먹는 시간』, 창작과비평사), 김남일의 「중급 베트남어 회화」(『산을 내려가는 법』, 실천문학사) 같은 소설의 목록을 꼽을 수 있을 정도이다. 시에서는 정한용의 『유령들』, 하종오의 『제국 : 諸國 또는 帝國』(문학동네) 같은 시집을 거론할 수 있을 법하다. 베트남전쟁을 비롯하여 21세기 이후에도 지속되는 온갖 분쟁들과 갈등 현장들을 사유하며 정체성의 정치로 인한 새로운 전쟁의 참상을 드러내는가 하면, 관용 프레임에 머물러 있는 개별 민족국가의 다문화주의의 문제를 비판하는 시적 실천을 수행하는 정한용과 하종오의 미적 성취는 특별히 기억해야 한다. 특히 「월남 뉴스」, 「바그다드 애절양」 같은 반전시를 비롯해 한 권의 시집 전체에서 타인의 고통과 슬픔을 온몸으로 사유하고 상상하는 정한용의 시적 성취는 우리 시대 브레히트의 출현이라고 해석해도 무방할 것이다.

브레히트는 말한다. "아우슈비츠, 바르샤바의 게토, 부헨발트에서의 일들은 의심할 바 없이 문학적인 묘사를 허락하지 않는다. 이런 일들에 대해서 문학은 준비되어 있지 않았었고, 그런 기법들은 개발할 수도 없었다." 세상의 모든 전쟁 또한 그런 언어절의 참사라는 비상사태를 낳게 하는 것이라고 간주해야 할지 모르겠다. 그러나 시인(예술가)이 아니라면, 언제나 항상 정의를 명분으로 개전되는 전쟁의 본질이란 결국 더러운 국익 혹은 피 묻은 국익이 될 수 있다는 자명한 사실을 폭로하는 예술적 응전을 그 누가 수행할 것인가. 시인들의 그런 치열한 언어의 응전이 있을 때에야 '문학은 자유이다'라는 명제는 존립할 수 있는 지반을 형성하게 되는 것이 아니겠는가. 1916년 12월 22일 간디가 어느 연설에서 인용한 성경 구절로 이 글을 끝맺고자 한다. "하느님과 마몬, 두 주인을 섬기지 못할 것이니."(마태 6:24) '전쟁은 신神을 생각하게 한다'는 말은 불변의 진리이다.

아픈 십 대와 소통하는
문학의 힘

―박상률 청소년소설집 『세상에 단 한 권뿐인 시집』

청소년소설에 감동을 허許하라

　우리 시대 아픈 십 대를 위해서는 문학·예술의 감동이 절대적으로 필요하다. 문학·예술 작품과 감동적인 만남을 경험한 십 대 청소년들은 자신의 인생길을 단수單數에서 복수複數로 변형시킬 수 있는 마음의 동력을 얻을 수 있다는 점에서 그렇다. 강렬한 독서 경험을 한 청소년들은 자신이 처한 현재의 삶에 대한 태도는 물론이요, 미래의 꿈을 향한 '성찰의 연금술'을 스스로 터득하며 몸과 마음 또한 성장하게 된다. 위대한 선각자 비노바 바베Vinoba Narahari Bhabe의 "이 세상 최고의 일은 벽에다 문을 내는 것"이라는 말 또한 그러한 '성찰을 통한 영혼의 성장'의 중요성을 강조한 표현으로 간주해도 좋을 것이다.
　그러나 우리 시대 청소년소설의 현실은 어떠한가. 오늘날 청소년소설의 경우 자극적인 소재를 다룬 작품들은 많지만, 청소년들은 물론 어른 독자들까지 묵직한 문학적 감동의 여운을 느낄 수 있는 '작품'은 매우 부족하다는 점에 대체로 동의하지 않을까 싶다. 우리 청소년소설에는 『어린왕자』나 『모모』처럼 강력한 시간의 이빨을 견뎌내면서 자라나는 미래 세대의 독자들에게 지속적으로 읽히고 또 읽히는 작품들이 너무나 부족한 것이 아닐까. 고전 반열에 오른 청소년소설 작품이 전무하다고 강짜를 부리려는 것이 아니다. 요즘 유행하는 청소년소설 작품 가운데 과연 몇몇 작품이 시간의 풍화작용을 견뎌낼 수 있을까 하는 점을 말하고자 하는 것이다. 청소년소설의 현재와 미래를 생각할 때, 다른 무엇보다 청소년소설이 '문학'이어야 한다는 점을 잊어서는 안 되는 이유가 여기 있다. 그렇다, 청소년소설은 문학이어야 한다!

　청소년소설의 문학성을 언급할 때, 작가 박상률의 문학적 성취를 빼놓을 수는 없을 것이다. 박상률은 『봄바람』(사계절)에서부터 최근작 『불량청춘 목록』(자음과모음)과 『개님진』(시공사)에 이르기까지 지난 십수 년간 청소년소설 분야를 대표하는 작가로서 저마다 '고독'한 청소년들의 성장 서사를 통해 '슬픔'의 사회적 차원을 넘어 아픈 청소년들을 위한 서로—손잡기의 '보살핌'이 구현되는 사회를 문학적으로 구현하고자 했다. 그런 이유 때문일까. 박상률은 언제나 자신의 작품에 등장하는 청소년들의 편이 되어주고 있다. 5·18 광주민주화운동 문제를 다룬 『나를 위한 연구』(사계절)와 '불량청춘' 공고생의 일탈과 성장을 다룬 『불량청춘 목록』 같은 작품이 그러하다.

　'청소년의 존재'를 이해하고 옹호하려는 박상률의 문학적 특징은 오히려 반反성장의 서사를 연상시키는 작품에서 더 확실히 느낄 수 있는데,

청소년의 자살(「이제 됐어?」, 「눈을 감는다」), 동성애(「너는 깊다」), 경제 위기의 청소년(「가장의 자격」)을 비롯해 우리 시대 청소년들이 처한 문제를 다루는 작품집 『세상에 단 한 권뿐인 시집』(특별한서재)은 그 생생한 실체이다. 박상률은 이번 작품집에서 본래 똑바로 자라려는 저마다의 강한 본성을 갖고 있는 청소년들이 왜 절박한 생존의 문제에 내몰리는지를 드러내고자 한다. 무엇보다 스스로 죽음 앞에 선 청소년들의 한없이 어두운 심리를 묘사하는 박상률의 붓질에서 격렬한 통증이 느껴진다.

죽음 앞의 청소년들

여섯 편의 작품 가운데 청소년 자살 문제를 다루고 있는 「이제 됐어?」, 「너는 깊다」는 가장 주목할 작품이다. 이 작품들은 청소년 자살 문제를 다루었다는 소재 차원이 아니라 스스로 자살을 선택하려는 청소년들의 어두운 내면을 탁월하게 다루었다. 자살의 결과가 아니라 자살에 이를 수밖에 없는 과정 자체가 핍진한 내면 묘사를 통해 드러난다. '청소년이 아프니 나 또한 아프다'는 절박한 문제의식과 함께 삶과 죽음의 경계에 서 있는 청소년들의 죽음을 방치하는 병든 사회와 소통하고자 하는 작가적 가슴이 없고서는 이렇게 탁월한 내면묘사는 불가능했을 것이다. 그렇듯 박상률은 청소년들의 심리묘사를 통해 성장을 가로막는 교육 불가능의 사회문제를 성찰하고자 한다. 그래서 이들 작품은 청소년 독자뿐만 아니라 '병든 어른들'이 꼭 읽어야 한다. 이 작품들을 통해 여고생 '정은'이 왜 20층 아파트 창틀에 서 있는지(「이제 됐어?」),

그리고 고등학생 '나'가 새벽 3시 한강 다리 철제 난간 위에 왜 누워 있는지를(「눈을 감는다」) 아프게 확인할 수 있으리라고 믿는다.

「이제 됐어?」의 여고생 '정은'이 죽음을 선택하려는 이유는 완전한 사육에 가까운 자녀 교육을 바라는 이른바 '매니저 엄마'의 극성에서 비롯한다. 우리 사회에서 매니저 엄마는 2000년 4월 헌법재판소가 1980년대 과외 금지 조치에 대해 위헌판결을 내린 이후 급성장한 사교육 시장과 함께 탄생했다. IMF 사태 직후 우리 사회를 엄습한 낙오의 공포 속에서 속성 배양된 매니저 엄마들은 오직 자신이 소유한 자본과 지식만이 자신과 가족의 복지를 향상시킨다는 '시장 사회Market Society'의 신념을 철저히 내면화한 교육 소비의 주체인 동시에 자녀 교육의 관리자라는 이중의 성격을 갖는다. 시장의 이미지에 따라 사회관계가 형성되는 시장 사회 가치가 대세를 이룬 사회는 필연적으로 신자유주의 사회의 에토스를 내면화하도록 재촉한다. 「이제 됐어?」의 엄마가 외고에 다니는 딸 정은에게 명문내 입학을 통해 소위 학벌 사회에 편입되기를 독촉하는 것은 그런 이유 때문이다.

그러나 청소년들은 무엇인가를 소유하는 것보다는 스스로 행동함으로써 자신의 목표를 찾고자 한다. 그런 열망과 의지를 누구나 갖고 있다. 그것이 옳을 뿐만 아니라 좋기 때문이다. 어린이와 청소년 시절의 삶을 지배하는 원리가 고독과 우정 그리고 사랑과 공동체 의식이 있는 이른바 '웰리빙well-living'의 가치들과 무관할 수 없는 것도 그런 이유 때문이리라. 그래서 "나는 사춘기의 병든 아이다"(27)라는 핏빛 절규를 세상에 토해놓는 정은의 내면묘사 앞에서 말문을 잃게 된다. "저마다 빛나는 별들 사이에 선을 그어, 일종의 맥락을 만들어주어야"(27) 하는 것 아니냐는 정은의 힐문에 대해 우리는 어떻게 답변을 해야 하는 것일까. 그래서 스스로 '별자리'가 되지 못한 청소년들의 죽음을 '별똥별'로 비유한 작품의 결말이 소설의 끝이 되어서는 안 된다. 십 대 청소년들이 죽음으로 말하는 메시지에 무심한 우리는 어쩌면 괴물일지도 모른다. "내가, 별똥별이, 된다"(28)는 마지막 문장은 아픈 청소년들을 위해 우리가 '지금 당장' 무엇인가를 해야 한다고 속삭이는 듯하다.

지금 청소년들이 바라는 것은 달나라에 보내달라는 것이 아닐 것이다. 학교 폭력과 왕따 문제 그리고 청소년 자살 문제를 다룬 박상률의 문제작 「눈을 감는다」에서 지금 청소년들이 무엇을 바라는지를 직접 확인할 수 있으리라. 그것은 자신의 존재를 있는 그대로 인정받는 것, 그리고 누군가와 신뢰의 사슬 관계를 맺고 싶다는 강렬한 결속의 열망이다. 무엇보다 자신의 존재 자체를 온몸으로 들어줄 줄 아는 한 사람의 '어른'을 고대하고 있다고 보아야 할 것이다. 그러나 「눈을 감는다」의 청소년 화자인 '나'는 철저히 고립무원의 상태에 있다. 박상률은 일상적 학교 폭력을 감내해야 하는 왕따인 '나'의 학교생활에 대한 외부 묘사는 물론이요, 대물림되는 가난의 위기에 처한 작중 화자의 불안한 심리 상태를 긴박하고 절박한 언어로 생생히 복원해내고 있다. 동시에 작중 화자의 내부와 외부 상황을 묘사하는 박상률의 문장 어디에도 희망에 대한 기약 따위는 없다.

이 점이야말로 박상률표 청소년소설이 가진 새로운 시선의 확장이라고 말할 수 있다. 다시 말해 문제적 상황과 문제적 개인이 어른들보다 더 이해심 많은 화자의 발언으로 해소되는 식의 상투적인 결말로 드러나지 않는다는 점에서 그렇다. 물론 이것은 '반反성장까지도 성장의 의

도를 벗어난 것이 아니다'라는 소설 미학에 대한 확고한 믿음에서 비롯한다는 점은 말할 나위 없다. 우리 청소년소설은 '가짜 희망' 만들기에 대한 어떤 강박증으로부터 자유롭지 못한 것이 아닐까, 병든 세상의 문제는 어쩌면 위선의 문체 대신에 청소년이 처한 리얼리티reality를 외면하지 않으려는 냉정한 문체를 통해서 그 실상과 대책이 드러날 수 있지 않을까, 하는 생각을 하게 된다. 이 작품을 보는 내내 최금진의 시 「산꿩이 우는 저녁」(『황금을 찾아서』, 창비)에 등장하는 "근본도 없는 놈"을 연상했던 것도 그런 이유 때문이다.

> 나는 나를 설득하고 싶지 않다. 내겐 눈부신 태양이 없다. 밝은 미래가 없다. 내 운명은 이미 결정나버렸다. 그렇다고 그럴싸한 미사여구를 동원해서라도 삶의 중요성을 강조해주는 이도 없다. 어차피 나는 출신 성분부터 '찌꺼기'과이다. 어느 누가 이런 나를 무슨 애정이 있어 설득할 것인가. 나부터도 나를 설득하고 싶지 않은데 말이다. 어쩌면 나는 내가 더 망가지고 짓밟히는 게 싫은지도 모른다. 그래서 이쯤에서라도 정말로 나를 보호하고 싶었는지도 모른다. 그래서 사실은 나를 진정으로 보호하여 더 망가지지 않도록 하기 위해 나는 한강 다리까지 온 것이다. 나를 보호할 수 있는 유일한 방법은 내 의지로 할 수 있는 것을 하는 것뿐이다. 지금 내 의지로 할 수 있는 것은? 여기까지 이렇게 내 발로 올라와 있는 것이다.
> ―「눈을 감는다」, 97쪽

위의 작중 화자는 자신과 세상의 변화 가능성에 대한 일말의 희망 따위를 드러내지 않는다. 가족도 학교도 더 이상 나의 '어둠 탈출'을 막을 수 없으며, 오히려 그 때문에 어둠 탈출을 재촉받고 있는 상황이다. 최두석 시인은 "끄적거려둔 낙서가 문득/ 유서가 된다"(「오리」)고 썼지만, 작중 화자는 그런 유서조차 거부한 채 이른바 자기 훼손 전략을 극단적으로 추구하고자 한다. 자발적 배제를 하는 셈이랄까. 이토록 철저히 암담한 상황에 처한 청소년 화자의 존재를 본 적이 없다. 시장 사회가 되어버린 우리 사회의 병통이 그만큼 깊고도 넓다는 것을 방증한다고 말할 수 있으리라. 이 문제와 관련해 『경향신문』 특별취재팀이 쓴 『10대가 아프다』(위즈덤경향)에는 "십 대 아이들과 사회가 철저히 분리되어 있었다"는 데에서 그 원인을 찾고 있다. 그렇다, 아픈 청소년들을 위해서는 우리 사회의 어른들이 울타리 구실을 제대로 해야 하는 것이다. 그런 점에서 「눈을 감는다」는 청소년 독자도 읽어야겠지만, 누구보다 우리 사회 어른들을 위한 소설 텍스트가 되어야 마땅하다.

이 밖에도 이 작품은 대물림되는 가난에 처한 청소년들의 소외와 성장 문제를 환기하는 청소년소설의 문학적 효과에 대해 어떤 시선의 전환을 제공했다고 할 수 있다. 30년 동안 빈곤층 청소년들의 교육에 헌신해온 미국 교육자 루비 페인Ruby K. Payne은 『계층이동의 사다리』(황금사자)에서 "계층 간에 가장 큰 차이는 '세계'를 정의하는 방식"이라고 말한다. 각자의 계층에 따라 소속 집단 내에 적용되는 암묵적 신호와 관습을 의미하는 이른바 불문율이 모두 다르다는 것이다. 오늘날 가난을 정의하는 말이 바로 '소외'라는 점을 고려할 때, 청소년소설은 고착화된 마음의 불문율을 바꿀 수 있는 문학적 감동으로의 승화가 필요하다. 그것은 아픈 십 대를 위한 공진화共進化 프로젝트에도 적잖은 보탬이 될 수 있으리라고 믿는다.

청소년은 청소년이다

　박상률은 『청소년문학의 자리』(나라말)에서 청소년이란 존재는 '청소년은 청소년이다'라는 동일률에 의해서만 정의할 수 있다고 말한다. 어른도 아니고 어린아이도 아닌 그저 '청소년'이라는 정체성을 갖고 있는 존재라는 것이다. 그래서 박상률은 청소년문학은 '경계의 문학'이라는 점을 역설한다. 경계의 존재로서의 청소년은 『세상에 단 한 권뿐인 시집』에 수록된 작품 가운데 「가장의 자격」, 「너는 깊다」, 「국민건강영양보급업자가 낚지 못한 것」 같은 작품들에서 만날 수 있다. 가족의 생계 때문에 고민하는 알바 공고생(「가장의 자격」), 자신의 성 정체성에 대해 혼란을 겪고 있는 여고생(「너는 깊다」), 부모 몰래 이성 친구를 사귀는 여고생(「국민건강영양보급업자가 낚지 못한 것」)이 그 면면들이다. 딸의 애정 행각이 외삽된 방식으로 처리된 「국민건강영양보급업자가 낚지 못한 것」을 따로 논의한다고 치면, 「가장의 자격」과 「너는 깊다」에서 경계에 서 있는 청소년의 모습과 조우할 수 있다.

　「가장의 자격」의 '강규성'은 가족의 생계 때문에 학교를 계속 다녀야 할지를 고민하는 공고생이다. 실업계 고교생의 삶과 꿈을 다룬 전작 『불량청춘 목록』을 기억하는 독자들이라면 이 작품에 등장하는 규성이를 비롯해 기동이, 학준이, 주영이 같은 청소년들의 모습이 낯익을지 모르겠다. 작품 속 규성이는 『불량청춘 목록』에 나오는 현우의 모습과 꽤 닮아 있지만, 그가 처한 상황은 결코 낙관적이지 않다. '대한민국 공고생'의 현재의 처지와 미래의 불안을 다룬 이승현의 소설 『안녕, 마징가』(실천문학사)와 공고 학생들이 쓴 시를 묶은 『내일도 담임은 울 뻘이다』

(휴머니스트)에서 확인할 수 있듯이, 공고생 청소년들에게는 실패할 권리조차 부여되지 않았기 때문이다. 그래서 작품 속 규성이는 이 시대야말로 "조선 시대보다 더 답답한 세상"(118)이라고 장탄식을 한다. 그러나 규성이의 이 장탄식이 작품 속에서 마냥 어둡지만은 않다. 그것은 알바 현장에서 '강 부장'으로 대우받는가 하면, 스스로 '가장의 자격'을 의식해 책임감을 느끼고 있기 때문이다. 이와 관련해 어느 공고생이 쓴 다음 시는 이 작품 속 규성이의 정체성을 이해하는 좋은 실마리가 될 것이다. 「가장의 자격」의 규성이는 자신의 현재 삶에 대해서뿐만 아니라 자신의 처지를 이해하는 '어른'과의 소통 속에서 자신의 다른 삶과 소박한 꿈을 만들어가고 있는 중이라고 말해야 할지도 모른다.

> 나는 네네치킨에서 일한다
> 나는 배달부장 이 부장이다
> 나는 이 동네 배달업체를 주름잡는 사람이다
> (…)
> 깔끔한 포장과 큰 닭의 맛이 일품인
> 나의 사랑 네네치킨
> 오늘도 고객들을 위해 지도를 보고 액셀을 땡긴다
> ─이훈, 「네네치킨」(『내일도 담임은 울 뻘이다』) 부분

이 점은 자신의 성 정체성에 대해 극심한 혼란을 겪고 있는 여고생을 다룬 「너는 깊다」의 경우에도 해당된다. 어느 소도시의 고등학교 3학년 여고생인 '나'는 스스로를 교실 안에서 "나는 이방인이다"라고 생각

하는 청소년이다. 한 반 아이들과의 관계는 철저히 단절되어 있고, 학습에 대한 아무런 동기도 없으며, 자신의 진로에 대한 기대 또한 낮은 데다 학교 활동에 대해서도 비참여적이다. 한마디로 말해 아무런 소속감과 존재감이 없는 이 아이는 지금 깊은 심리적 좌절감에 빠져 있는 것이다. 그런 작중 화자의 유일한 '퇴로'는 원어민 영어 교사를 그의 숨소리까지 그림에 그려 넣는 것이다. 그런 점에서 작중 화자가 원어민 영어 교사와 소통의 대화를 나누고 심지어 키스를 하는 장면에서 동성애를 연상하는 것은 표면적 사실에 불과할지 모른다. 지금 이 아이는 누구보다 자신에 대해서는 물론 세상과 소통하려는 강렬한 열망과 의지를 갖고 있기 때문이다. 어쩌면 자신을 인정하고 지지할 수 있는 한 사람의 '어른'이 필요했던 것이리라. 그런 어른은 말은 줄이고 귀를 키우는 존재일 것이다. 다음의 아름다운 내면묘사에서 그런 한 사람의 어른과 접속을 갈망하는 작중 화자의 절박하고도 순수한 이면의 모습이 보인다.

> 그녀 안에서 나는 돌아가신 아빠를 느꼈고, 나를 믿는 엄마를 느꼈고, 말 한마디로 할 말을 다한 중학교 때 반장 아이를 느꼈다. 그리고 마침내 나를 느꼈다. 내가 누구인지조차 미처 모르던 나. 이제야 비로소 나를 느낀 것이다. 그녀 안에서 나는 깊어진 것이다.
>
> ―「너는 깊다」, 124쪽

이 아름다운 묘사에서 우리 삶이 가장 필요로 하는 것이란 'TLC'에 있다고 한 슈마허의 견해가 떠오른다. 'TLC'란 다정한 사랑의 보살핌을 의미하는 'Tender Loving Care'의 약자이다.[1] 그런 사랑의 관계 속에 있는 청소년은 더 이상 외롭지 않을 것이며, 저마다 아름다운 존재로서 스스로 몸과 마음 또한 성장하게 될 것이다.

그러나 어른들은 청소년들의 처지를 몰라도 너무 모른다. 이번 작품집에 수록된 「국민건강영양보급업자가 낚지 못한 것」은 그런 어른들이 사는 사회를 향한 일종의 통렬한 세태 풍자가 아닐 수 없다. 돈이 된다면 남의 집 개든 뭐든 간에 물욕物慾을 가리지 않는 '먹고사니즘'의 이데올로기는 "개만도 못한 사람"(박상률의 시, 「개안부」)이 넘쳐나는 타락한 세상을 만든 주범이라고 해야 할 것이다. 최근작 『개님전』에 이어 개犬를 소재로 한 「국민건강영양보급업자가 낚지 못한 것」이 갖는 의미는 그런 물욕을 극단적으로 추구한 결과 부모 자식 간에는 물론이요, 우리 사회가 전반적으로 회복할 수 없을 정도로 도덕적·시민적 재화를 잃고 있는 현실을 보여주고 있다는 점에 있다. '멍멍 낚시꾼' 아버지의 침묵은 그래서 희극적이다 못해 비극적이다. 어른이 정도正道를 걷지 못하는 사회에서 청소년들이 자신의 길을 제대로 걷기를 바라는 것은 너무나 몰염치하다. 우리는 지금 염치decorum없는 사회에 살고 있는 것이다.

그러나, 나 자신의 노래를!

우리는 누구나 삶의 의미에 대한 근원적인 욕망을 갖고 있고 그것의

---

1 E. F. 슈마허, 『내가 믿는 세상』, 이승무 옮김, 문예출판사, 2003.

충족을 갈구한다. 어쩌면 그 핵심은 자신이 속한 공동체에서 삶을 가꾸는 능력이라고 할 수 있다. 우리 시대 아픈 십 대들이 각자 '나부터' 스스로 자신의 삶을 가꾸는 삶의 기술을 내 안에 살리는 동시에 사회 전체로 확장할 수 있는 문화적 실천 과정이 필요하다. 이 점에서 오늘의 청소년소설은 어른과 청소년 세대의 단절된 경험을 이어주는 미디어로서의 자기 역할을 해야 한다. 청소년소설 작가들은 대화와 소통을 통해서 후속 세대들에게 자기 세대의 경험과 이야기를 전수해야 하는 책무가 있는 것이다. 바로 이런 이유 때문에 「세상에 단 한 권뿐인 시집」이 갖는 의미는 아무리 강조해도 지나치지 않을 것이다.

이 작품은 청소년 시절의 경험에 관한 이야기라고 할 수 있다. 소설가로 활동하는 작중 화자인 '나'는 어느 날 청소년 시절에 짝사랑했던 '현아'로부터 연락을 받는다. 스무 해 동안 갇혀 있던 말들을 돌려준다는 명목으로 현아가 연락한 것이다. 그리고 친구들의 눈을 피해 남몰래 시를 썼던 나의 학창 시절이 떠오른다. 같은 반 친구가 하숙하는 집의 주인 딸 현아를 짝사랑한 나머지 자신이 쓴 시를 시집으로 묶어 전달했으나, 우여곡절 끝에 스무 해 만에 돌려받게 되는 상황이라니! 이런 경우에 우리는 '그것이 인생이다$^{C'est\ la\ vie}$'라고 말하는 것이리라.

결국 박상률은 자전적 요소가 가미되어 있는 아름다운 이야기 「세상에 단 한 권뿐인 시집」을 통해 오늘날 청소년들과 문학이 주는 감동을 나누고자 했다고 볼 수 있다. 그리고 어른이든 청소년이든 상관없이 끝없이 영혼의 성장을 해야 한다고 전하는 것으로 보아야 하리라. 성인이 된 화자가 자신의 현재 모습에 대해 환멸을 느끼며 "나는 내 스스로를 거부하기 시작했다"(46)고 술회하는 대목은 바로 그 증좌이다. 이 점에서 박상률은 작중의 여고생 현아가 "사람들 마른 가슴을 촉촉하게 적셔 줄 수 있는 시를 써 봐!"(36)라고 한 말처럼, 자신의 작품 또한 그런 작품이 되기를 의식적이든 무의식적이든 간에 드러내는 글쓰기의 역사를 노정했다고 말할 수 있을 것이다. 이런 관점에서 박상률이 그동안 써온 주요 작품들, 이를테면 『봄바람』과 『불량청춘 목록』, 『개님전』 같은 작품들을 읽는다면, 왜 그의 청소년소설이 소재주의에 빠지지 않으면서도 묵직한 문학적 감동을 표현하는 데 주력하는지를 생생히 느낄 수 있으리라고 생각한다. 아마도 그런 것이 작가된 자의 어찌할 수 없는 운명이라고 해야 하지 않을까.

> 휴가가 끝난 뒤에도 나는 직장에 다시 나갈 생각조차 하지 않고 글에만 매달렸다. 처음에는 넋두리도 있고 푸념도 있었지만 차츰 내 글의 방향과 형식이 잡혀갔다. 인생이니 우주니 하는 거창한 것도 아니었고 뜻도 모를 추상적인 것도 아니었다. 그저 나 자신이 살아온 얘기이자 내 이웃들의 얘기였다. 결국 글을 쓰다 보니 세상을 건지느니 인생을 풍요롭게 하느니 하는 것보다는 뭐니 뭐니 해도 내 스스로를 위해 글을 쓴다는 생각이 들었다. 남의 얘기를 쓰는 것 같은데도 끝내 그 글을 통해 위로를 받는 이는 나 자신이었으니까.
> —「세상에 단 한 권뿐인 시집」, 49~50쪽

박상률이 말하는 '나를 위한 글쓰기'가 글쓰기 자체만을 의미하는 것은 아니다. 그것은 작가인 자신 또한 지금도 여전히 글쓰기를 통해 영혼의 성장을 하고 있다는 말이며, 우리 시대 아픈 십 대들이 수준 높은 문학작품을 통해 소통함으로써 자신과 세상을 향해 자발성과 상상력

그리고 지력知力을 길러야 함을 역설하는 것으로 읽어야 마땅하리라. 그런 사유와 상상이 결합된 감동적인 독서의 경험 속에서 우리 시대 아픈 십 대들이 다른 삶을 생각하고 다른 세상을 꿈꿀 수 있는 길을 모색하기를 바라마지 않는다. 그것이야말로 '나 자신의 노래'(월트 휘트먼)를 찾아 부르는 행위가 되지 않을까 싶다. 박상률의 문학에는 그런 힘이 있다. 청소년은 물론 어른 독자들의 성찰과 이해의 독서 행위를 기대하는 것도 그런 이유 때문이다.

칠곡에는
'문학 할매'들이 산다

1. '시 안 쓰는 시인들'이 여기 있었네

저 고개 너머, 자월도 살던 대님이라고 있어
키가 작달막하고 얼굴 모양 갸름한 게 여자는 여자여
내가 죽으면 어느 누가 우나
산신령 까마구 드시게 울지요
일본 말루다 그렇게 슬픈 노랠 했어
첩으로 살다 아이 하나 낳구는
덕적도로 시집가 죽었어

공중에 펼쳐진 넓디넓은 종이에 한 자 한 자 새겨지는 까막눈이 시 속으로
대님이가 까악까악 날아왔습니다 이 땅에 시 안 쓰는 시인 참 많습니다 명녀

아지 은심이 숙희 승분이 경애 춘자 상월이 이쁜이, 시보다 더 시 같은 생애 지천입니다

—김해자, 「시 안 쓰는 시인들」 부분

위 시는 김해자 시인이 쓴 「시 안 쓰는 시인들」(『집에 가자』, 삶창)의 부분이다. 수년 전 인천 앞바다에 있는 무의도 섬마을에서 할머니들과 함께하는 문학교실을 진행한 바 있는 시인이 자신의 경험을 형상화한 표현이다. 시인은 말한다. "이 땅에 시 안 쓰는 시인 참 많습니다"라고. 이 표현은 시인 김해자가 몸으로 체험하며 발견한 우리 시대 '시 안 쓰는' 민중시인들에 대한 애정 어린 헌사라고 보아야 옳다.

그렇다, 이 땅에는 시 안 쓰는 시인들이 참 많다. 이들은 먹고사느라 이마에 땀을 흘리며 나날의 노동과 일상에 바쁜 나머지 좀처럼 시를 쓸 겨를이 없다. 그러나 이들의 생애를 자세히 들여다보면, 시인들이 쓰는 "시보다 더 시 같은 생애 지천"을 이룬다고 간주할 수 있을 법하다. 다만 지금 여기 시인들이 쓰는 시에 등장하지 않을 따름이다. 어쩌면 우리 시는 한동안 '시 안 쓰는 시인들'의 존재에 대해 너무나 둔감하고 또 둔감했는지 모르겠다. 김해자 시인이 그런 시 안 쓰는 시인들을 만나서 나눈 이야기를 기록한 산문집 『당신을 사랑합니다』(삶창)에서 왜 시 안 쓰는 시인들을 만나는가에 대해 "만날 수밖에 없으므로 만나진다"고 말한 표현에 우리 시인들은 주목해야 하는지도 모르겠다.

칠곡 할매들이 쓴 시를 모은 시집 『시가 뭐고?』(삶창)는 '시 안 쓰는 시인들'이 펴내는 시집이다. 시집 『시가 뭐고?』는 사투리를 그대로 옮긴 제목에서 알 수 있듯이, 경상북도 칠곡군에 사는 '할매'들이 문해文解 교

육 현장에서 배우고 익힌 한글로 손수 쓴 시들을 모아 엮은 시집이다. 할매들은 대부분 '생애 처음' 시를 써본 사람들이다. 이 점은 시집 표제작 「시가 뭐고?」라는 시에서 여실히 확인할 수 있다. 그 어떠한 꾸밈도 없고, 과장 섞인 표현도 없는 소화자 할머니가 쓴 단순하고 소박한 표현을 보라. 분식粉飾 따위는 전혀 없는 구체적인 생활 현장의 언어가 주는 묘미는 과연 시란 무엇인가 하는 묵직한 질문을 제기하고 있다. 과연, 시인들이여, 시가 뭐고?

> 논에 들에
> 할 일도 많은데
> 공부시간이라고
> 일도 놓고
> 헛둥지둥 왔는데
> 시를 쓰라 하네
> 시가 뭐고
> 나는 시금치씨
> 배추씨만 아는데
>
> ―소화자, 「시가 뭐고」 전문

시집 표제작인 이 시가 재미있는 이유는 경상도 사투리 덕분이다. 시의 마지막 3행에 등장하는 "시가 뭐고/ 나는 시금치씨/ 배추씨만 아는데"라는 표현이 압권이다. 대구 인근 경상도 사람들은 대체로 'ㅆ'을 잘 발음하지 못한다. 대표적으로 '쌀'이라는 말을 '살'로 발음하는 것에서도 여실히 알 수 있다. 대구 인근 경북 지역 사람들의 이러한 발음 특성을 고려하면, 외부 사람들이 이 발음을 들을 때 시에 등장하는 "시"와 "시금치씨", "배추씨" 발음 사이에 어떠한 차별성을 느낄 수 없다는 점이 이 시의 묘미이다. 이런 사투리의 특성을 십분 헤아리면 이 시집에서 의도하지 않은 재미fun를 맛보는 것은 어렵지 않을 것이다.

쉽게 말해 시집 『시가 뭐고?』의 진짜 묘미는 살아 있는 입말[口語]의 경지를 엿볼 수 있다는 점이다. 지방색이 강한 사투리가 훌륭한 무형문화재가 되는 이유가 여기에 있으리라. 국어학자 이상규가 사투리(방언)를 일러 '오래된 역사의 주름'이라고 표현하는 데 나는 전적으로 동의한다. 언어 다종성을 보존하기 위해서라도 사투리의 종다양성이 보존되어야 할 필요가 있다. 이 시집을 보는 내내 수년 전에 작고한 동화작가 권정생이 쓴 장편소설 『한티재 하늘』(지식산업사)에 나타난 사투리의 풍경을 떠올린 것이 결코 억지만은 아닐 것이다. 그리고 이 시집의 주제와 권정생의 작품이 지향하는 가치 또한 일맥상통한나는 점 또한 고려되어야 한다.

경북 내륙지역 사람들의 이른바 민중의 생활주의를 깊이 천착한 권정생의 『한티재 하늘』의 핵심 메시지는 '사람의 도리'에 관한 질문이라고 할 수 있다. 칠곡 할매들이 생애 처음으로 쓴 이 시집 또한 궁극적으로는 사람은 무엇이고, 사람은 무엇으로 사는가에 대한 자문자답이라고 할 수 있다. 이러한 주제 의식이 먼저 간 영감을 비롯한 가족과 친지에 대한 그리움으로 표현되기도 하고, 한글 등을 배우고 익히는 즐거움으로 나타나는가 하면, 감과 복숭아 농사같이 묵묵히 감당해야 하는 나날의 노동에 대한 겸허한 태도로 나타나고 있다. 다시 말해 할매들이 하루하루를 살아가는 모든 일상의 세목들과 기억의 갈피들이 '삶의 무늬'를 이루고 있는 것이다.

시집 『시가 뭐고?』의 행간에서 서울, 대구 같은 대도시에서 쉽게 만날 수 없는 사람들이 연출하는 아름다운 무늬를 엿볼 수 있는 점은 바로 이 때문이다. 이 점이 바로 칠곡 할매 특유의 삶의 무늬를 의미하는 '인문人文/人紋'정신의 바탕을 이룬다고 보아야 옳다. 다시 말해 인문성이란 나(또는 마을)의 외부에 전적으로 의존할 때 생기는 어떤 것이 아니라, 이미 나(또는 마을)의 내부에 내장되어 있는 사람의 도리를 생각하는 마음 같은 것을 외화하는 일과 관련 있는 셈이다. '책머리에'에서 언급했지만, 이 의미를 히말라야 라다크 사람들은 "호랑이의 줄무늬는 몸 밖에 있지만, 사람의 줄무늬는 몸 안에 있다"라는 속담으로 풀이한다. 사람의 줄무늬가 바로 인문人紋을 의미하는 것은 말할 나위 없다.

2. "심봉사도 나만큼 좋아했나"

시집 『시가 뭐고?』에서 가장 인상적인 점은 배움의 기쁨을 표현하는 '배움 시편'들이다. 배움 시편들을 읽으며 숙연한 마음에 눈시울이 붉어졌다. 그리고 노년은, 아니, 사람은 무엇으로 사는가에 대해 생각하곤 했다. 노년은 무엇으로 사는가. 노년기에 경험하는 '역할 상실'의 문제를 극복하기 위해서는 호기심을 갖고 꾸준히 배우고 익히는 학습이 중요하다는 점을 배움 시편들에서 실감했다. 나는 적어도 그 시들에서 무엇인가 허전하고 쓸쓸한 어조를 좀처럼 느낄 수 없었다. 이 점이 배움 시편의 특장特長이라고 확언할 수 있다. 농촌 지역인 칠곡의 할매들이 배우면서 느끼는 나의 존재감을 확인한 것과 무관하지 않으리라. 이 점 때문일까. 칠곡 할매들은 도시에 사는 노년에 비해 이야기를 나눌 수 있는 사람, 자신의 속내를 털어놓을 수 있는 사람, 있는 그대로의 나를 온전히 받아들이는 사람들이 '곁'에 있다는 인상을 받게 된다. 칠곡 할매들은 비록 '고독'할 수는 있을지언정 사회적으로 '고립'되지 않았다고 판단되는 것도 그런 이유 때문이다.

　이것은 사소한 것이 아니다. 갈수록 혼자 살다 혼자 죽는 무연無緣 사회로 변해가는 우리 사회에서 가장 필요한 말이 있다면, 나는 그 말은 '곁'이고 '이웃'이라고 확언한다. 이웃끼리 '인기척'을 느끼며 사는 것이 중요하기 때문이다. 이 점에서 칠곡 할매들은 한글 공부 같은 배움 과정과 의례를 통해 다른 할매들과 함께 연결되어 있다고 말할 수 있다. 그리고 못 배운 한恨을 풀며 스스로에 대한 자존감을 높이고 있다고 간주할 수 있을 법하다.

　이 배움의 과정과 의례가 사람의 격格을 높여주고 있는 것이다. 사람의 격은 남이 나를 어떻게 대하고, 내가 남을 어떻게 대하며, 나는 나를 어떻게 대하느냐에 달려 있다고 할 수 있다. 이 중에서 가장 중요한 질문이 '나는 나를 어떻게 대하는가?'라는 점은 말할 것도 없다. 그리고 그런 사람들이 모이는 곳이 바로 '인문학마을'이라고 간주할 수 있을 법하다. 이 점을 헤아리며 배움 시편들을 읽을 때 시적 감동은 더욱 배가 될 것이다. '감동感動'이라는 한자말에는 '心'과 '力'이 포함되어 있다. '마음'으로 느껴야 '힘'을 써서 나와 세상을 바꾸기 위해 움직인다는 의미가 아닐까. 나는 이것이 시의 힘이고, 시의 아름다움이라고 믿고 있다. 다음 시편을 보자.

즐거운 마음으로
학교에 갔다
눈이 침침해서
칠판에 글이 안 보였다
눈물이 났다
안과에 가서 수술했더니
아니! 이럴 수가 있나
칠판에 글이 잘 보인다
글이 잘 보여 눈물이 났다
심봉사도 나만큼 좋아했나

—박후불,「눈」전문

그런데 내 나이 60 넘어
선생님이 되었다
비록 이야기 할머니 선생님이지만
아이들은 병아리 같은 입으로 네네 선생님 하고
대답한다 그 삐약이 같은 소리에
힘들었던 내 인생은 연기처럼 사라지고
세상에서 가장 기뻐기뻐 기쁘고 즐거운
오늘을 만들었다

장하다

오늘은 나도 선생님이다

— 방용분, 「드디어 그날이다」 부분

박후불 할매가 쓴 「눈」에 등장하는 "심봉사" 운운하는 과장된 표현을 보라. 칠판의 글씨가 다시 보이는 그 순간이 얼마나 기뻤으면 그런 표현을 썼을까. 여기서 "심봉사" 운운하는 표현이란 이른바 '죽은 비유'라는 표현 따위는 삼가자. 그것은 할매들의 시를 대하는 예의가 아니다. 오히려 칠곡 할매들이 쓴 시에서 한글 공부 같은 배움의 과정이 노년기에 겪게 되는 역할 상실을 대체하는 새로운 '역할'로서 작동하는 사회문화적 의미를 놓치지 말아야 한다. 한글을 배우고 익히며 자신의 경험을 누군가와 공유하고자 하는 할매들의 인지상정을 더 헤아려야 마땅하다.

이 점에서 노년의 사회문화적 활동을 설명하는 활동이론$^{activity\ theory}$을 주목해야 할 필요가 있다. 활동이론에 따르면, 노년기일수록 무엇인가 새로운 것을 배우고, 자신의 지식을 공유하며, 인간관계를 형성하는 삶의 문화가 무엇보다 요구된다고 강조한다. 그리고 그런 문화적이고 사회적인 활동 참여가 높을수록 심리적 만족감과 생활 만족도가 높을 뿐만 아니라, 긍정적인 자아 개념을 갖게 된다고 말한다. 노년기에 새로운 것을 배우는 '학습'이 일종의 변화를 위한 엔진의 동력이 되는 셈이다. 실제 노은영은 「노인의 동아리 활동과 삶의 변화에 대한 질적 사례 연구」(『서울도시연구』 제16권 1호, 2015)라는 논문에서 활동이론의 관점에서 서울 노인복지관 2곳에서 활동하는 남녀 노인 6명을 심층 면접한 결과를 분석하였다. 이 분석에 따르면, 노인들의 동아리 활동은 다섯 개의 주제와 깊은 관련이 있다고 한다. ① 심신의 건강, ② 자존감 및 삶에 대한 의욕 향상, ③ 다른 여가 활동으로의 연결, ④ 사회적 교류 확대, ⑤ 노인에 대한 인식 변화 등이 그것이다. 경북 칠곡군이 2012년부터 주민이 주도하는 방식으로 추진하는 '인문학도시 조성사업'이 할매들을 비롯해 참여자들에게 일종의 마음의 사다리 노릇을 한다고 말할 수 있을 법하다.

이러한 사회문화적 효과는 방용분 할매가 쓴 「드디어 그 날이다」의 표현에서 더 분명히 확인할 수 있다. "이야기 할머니 선생님"이 된 화자의 모습이 그것이다. 사람은 누구나 '이야기하는 인간'을 꿈꾼다. 이야기하는 인간을 의미하는 호모픽투스Homo Fictus는 인간이라는 유적 존재의 특징인 것이다. 실제로 우리 머릿속은 새로운 이야기를 경험할 때 바쁘게 돌아간다. 어쩌면 방용분 할머니는 자신의 생애에서 단 한 번도 "아이들" 앞에서 "이야기 할머니 선생님"이 되는 순간을 상상해보지 못했을지도 모른다. 그런데 꿈조차 꾸지 못한 일이 일어났다! 생애 최초로 낯설고 새로운 경험을 만끽하게 될 순간을 상상하며 어린아이처럼 기뻐하는 방용분 할매의 모습이 연상되어 저절로 웃음이 나온다. 이 점에서 아이들은 물론이요, 할매들을 위해서라도 더 많은 '정보'가 아니라 더 많은 '이야기(서사)'가 필요하다고 나는 생각한다.

이와 관련해 미국 인문학자 조너선 갓셜Jonathan Gottschall이 주장한 말이 떠오른다. "아이들에게는 빵과 사랑만큼 이야기가 필요하다. 아이들을 네버랜드에 들어가지 못하게 막는 것은 폭력이다." 이 말이 필요한 사람은 아이들뿐만이 아니라는 점은 앞서 언급한 바와 같다. 시집 『시가 뭐고?』의 도처에서 이야기성을 의미하는 할매들의 '사연'이 느껴지기 때문이다. 할매들의 시를 읽을 때 상상력의 은총이 필요한 것은 독자들의 몫이리라. 도필선의 「매화 배움학교」, 이경해의 「그리운 선생님」을 비롯해 김옥순, 김판임, 손점춘, 박후금 할매가 쓴 시들이 그러하다.

3. 보이지 않는 손에서 생각하는 손으로

칠곡 할매들의 시에는 자연과 함께하는 삶을 살아가며 단순하고 소박한 '지금 이 순간'에서 아름다움과 따스함을 발견하려는 태도가 여일하다. 일과 가족 그리고 동료 할매들과 함께하는 놀이(학습)가 조화를 이루고 있다고 해야 할까. 이것은 농촌 지역의 특성을 반영하는 것이겠지만, 우리나라 모든 농촌 지역에 사는 할매들이 그런 삶을 사는 것이 아니라는 점 또한 간과되어서는 안 된다. 특히 자연과 함께하며 삶에 대해 겸허한 자세를 보여주는 할매들의 태도가 퍽 인상적이다. 예를 들어 김옥교 할머니가 쓴 「감자 오키로」라는 시를 보자. "감자 오키로 심어서/ 백키로 캐고/ 느무 조와/ 아들 딸 주고/ 느무 절거워/ 우리 아들 손자/ 걱정 없이 살고 하면/ 행복하지". 자연 앞에서 '센 척'하는 사람들이 적지 않은 현실에서 이처럼 꾸밈없는 시가 주는 잔잔한 감동이 각별하다. 프랑스 철학자 에밀 시오랑Emil M. Cioran이 "위대한 운명에 대한 의무감을 버려야만 일상의 참맛을 알 수 있다"고 한 말이 떠오른다. 나이가 들수록 새로운 전투지는 바로 나의 몸이자 나의 태도라는 점을 칠곡 할매들의 시는 강력히 환기하고 있는 것이다.

조르륵 비가 온다

들깨 모종을 심는다

모종이 작으니 뽀실하니

이쁘다

요놈은 실하고

요놈은 시원찮고

잘 크거라.

—이종기, 「농사」 전문

마늘을 캐 가지고

아들 딸 다 농가 먹었다

논에는 깨를 심었는데

검은깨 농사지어서

또 다 농가 먹어야지

깨가 아주 잘났다

—박차남, 「농가 먹어야지」 전문

「농사」에 등장하는 "잘 크거라"라는 소박한 표현도 그렇지만, 「농가 먹어야지」에 나오는 "깨가 아주 잘났다"라는 표현이 퍽 신선하다. 나는 기성 시인들의 시에서 "깨가 아주 잘났다" 식의 표현을 단 한 번도 본 적이 없다. 흙과 더불어 자연에 순응하며 살아온 이 땅 민중들의 삶의 태도를 보여주는 살아 있는 입말이리라. 우리가 쓰는 말에 언령言靈이 깃들어 있다는 점을 실감하게 되는 순간이다. 이 표현은 농촌에서 농사를 지으며 사는 농민들의 소박한 비원悲願이라고 간주할 수 있을 법하다.

흥미 있는 점은 「농가 먹어야지」에 나오는 "농가 먹어야지"라는 사투리 표현이다. 자신이 손수 농사지은 곡식을 누군가와 함께 나누어 먹는 행위는 얼마나 아름다운가. 할매들의 마음에는 여전히 '투게더together'의 원리가 여전히 살아서 작용하고 있는 것이다. 어디 칠곡 할매뿐이겠는가. 이러한 투게더의 원리야말로 우리 사는 사회에 더없이 필요한 가치가 아닐까. 갈수록 스스로에 대한 소유권을 강조하고, 자기 노동의 산물에 대한 권리를 부여받아 열심히 일할 동기를 보장받아야 한다는 존 로크John Locke식 소유권의 경제 원리가 작동하고 있기 때문이다. 그 결과 우리 사회는 갈수록 사회적인 것the social이 훼손되며 공유지의 비극은 말할 것도 없고, 사유지의 비극이 나타나고 있지 아니한가. 어쩌면 그런 비극을 막는 유일한 원리는 지역화에 뿌리를 내린 투게더의 원리가 아닐까 싶다. 이 투게더의 원리는 결국 '함께 살아가기'라는 삶의 윤리학을 구현하는 실마리가 된다고 보기 때문이다. 다시 말해 사회는 이기심이라는 '보이지 않는 손'뿐만 아니라 돌봄이라는 '보이지 않는 가슴'에 의해서도 작동한다는 점을 칠곡 할매들의 시가 환기한다고 나는 생각한다. 위의 시 외에도 박춘자의 「시래기」 같은 시들은 할매들의 삶에서 무의식적으로 작용하는 것이 아닐까 한다. 스스로 자신의 일상 문화를 가꾸고 바꾸는 행위가 중요한 것은 바로 이 때문이다. 특히 내 손을 사용해 사물과의 관계에서 형성된 '감각적 각성'(발터 베냐민)이 사람과의 관계에서 형성되는 사랑과 우정으로 전환될 수 있다는 점을 위의 시들은 입증하고 있다. 예컨대 이무임의 시 「참새」는 좋은 예가 된다. 인간뿐만 아니라 비인간적 존재에 대한 생각과 의식으로까지 확장되는 대목을 엿볼 수 있기 때문이다. "저 참새가 조금한/ 배나 채워갔는지!/ 내 양심에 미안하구나."

농촌의 냉정한 실상을 다룬 최용탁의 『즐거운 읍내』(삶창), 정낙추의 『복자는 울지 않았다』(삶창) 같은 소설을 보면 농촌의 토대가 붕괴하고, 사람들 간 관계가 파괴되어가는 실상을 목격할 수 있다. 문제는 하루아침에 개선될 여지가 없어 보인다는 점이다. 이 점에서 위 시에 등장하는 "농가 먹어야지"라는 시적 표현을 적극적으로 의미 부여하자면 유구한 문화적 '가보 종자家寶種子, heirloom seed'를 이어주는 행위와 다를 바 없다고 말할 수 있지 않을까. 자본주의 시장을 지배하는 원리인 '보이지 않는 손'이 진짜 보이지 않는 현상과 무관하지 않기 때문이다. 나는 이 점에서 보이지 않는 손을 대체하는 의미로서 '생각하는 손'(리처드 세넷)의 문명과 문화를 더 적극적으로 고려해야 마땅하다고 생각한다. 누군가는 '더 적은, 그러나 더 좋은!'(앙드레 고르)이라는 슬로건으로 요약했을 법하다. 우리 일상을 '조금씩' 바꾸려는 한 줌의 용기가 필요한 것은 바로 이 때문이다. '인문학도시'를 표방하는 칠곡의 할매들이 다양한 배움을 통해 나 자신의 일상을 바꾸고, 동네를 바꾸려는 일상의 문화로 작동하기를 희망한다. 2012년부터 지금까지 3읍 5면 203리 규모인 칠곡군에서 삶의 숨결이 살아 있는 공동체를 표방하며 '인문학도시 조성사업'을 진행하는 이유도 여기에 있을 것이다.

이처럼 칠곡 할매들이 쓴 시에는 우리 인생사가 그러하듯이, 일상의 자잘하고 다양한 세목들이 드러나 있다. 이 가운데 그리움의 정서가 압도적으로 많은 것 같다. 또한 신산고초 인생의 파노라마가 다양하게 표현되어 있다. 먼저 간 영감에 대한 그리움과 '아기'가 되어버린 영감에 대한 연민(김복덕, 문식이, 유정남, 홍복남, 조덕자, 황계분), 며느리에 대한 고마운 마음(박복형), 풋사랑에 대한 추억(박점순), 세월호 희생자 추모(박차란), 친구가 된 영감(우해선), 태풍에 대한 원망(이외분, 허영구), 고된 시집살이(이원득), 손자 생각(김순덕, 정송자) 등등 다양한 감정의 결들을 읽는 것은 어렵지 않다. 이러한 이야기들은 나를 나이게 하고, 나 자신을 서사敍事의 일부로서 파악하게 하는 힘으로 작용한다.

  예를 들어 할매들이 유년 시절에 겪은 한국전쟁 경험을 토로한 '기억 시편'이 그렇다. 김춘조의 시「소와 닭이 울던 날」과 여장미의「여섯 살의 6·25」가 특히 기억에 남는다. "피란을 갈라고 집을 나온이/ 소와 닭이 울었다// 그때 마음이 서럽다"(김춘조)라든가, "나는 비행기가 무서운 것보다/ 머리 안 깎는 게 더 좋았다"(여장미)라는 지극히 개인적인 경험에 의존하는 진술들이 그러하다. 잘 알려진 것처럼, 칠곡은 한국전쟁 당시 낙동강 방어선으로 유명한 지역이다. 그런데 위 시들에서 확인할 수 있듯이, 칠곡 할매들이 쓴 시에는 전쟁의 참상 자체보다는 지극히 사적인 전쟁 경험에 대한 기억이 더 오래도록 강렬하게 남아 있음을 알 수 있다. 아마도 그때의 경험을 '할배'들이 썼더라면 전혀 달랐으리라. 할매들이 쓴 시를 보면 유년 시절에는 전쟁을 비롯해 아무리 혹독한 참화라 할지라도 그 비참함과 비루함 속에서도 '성장'한다는 점을 역설적으로 확인하게 된다.

  시인들이 쓰는 화려한 시적 기교와는 상관없는 이 무기교의 시들에서 우리는 살아간다는 것의 의미를 생각하게 된다. 그것은 '인생'의 맛과 멋이라고 말할 수 있을 법하다. 이 시들의 행간에서 인생을 달관하려는 '전지전능한' 관점 따위를 읽을 수 없다는 점 또한 특기할 만하다. 이른바 온전한 삶으로의 여정은 어쩌면 '조용한 자포자기'(헨리 소로)의 삶을 수락하는 것과 관련이 있는 것 아닐까 싶다. "아무 욕심 없어/ 농사나 잘 짓고/ 아무 걱정 없이 살면 되지/ 애들 잘되기를/ 손 모아 기도한다".(박문임, 「기도」)

4. 낙중지의洛中之義 칠곡 : 마을은 사람이다

> 외따리 저기가 내 집이다
> 저녁으로 쓸쓸하고 안되지
> 경로당 안 오민 볼 사람이 업따
> 친구한티 맨날 전화하지
> 친구가 내한테 우째 지내눈지
> 물어보지만
> 너무 안되고
> 오롬따
>
> ―김말분, 「외딴집」 전문

그러나 우리 시대 노인들은 여전히 외롭다. 김말분 할머니가 쓴 시 제목 '외딴집'이라는 말이 예사롭게 보이지 않는 것도 그런 이유와 무관하지 않다. 그런데 노인은 노인이기 때문에 외로운 것이 아니라 외롭기 때문에 노인이 되는 것이 아닐지 모르겠다. 노년에 대한 새로운 접근과 예방적 사회정책이 필요한 것은 이 때문이다. 정부 정책사업으로 진행되는 노년 문화예술교육의 경우 양적 성장에 치우친 나머지 사업의 '상투성'을 벗어나지 못한 점을 성찰해야 할 필요가 있다. 젊은 예술 강사를 선발해 노인복지관 등에 파견하거나, 아니면 프로그램을 공급하는 방식으로는 그 한계가 분명하기 때문이다. 한 사람의 노인 '존재'를 온전히 보려는 대신에, 노인 '문제'로서만 접근한다는 점을 지울 수 없다.

결국, 노년의 삶을 바라보는 우리 안의 '척도' 자체가 바뀌어야 한다. 특히 자연 현상으로서의 노화^{老化}보다 사회학적 노화 차원에 대한 우리의 인식 자체가 변해야 한다. 고대 그리스 시대 아리스토텔레스가 역설한 이른바 형상^{形象, eidos}론은 지금에 와서 재화의 획득으로 대체되었다. 노화와 죽음 자체를 긍정하고, 노동과 정의가 제자리를 찾는 사회와 문화의 토대를 형성해야 마땅하다. 개인의 자존과 자아실현을 위한 사회적 프로그램 개발에 더 세심한 신경을 써야 한다. 무엇보다 노인들을 자신의 삶의 현장에서 몰아내고, 노인'만'의 공간으로 고립시키려는 지금의 행태를 바꾸기 위해 가정이나 공동체의 부활이 필요하다는 점을 직시해야 할 필요가 있다. 위에 인용한 시를 비롯해 할매들의 시에서 '우리집 지붕은 옆집과 이어져 있다'는 간절한 목소리를 엿듣게 되는 이유도 그 때문일 것이다.

2012년부터 지금까지 삶의 숨결이 살아 있는 공동체를 지향하며 추진하는 경북 칠곡군의 '인문학도시 조성사업' 또한 사람과 사람을 '연결'하고, 마을이 곧 삶의 학교가 되는 창조적 실용 공동체를 꿈꾸는 커뮤니티 프로젝트로서의 의미를 갖는다. '낙중지의^{洛中之義}, 칠곡'이라는 이름에서 감지되듯이, 낙동강이라는 지역성/장소성(洛), 경계와 사이(中), 교류 및 네트워크(之), 실천적 학풍과 항일운동(義)을 의미하는 21세기

인문학의 산실로서 '낙중학洛中學'을 표방하고 있는 것이다. 읍면별 특성을 십분 살린 권역별 전략을 바탕으로 연령과 직업에 따른 계층별 전략을 취하는 점 또한 인상적이다.

이 사업의 기본 뼈대는 인문학마을 만들기, 동아리·단체 활성화 사업, 인문학 아카데미를 비롯한 기획 사업, 인문학 축제 등으로 이루어졌다. 시집에 실린 할매들의 시들은 마을이 학교이고, 일상 자체가 '삶의 학교'를 추구하는 '인문학마을' 사업의 결실이다. 무엇보다 여기에 시를 발표한 할매들이 주민이 만드는 인문학마을에서 주도적인 역할을 맡고 있다는 점 또한 특기할 만하다. 한글 교실 등에서 배우고 익힌 것을 '나부터' 동네로 확장하는 인문 기술을 십분 발휘하고 있는 셈이다. 누군가가 쓴 표현처럼 "우리 마을 회관 밥상"이 "밥 먹을 땐 밥상 되고/ 공부할 땐 책상 되네"(박태분, 「밥상과 책상」)라는 일상의 변화가 이루어지고 있는 것이다. 이것이 바로 '거실혁명'이라고 말해도 좋을 것이다.

배움은 지금 당장의 쓸모 여부와 상관없이 누구에게나 쓸모 이상의 큰 가치를 준다는 점을 생각해보아야 한다. 칠곡 인문학 사업에서 마을마다 '생각밥상'이라는 이름으로 주민 전체가 모여 함께하는 밥상 프로그램이 있다는 점 또한 기억할 만하다. 이러한 논의 구조가 일종의 마을 공론장으로서 제 역할을 하게 된다면, 우리 사는 동네가, 스스로 다스리는 '문화자치'의 가능성을 현실화하는 힘으로 작용할 날도 머지않았다고 자신할 수 있으리라. 이처럼 주민이 주도하는 마을 공론장 형성이 인문여행 같은 인문(학)의 일상화를 꾀하고, 장차 인문귀촌人文歸村 칠곡을 지향하려는 '인문학도시 조성사업'에서 가장 중요한 자발적 참여와 자기 결정성의 바탕이 되리라는 점은 분명하다.

이 점에서 칠곡 할매들이 쓴 시어들은 차라리 소박해서 더 아름답다. 할매들은 은퇴隱退라는 말 대신에, 자신의 일상에 대해 생각하며 동료들과 함께하며 '삶의 전환'을 직접 모색하며 살아간다. 어쩌면 '살아지니까 살아진다'고 말해야 할까. 시집『시가 뭐고?』가 한 그릇의 보리밥이고, 숭늉과도 같은 삶의 시편들이라고 감히 말할 수 있는 것도 그런 이유 때문이다. 물론 이런 시도는 처음이 아니다. 평균 연령 79.2세에 이르는 충북 옥천의 할머니 스물 네 분이 펴낸 시집『날 보고 시를 쓰라고』(문학공원) 같은 사례가 없지 않다. 그럼에도 불구하고 칠곡 할매들이 쓴 이 시집은 그 무엇으로도 환원되지 않는 고유성과 특이성을 갖는다. 시의 행간에서 먼저 산 사람으로서의 책임을 느끼고, 그러한 의무를 다하려는 할매들이 있는 한, "마을은 사람이다"라는 말은 여전히 유효할 것이다.

공부하는 날이면 70대 책상 펴고

하하호호 웃음 지으며 행복해하네

단말머리 소녀 시절

동심으로 돌아가네

흰머리 먹칠하고

활짝 핀 호박꽃

너무너무 아름답고 향기가 나네

열심히 배워서

70대 밥상 책상처럼

요긴하게 쓰이면 좋겠네

아니
요긴하게 쓰이도록
노력해야지

—박태분, 「밥상과 책상」 부분

공부하는 노년은 아름답다. 공부하는 노년이 아름다운 이유는 출세하기 위해 하는 공부가 아니고, 나를 위한 공부이면서 세상과 소통하는 공부이기 때문이다. 단순함과 겸손함을 배우며, 나와 세상을 생각하는 공부는 얼마나 아름다운가. 무엇을 어떻게 배울지는 각자의 몫이지만, 우리가 살면서 선택한 행동들이 지금의 나를 이룬다는 관점은 노년 교육에서 특히 중요한 것 같다. 이때 앞으로의 인생 설계 같은 비전을 제시하고 공유하는 '총론'식의 교육이 요구되는 것이 아닐까 싶다. 그것이 사진이든 춤이든 자서전 쓰기든 간에. 우리는 너무나 자주 '각론 강박증'을 몹시 앓았다. 노년에 배워야 할 진짜 배움은 나는 나를 어떻게 대했는가 내지는 나는 어떻게 살 것인가 같은 큰 질문이다. 그런 큰 질문이 바로 내 존재 자체로서 목적되기를 경험하는 공부이고, '노인'이 노인의 특징을 점점 잃어가지 않는 배움이 될 것이라고 믿는다. 칠곡 할매들이 쓴 시를 읽으며, 노인이 되는 방법을 더 많이 고민하고 실제 생활에서 어떻게 적용해야 할지 고민할 필요가 있는 것 같다. 앞서 언급한 바 있는 권정생 소설 『한티재 하늘』의 한 대목을 같이 읽으며 이 글을 맺을까 한다. 칠곡 할매들의 시를 보는 내내 경상북도 산골에 살았던 민중들의 삶과 역사를 더듬어 표현한 권정생의 작품이 떠오른 것은 무슨 까닭일까. 아마도 그것은 우리네 삶의 유한함과 유구함에 대한 깊은 통찰을 보여주며 사람이 사는 도리道理에 대해 생각하게 하는 문학의 힘과 관련이 있는 것 같다. 칠곡에는 사람의 도리를 잊지 않으려는 '문학 할매'들이 살고 있고, 그런 할매들이 삶의 주인이 되어 인문 마을로 변신하며 숙성해가는 마을들이 있다!

이렇게 삼밭골 사람들은 바람에 날려가듯이, 물결에 흘러가듯이, 그러면서도 작은 틈바구니를 비집고 올라오는 씀바귀 풀처럼 살았다. 밟히면 뭉드러지고 쥐어뜯기면 뜯긴 채로 다시 촉을 틔우고 꽃피고 씨앗을 맺어 훨훨 바람에 날려보내는 씀바귀 씨같이 자손을 퍼뜨렸다.

―권정생, 『한티재 하늘』 제2권, 160~161쪽

2부   시대의 우울과 실천인문학

너와 나의 안녕한
마음생태학을 위하여

고잔동 주민들은 왜 신춘문예에 투고했는가?

 2014년 12월 중순 서울 대학로 '예술가의집'에서 손택수 시인을 만났다. 노숙인들의 자활을 돕기 위해 서울시와 한국문화예술위원회 그리고 『빅이슈 코리아』가 공동으로 제정한 민들레문학상 심의장에서였다. 심의가 끝나고 식사를 하는 자리에서 손택수 시인이 한 말이 귓가에 쟁쟁하다. 2015년 경향신문 신춘문예 시 부문 예심에 참여했는데, 단원고가 있는 안산 고잔동에서 투고된 작품이 30건이 넘었다는 것이다. 안산시 고잔동은 4·16 세월호 참사 후유증을 혹독하게 앓고 있는 지역이 아니던가. "한 지역에서 이만큼 많은 작품이 나왔다는 건 특이한 일이다. 문학을 통해 자기 치유를 하고 있는 듯하다"고 시인은 말했다.
 4·16 세월호 참사 이후 고잔동 사람들의 마음에 무슨 변화가 생긴

것일까. 무엇이 그 지역 사람들로 하여금 시를 쓰도록 추동한 것일까. 가슴에 맺힌 한과 설움 그리고 분노의 감정을 표현하고자 한 마음을 깊이 헤아려야 하는 것이 아닐까. 단원구 고잔동에 사는 사람들은 지금 몸과 마음이 아픈 것이다. 어느 시인이 "모두 병들었는데 아무도 아프지 않았다"(이성복)고 한 마음생태학에서 자유로울 수 없는 마음의 풍경을 보여주었다고 확언할 수 있으리라. 고잔동 사람들은 '누구도 남을 돌보지 말라'를 미덕으로 여기는 병든 사회에서 내 안의 안녕하지 못한 마음생태학을 바꾸기 위해 책을 읽고 시를 쓰는 과정에서 스스로를 치유하고자 한 것이리라. 이때의 치유 의미는 사회적 치유 social care의 의미를 동반하는 것이라고 보아도 틀리지 않을 법하다.

나 또한 그런 마음으로 내가 사는 동네에서 책 읽기 모임을 3년째 운영해오고 있다. 최근 책 읽기 모임이 시들해진 면이 없지 않지만, 십여 명 남짓한 구성원 모두 이 모임의 필요성 자체를 부정하지 않는다. 동네에서 소소하고 시시콜콜한 일상을 공유하며 나누는 네트워크가 갖는 의미를 잘 알고 있기 때문이다. 핵심은 '약한 관계 weak tie'의 강한 힘을 누구나 실감했기 때문이다. 작고한 건축가 정기용은 어느 책에서 "당신은 '대합실'에 사는가"라고 질문을 한 적이 있다. 어쩌면 나와 우리는 자신이 사는 집과 동네를 대합실로 취급하는 것은 아닐까. 그런 개인들이 사는 사회는 혼자 살다 혼자 죽는 무연 사회를 용인하게 된다. 독서 동아리 활동은 그런 사람들을 위해 '약한 관계'를 형성하게 하는 힘을 갖는다. 나와 우리는 사람을 만나야 한다. 우리가 곧장 집으로 가기에는 아직 이르다고 생각하는 것도 그런 이유 때문이다. 우리가 가진 자산은 돈이 아니라 사람이기 때문이다.

독서 동아리는 사회적 힐링이다

　동네에서 운영하는 독서 동아리를 어떻게 운영해야 할까. 저마다 처한 환경이 다를 수 있겠지만, 우리 모임에서는 '느슨한 연대'를 지향한다는 원칙을 정하고 햇수로 4년째 운영하고 있다. 우리가 정한 회칙은 단 세 가지였다. 회칙 1조는 "우리 모임은 양천리 책읽기 모임으로 한다"였고, 2조와 3조는 각각 "총무는 ○○○이 한다" 그리고 "자기 계발 서적은 읽지 않는다"였다. 2조를 바꾸지 않는 한, 총무는 모임의 최연소자인 ○○○이 계속 맡게 된다. 중요한 것은 3조라고 할 수 있다. 우리 모임 구성원 중에는 자기 계발 서적을 집필한 필자도 있다. 그러나 우리 모임에서 자기 계발 서적을 읽지 않기로 합의한 것은 사회구조를 성찰하지 못하는 '힐링' 현상은 자기 자신을 죽이는 '킬링killing'이 될 수도 있다는 점에 합의했기 때문이다.

　독서 동아리 운영 노하우와 관련해서는 독서 공동체 '숭례문학당' 이야기를 정리한 『이젠, 함께 읽기다』(북바이북)를 추천하고 싶다. 독서 동아리 운영의 모든 것을 다 말해주는 책은 아니다. 인문학과 실용 사이에서 아슬아슬한 줄타기를 하는 이 책의 논지에 나 역시 전적으로 동의하는 것은 아니다. 책 읽기는 목적 없는 목적의 의미를 갖게 될 때, 진정한 공부로서의 의미를 갖는다고 생각하기 때문이다. 그럼에도 불구하고 혼자 읽기[獨書]에서 벗어나 함께 읽기[共讀]를 강조하는 숭례문학당의 독서운동은 '나 홀로 볼링Bowling alone'(로버트 퍼트넘) 현상이 유독 심해지고 있는 우리 사회에서 유의미한 문화운동의 방법이 될 수 있다고 생각한다. 저자들은 말한다. "지금 골방에서 탈출하라! 학교, 도서관, 직장,

마을, 카페로 나와 책을 이야기하자"라고. 앎을 나누는 공부 공동체는 그런 함께 읽기의 과정에서 탄생하는 것이라는 점을 어느 누가 부정할 수 있겠는가.

동아리를 운영할 때 간과해서는 안 되는 점이 특정 분야의 책을 편식하지 않는 것이다. 문학 분야 책을 편식하는 현상 또한 바람직한 것은 아니다. 현장에서 활동하는 문학평론가로서 조심스러운 발언일 수 있겠지만, 지금의 문학출판 분야에서 출간되는 문학책들의 경우 문화적 다양성을 보여주지 못한다고 생각한다. 자족적인 것은 그런대로 봐줄 만하지만, 사회적 감수성 자체가 거세된 채 '자폐적'인 취향을 드러내는 경우도 적지 않기 때문이다. 시정市井 생활인의 정서와 욕망과 무관한 자폐적인 창작물을 읽고 작가 수업을 하는 지망생들이 늘고 있다는 점은 한국문학의 미래를 위해서도 좋은 현상은 아닐 것이다. 우리가 사는 삶 –현실 텍스트는 언제나 항상 문학작품보다 위대하다는 점을 생각해보아야 한다. 쉽게 말해 '시인' 되는 것은 쉬워도 한 사람의 온전한 '시민'이 된다는 것은 더 어렵다는 점을 고려해보아야 한다. 안산시 단원구에 주소지를 둔 신춘문예 응모자가 적지 않았다는 사실을 겸허하게 수용해야 하는 이유가 여기에 있다.

균형 잡힌 독서가 중요하다

독서 동아리에서 문학 분야 책을 읽을 경우 국내외 고전과 현대물이 적절하게 균형을 이루는 독서를 하면 좋을 것 같다. 우리나라 고전에 대한 관심을 나는 강조하고 싶다. 그중에서 조선조 최고의 문장가인 연암 박지원과 다산 정약용의 책을 추천하고 싶다. 돌베개판 연암의 『열하일기』도 훌륭하지만, 연암의 진짜 진면목은 이른바 '잡문'을 의미하는 소품문小品文에 있다는 점을 간과해서는 안 된다. 다산 정약용의 경우 2014년 출간된 박석무의 『다산 정약용 평전』(민음사)을 사유의 나침반 삼아 책을 골라 읽으면 좋을 것 같다. 다산학의 권위자인 박석무 선생의 평전은 퍽 의미 있는 출판물이라고 자신할 수 있다.

서양 고전의 경우 구성원들의 취향에 따라 다를 수 있겠지만, 단테의 『새로운 인생』(민음사)을 권하고 싶다. 단테의 서정적 연애시를 모은 이 책은 '신생'을 의미하는 '비타 누오바 Vita Nuova'의 한 정수를 잘 보여주는 책이다. 좋은 문학책을 읽는다는 것은 내 안의 호기심이 죽지 않고, 나이가 들어도 말랑말랑한 연애 감정을 유지하는 것과 깊은 관련이 있다. 한국인들은 이런 연애 감정에 유독 취약하다. 칠레의 유명한 시인 네루다의 시집 『질문의 책』(문학동네)과 『브레히트는 이렇게 말했다』(책읽는오두막) 같은 책도 훌륭한 안내서가 될 것이다.

국내 문학의 경우 2014년에 좋은 장편소설들이 여럿 출간되었다. 시대가 어두운 탓이리라. 최진영의 장편소설 『나는 왜 죽지 않았는가』(실천문학사)는 금융자본주의의 빛과 그림자를 조명한 작품이다. 한 남자의 인생을 통해 생명보다 이윤을 추구하려는 한국인의 문화적 문법을 조명하고 있는 1981년생 작가 최진영은 독자들에게 이렇게 묻고 있다. "나는 왜 살아 있는가"가 아니라 "나는 왜 죽지 않았는가"라고. 주인공 원도의 파편화된 내면을 잘 보여주는 모자이크식 형식미학이 특히 탁월하다. 5·18 광주민주화항쟁 당시 희생된 어느 소년에 대한 기억을 환기하고 있는 한강의 『소년이 온다』(창비)도 빼놓을 수 없다. 5·18 광주항쟁 때 희생된 소년이 화자가 되어 전개되는 소설 구성은 감동적이다. 4·16 이후 애도의 불가능성 문제와 오버랩 되어 작품의 비극성이 더해지는 독서 경험을 했음은 물론이다.

착한 사람 '김만수'에 관한 성석제 장편소설 『투명인간』(창비)도 좋은 작품이다. 동아리 구성원들이 나이가 든 사람들이 많을 경우 성석제 소설을 권장하고 싶다. 1960~1970년대를 살아온 독자들이라면 성석제가 연출하는 기억의 풍경들에서 뭔가를 말하고 싶은 욕망을 갖게 될 것이라고 믿는다. 삼십 대를 전후한 젊은 사람들이 많다면, 김금희의 첫 소설집 『센티멘털도 하루 이틀』(창비)을 권하고 싶다. 정주와 이주 사이에서 아슬아슬하게 생의 부력浮力을 부여잡으려는 인물 군상에 관한 이야기가 퍽 실감될 것 같다. 아버지 세대가 겪은 IMF 구제금융 사태를 응시하는 이삼십 대 청년들의 이야기가 행간에서 전개되고 있다. 그리고 우리 사회의 현재와 미래에 대한 성찰을 하고자 한다면 최인석의 장편소설 『강철 무지개』(한겨레출판)를 추천하고 싶다. 최인석 월드가 연출하는 대한민국의 근미래近未來에 대한 디스토피아적 상상력은 나와 우리에게 무엇인가 작은 변화를 위한 성찰과 행동을 촉구하는 바가 없지 않을 것이다.

시집의 경우 한국 시단의 맨 앞이라고 할 수 있는 이문재의 『지금 여기가 맨 앞』(문학동네)과 손세실리아 시인의 『꿈결에 시를 베다』(실천문학사)를 권하고 싶다. 두 시인의 시집 모두 소통과 공감의 문학책 읽기의 진수를 보여주는 데 전혀 부족함이 없으리라고 생각한다. 공자가 그랬던가. "시를 모르는 사람을 대하면 벽을 대하는 것만 같다"라고.

마음이 병든 자여, 책을 읽자

같은 책을 읽는 사람을 만난다는 것의 의미에 대해 생각해보아야 한다. 그것은 비유적으로 말하자면 사이먼 앤 가펑클Simon & Garfunkel이 부른 팝송 제목처럼 '험한 세상에 다리가 되어'주는 사람을 만나는 것과 같다. 그런 만남은 나를 바꾸는 데 머물지 않고, 나아가 세상을 바꾸는 힘으로 상호작용한다. 철학자 랑시에르Jacques Rancière의 저 유명한 '프롤레타리아의 밤'이라는 개념은 노동자들의 책 읽기가 사회를 바꾸는 밑거름이 되었음을 말하는 개념이 아니던가. 그리고 일본 철학자 사사키 아타루佐々木中가 '책 읽기는 혁명이다'라고 주장하는 것 또한 그런 역사적 전거와 무관할 수 없다.

여기서 말하는 혁명이라는 말을 정치적 의미로만 해석할 필요는 없다. 원래 혁명을 의미하는 영어 'revolution'이라는 말은 회전volution을 의미하는 천체 물리학에서 파생된 말이다. 회전의 방향을 '다시 돌린다'는 의미가 바로 혁명이라는 의미를 갖는 것이다. 책 읽기가 나와 사회를 바꾸는 작은 혁명이 되는 의미에 대해 생각해보아야 하는 것이 아닐까. 스스로 돕고 서로 도우면서 새로운 공공성을 만들어가는 독서 동아리들의 즐거운 분투를 바라마지 않는다. 마음이 병든 자여, 책을 읽고, 시를 쓰자. 책을 읽고 글을 쓰는 행위야말로 나와 세상을 구원하는 것인지도 모르겠다. 힘내시라, 독서 동아리들이여!

시대의 우울과
예술

저리 아름다운 눈 오시는 참에 밖으로만 나돌던
마음 갈피 쟁여 전설이라도 몸에 푹 익혀두면 좋으련만
하지만 또 어쩌나 재난은 대부분 없는 사람들 차지
부자나라 쓰레기는 저지대 사람들의 재난
길 끊겨 고립이라지만 실상은 자립이 사라진 때문
사통팔달 길 뚫고 무선전화 번개처럼 뚫어놓고도
길 없던 시절에는 없던 말 소통 소통부재가 소통하는데
하향 소통이다 모든 길은 빨대처럼 빨아들이는 대롱이다
　　　　　—백무산, 「마음이 천재지변이다」(『그 모든 가장자리』) 부분

몸과 마음이 천재지변 상태인 사람들이 늘고 있다. 심리치료가 성행하고, 인터넷 커뮤니케이션이 유행하고, 긍정의 심리학이 유행하는 현

실을 보라. 이런 현실은 신자유주의가 유포하는 '경제적 공포'(비비안느 포레스테) 바이러스가 우리 몸과 마음 상태를 일종의 천재지변에 가까운 비상 상황 emergency으로 내몬 것과 깊은 관련이 있다. 'emergency'의 'emerge'가 액체에 잠겨 가라앉는 것을 뜻하는 라틴어 'mergere'에서 나온 'merge'의 철자 순서를 바꾼 말(anagram)이라는 점을 생각해보아야 한다. 비상 상황이란 익숙한 것에서 분리되어 갑작스럽게 새로운 환경에 던져지는 일을 의미한다. 최근 1997년 IMF 구제금융 사태 이전 현실을 무대로 한 복고풍 드라마 〈응답하라〉 시리즈가 방영되고 인기를 끄는 사회적·문화적 맥락은 그래서 퍽 징후적이라고 할 수 있다.

그렇다. 한국인의 문화적 문법은 1997년 IMF 구제금융 사태 이전과 이후를 분기점으로 분명히 달라졌다. 한국인의 생애주기를 문화인류학적으로 해석한 사회학자 김찬호는 『생애의 발견』(인물과사상사)에서 글로벌 격변 이후 "한국인들은 마음의 힘으로 삶을 디자인하는 감각을 많이 잃어버렸다"고 진단한다. 그 결과 이탈리아 철학자 아감벤Giorgio Agamben식으로 말하자면, 한국인들은 물리적인 시간과 생리적인 연명Zoe을 넘어, 무엇이 의미를 생성하는 진짜 삶Bios인지에 대해 깊이 성찰하고 사유하지 못했다. 나를 위한 시간조차 소비사회의 주체로서 쇼핑하는 데 소진하고 있으며, 유명인들의 자기 계발 서적 따위를 탐독하고 각종의 스펙 쌓기에 탕진하고 있다. 시대가 요구하는 새로운 자아상이 자신의 몸과 마음을 '나 주식회사의 최고 경영자CEO of Me Inc.'로서 개인 브랜딩 하도록 권장하고 독촉받고 있기 때문이다.

그러나 나와 당신은 행복한가. 리얼리티 토크쇼 형식의 힐링 열풍이 좀처럼 식을 줄 모르고, 언제나 항상 온라인에 연결되어 각종 격려 집단과 접속해 '좋아요' 단추를 누르지만, 여전히 처절한 외로움을 느끼며 불안과 공포의 감정들로부터 자유롭지 못하다. 강력한 결속력을 갖고자 하지만, 실제로 누군가와 만나는 일은 많지 않을뿐더러 만나더라도 자기 말만 하며 소통 부재의 현실을 실감한다. 바우만Zigmunt Bauman의 말처럼, 진짜 '고독이 필요한 시간'을 가지며 자신의 고독력孤獨力을 길러야 하는지도 모르겠다.

이런 현상은 문화체육관광부가 36억 건의 빅데이터를 분석해 공개한 「빅데이터 분석을 통해 본 2013년 국민 인식 변화」에서도 확인할 수 있다. 이 보고서에 따르면, 우리나라 사람들은 "혼자, 일상에서 소소한 행복을 느끼다"라는 지극히 개인주의적 라이프스타일을 추구하는 것으로 조사되었다. '현재, 일상, 퇴근 후, 소소하다, 지르다, 혼자'와 같은 핵심 키워드들이 의미 있는 증가 폭을 보인 데에서도 알 수 있다. 이와 같은 '1인 문화'란 소셜 네트워크의 친구 목록에서 대상을 삭제하는 '친구 삭제unfriend'의 결과가 아닌지 되물어야 마땅하다. 우리가 사회의 소멸 현상에 대해 걱정하고, 새로운 문화적 문법을 형성하기 위해 노력해야 하는 것도 그런 이유와 무관할 수 없다. 이때 문화적이고 예술적인 방법이 요청된다는 점은 말할 나위 없다.

문제는 시대의 우울이다. 우리는 경제적 생존, 사회적 생존, 생물학적 생존 차원에서 보다라도 불안과 공포의 감정으로부터 자유로울 수 없는 심각한 실존의 위기 상황에 처했다. 긍정의 심리학과 힐링 그리고 멘토 열풍이 부는 것도 이러한 감정 구조와 무관하지 않다. 자기최면, 마인드 컨트롤, 생각 조절, 끌어당김의 법칙 같은 말들이 유행하며 긍정 산업을 형성했는가 하면, 종교적 신앙 또한 자기 계발 신앙과 힐링 신앙(조엘 오스틴) 같은 식으로 나타나고 있다. 현대판 주술이 되어버린 이러한 긍정주의에 대해 미국 작가 에런라이크Barbara Ehrenreich는 『긍정의 배신』(부키)에서 소비자 자본주의와 긍정주의가 공모한 결과라고 비판한다. "해고되어도 불평하지 말라"고 조언하는 다운사이징downsizing 선전의 고전인 『누가 내 치즈를 옮겼을까』(진명출판사) 같은 자기계발서를 무료로 배포해 긍정적 관점을 의식적으로 주입하는 식이다. 이 책의 메시지는 "위험은 너 스스로 감당하라"이다!

긍정 권하는 사회는 멀리 내다볼 수 없는 사회 자체에서 비롯한다. 모든 것이 불안하고 불투명해졌기 때문이다. 그러나 이런 때일수록 사물을 '있는 그대로' 보려 하고, 나날의 삶과 노동에서도 '방어적 비관주의'적 태도가 필요한 것인지도 모르겠다. 신학자 김진호는 「좌담 : 힐링·멘토 열풍에 대하여」(『녹색평론』 2013년 3-4월호)에서 진정한 힐링이란 타자성을 체험하려는 힐링의 공공성에 있다고 강조한다. "다른 종교인과 친구가 되는 체험을 하는 것, 장애인이나 성적 소수자와 친구가 되는 체험을 하는 것, 다른 나라 사람과 친구가 되는 체험을 하는 것, 이런 식의 타자성 경험을 바로 힐링의 공공성이라고 할 수 있습니다."(86쪽) 유방암 판정을 받은 세포생물학 박사인 에런라이크가 면역체계의 문제인데도 불구하고 8년간 받아온 호르몬 대체요법을 중단하며 의원성醫原性 문제를 사유한 것도 그런 이유 때문이다. (실제 2002년 한 연구에서 호르몬 대체요법이 유방암 발병 위험을 높인다는 연구 결과가 나왔다.)

우리는 누구나 건강한 몸과 건강한 마음 상태를 원한다. 그러나 우리 몸과 마음의 건강을 위해서는 철학자 이반 일리치Ivan Illich가 『의학의 응보Medical Nemesis』(한국어판 『병원이 병을 만든다』)에서 "의료 시설은 건강에

중대한 위협이 되었다"고 한 말에 대해 숙고할 필요가 있다. 이 책은 출간 이후 격렬한 논쟁 대상이 되었다. 그러나 의료 체계가 제도, 사회, 문화에 끼치는 효과를 조명하기 위해 쓴 이반 일리치의 의도가 무화된 것은 아니다. 사람들이 자기 자신의 건강을 의학 모형에 맞추어 인식하는 것을 자명한 일로 간주하는 지금의 현실에서 여실히 확인할 수 있다. 소위 의학적 상태medical condition(질병)를 결정하는 일이 갈수록 의학계와 의학 산업의 일이 되어간다는 점은 무엇을 말하는가. '수줍음'은 질병이 아니었지만, 1999년 한 제약회사가 '팍실Paxil'이라는 우울증 치료제를 홍보하면서 '사회불안장애'로 분류한 것은 적절한 예가 된다. 일리치식으로 말하자면, 환대hospitality라는 이상이 입원hospitalization이라는 현실로 곡해된 것이라고 말했으리라 믿어 의심치 않는다.

> 내가 미처 이해하지 못했고 그래서 그 책에서 다루지 않은 부분이 있는데, 그것은 고통, 질병, 장애, 죽음을 몰수당하고 나니 훨씬 더 중요한 일이 벌어졌다는 사실이다. 고도로 자본화한 나라의 사람들이 의원성 신체를 획득하게 되었다. 이들은 자신과 자신의 신체를 의사가 설명해주는 대로 인식한다.
> ―『이반 일리치와 나눈 대화』, 159쪽.

우리는 한 번쯤 (요양)병원 진료실 혹은 병상에서 전문화된 의료 서비스를 받은 경험이 있을 것이다. 이때 우리는 그런 전문화된 서비스를 받을수록 내 자신이 무력해지는 경험을 누구나 느낀 적이 있으리라. 그런데 전인적 안녕을 위해 제공되는 전문화된 의료 서비스를 받았지만, 어떤 요인에 의해서 내 몸과 마음이 치유, 고통의 완화, 재활, 위안, 예방

효과를 거두었는지는 잘 모르는 경우가 훨씬 더 많다는 점을 생각해보아야 한다. 2002년 죽음을 앞둔 이반 일리치가 병원 치료를 일체 마다하고 '나 자신의 죽음'을 선택한 것은 건강염려증 환자가 넘쳐나는 우리 현실에서 어떤 의미를 갖는 것일까. 푸코Michel Foucault적 의미에서 생명(정치/산업)의 관리자가 된 의사 및 의료 체계에 의해 관리되는 삶이 아니라 "암에 놀란 정신안정제 소비자"(이반 일리치) 신세를 거부하려는 주체적인 인간의 행위라고 간주할 수 있으리라(리 호이나키의 『정의의 길로 비틀거리며 가다』 8장 '나 자신의 죽음을' 편 참조).

나는 이 글에서 병원 치료를 보이콧하자고 주장하려는 것이 아니다. '앓다 보면 사람이 바뀐다'는 점을 나 또한 모르지 않는다. 이윤학 시인이 "아픈 곳에 자꾸 손이 간다"고 한 말은 전적으로 지당하지 않은가. 우리의 행복한 삶을 위해서는 '다정한 사랑의 보살핌TLC'이 필요하고, 수전 손택Susan Sontag이 역설하듯이 '질병은 은유가 아니다'라는 인식은 지극히 당연한 공통감각에 속한다고 할 수 있다.

문제는 건강/질병을 대하는 우리의 관념과 태도가 여전히 의원성醫原性 이데올로기로부터 자유롭지 못하다는 점이다. 현직 정형외과 전문의인 김현정은 『의사는 수술받지 않는다』(느리게읽기)에서 산업화된 의료 생태계의 현실을 낱낱이 적고 있다. 이에 따르면, 제약회사의 근거 중심 세일즈, 통계의 둔갑술, 정부 신성장 동력 정책인 보건의료기술HT, Health Technology 연구 육성 정책, 산학관 협력 임상실험, 의사들의 연봉 및 성과급, 원가분석(중환자실·응급실 축소 및 건강검진센터 증설) 문제, 의료장비 경쟁이 우리나라 의료 생태계를 교란시키고 있다. 이런 현실에서 김현정은 우리나라 의료 정책이 다다익선에서 벗어나 '소소익선少少益善' 정책으로 패러다임 전환을 해야 한다고 말한다. 이러한 주장은 건강 불평등을 해소하려는 차원에서도 시민사회가 꾸준히 요구해야 하는 사안이라고 할 수 있다.

몸의 질병뿐만 아니라 불안, 심리적인 장애, 우울증은 이제 지구촌 전체의 문제가 되었다. 스웨덴 사회학자 예란 테르보른Göran Therborn은 '생명 유지에서의 불평등vital inequality' 문제 해결을 촉구한다. 한 나라의 경우 서로 다른 계급들 간, 서로 다른 국가들 간에, 기대 수명과 성년 이전의 사망률에서 큰 차이를 보인다는 것이다. 건강 불평등 문제는 리처드 윌킨슨Richard Wilkinson과 케이트 피킷Kate Pickett이 쓴 『평등이 답이다』(이후)에서 그 실상을 자세히 엿볼 수 있다. 누구나 만족스러우며 창조적인 노동을 하고, 품위 있는 생활을 유지하며, 조화로운 삶을 살 수 있는 방법을 모색하는 것은 더 이상 늦출 수 없는 당면 과제이다. 백무산 시의 표현처럼 "재난은 대부분 없는 사람들 차지"라는 점을 부정할 수 없기 때문이다.

이 점에서 2005년부터 추진된 베네수엘라 보건의료 시스템인 '바리오 아덴트로Barrio Adentro' 프로젝트는 퍽 인상적이다. 스페인어로 '마을 안으로'라는 뜻을 지닌 바리오 아덴트로는 보건의료 서비스가 미치지 못하는 시골 지역에 수준급 의료진을 배치하여 무상으로 공공의료 서비스를 제공하는 의료 정책이다. 쿠바의 이타적 의료 원조를 빼놓을 수 없겠지만, 이러한 국제 연대가 가능했던 것은 '체 게바라Che Guevara 정신'에 있었다는 점을 잊어서는 안 된다. 아르헨티나 출신의 의사였던 체 게바라는 혁명 이후 창조적 개인주의와 사회적 연대의 가치를 스스로 구현할 수 있는 새로운 인간의 탄생을 꿈꾸었다.

그러나 어느 사회든 간에 특권층에 속하는 의사들이 일상적인 특권을 내려놓는 일은 쉽지 않다. 베네수엘라의 무상의료 혁명이 석유 자원을 많이 보유해서 가능했다는 식의 주장에 동의하지 않는 것도 그런 이유 때문이다. 세계 최대의 석유 매장량을 갖춘 사우디아라비아를 비롯한 서남아시아 나라들은 그렇게 하지 않기 때문이다. 미국인 기자 스티브 브루워Steve Brouwer는 『세상을 뒤집는 의사들』(검둥소)에서 소유를 넘어 존재 자체의 목적이 주는 아름다움을 실현할 줄 아는 능력이 인간에게 있음을 증언한다. "아이티 사람들은 신을 믿습니다. 그다음으로는 쿠바 의사를 믿지요. 저뿐만이 아닙니다. 지역사회의 가난한 사람들, 즉 아이티의 극빈층 모두가 그렇게 믿고 있습니다."

이런 사례는 또 있다. 북유럽 덴마크 코펜하겐에 소재한 '자유도시' 크리스티아니아Christiania이다. 1971년 한 청년 집단이 녹지를 확보하고 아이들 놀이터를 만들기 위해 버려진 옛 병영의 울타리를 무너뜨리며 조성했다. 34헥타르(약 10만 평)에 약 900명이 거주하는 이곳은 말 그대로 약물 중독자와 가난한 사람들을 비롯해 다양한 사람들이 자립의 경제와 자치의 문화를 형성하며 자유롭게 사는 곳이다. 공동체 형성 과정에서 극단 솔보아이엔Solvognen, 태양의 수레을 비롯한 예술가들의 빼어난 활약상을 간과해서는 안 된다. 예를 들어 1974년 겨울 산타클로스 할아버지로 분장한 한 무리가 코펜하겐의 백화점을 찾아가 선반의 물건들을 '재분배'한 퍼포먼스는 이들에 대한 덴마크인들의 호감 어린 시선을 형성하는 데 일조했다. 이와 같은 예술적 창의성이 공동체 운영의 근간이 되기 때문에, 이들은 그 어떤 정상화 계획에도 반대하고자 한다. 존 조던John Jordan, 이자벨 프레모Isabelle Frémeaux는 『나우토피아』(아름다운사람들)에서 "그들은 갈등이 있을 때만 우리에게 관심을 갖지요. 자주 경영 시스템, 연극, 콘서트, 페스티벌, 이 모든 건 절대 언급하지 않아요"라고 이곳 사람들의 목소리를 전한다.

크리스티아니아에서는 알코올중독자든 약물(마약)중독자든 간에 누구든 공짜로 치료를 받는다. 재미있는 점은 치료와 돌봄 과정에서 환자에 대해 어떤 자료도 보관하지 않고, 이름도 묻지 않는다는 점이다. 절차의 부재와 방문자의 존중은 최우선 사항이다. 한마디로 말해 '미칠' 자유까지 포함하는 절대 자유를 존중하려는 것이 이곳 공동체의 운영 원리인 셈이다. 최근 해시시와 마리화나 외에 습관성 약물을 판매하려는 신세대 마약상으로 인해 공동체의 안녕이 위협을 받고 있다. 그러나 40년 넘도록 정체성 없는 정체성을 형성해온 크리스티아니아의 실험이 쉽게 허물어질 것 같지는 않다. 자주성, 공동체 의식, 인간성의 경험은 저마다의 고립을 넘어 자립의 문화를 견고히 형성했기 때문이다. 자립하는 몸과 마음이란 결국 다른 누군가에 의해 관리되는 삶 자체에 저항하려는 행위와 밀접하다는 점을 잊어서는 안 된다.

우리는 빠른 삶을 살수록 자신의 리듬을 잃고, 이웃과 의미 있는 서사적 관계를 형성하지 못한다는 점을 잘 알고 있다. 그러나 우리는 저마다 정보 과부하와 과잉 커뮤니케이션에 시달리며 '번아웃 신드롬$^{burn\ out\ syndrome}$'을 온몸으로 '앓고' 있다. 모든 인간이 노동력으로 평가되는 한국 사회에서 경제적 자원 외에도 '전혀 다른 것'을 우리 스스로 욕망하려는 시선의 전환과 더불어 실질적인 자립의 문화가 필요한 것은 당연하다. 그런 자립의 삶에서 형성되는 건강한 습관^{habit}은 한 장소에서 오래도록 거주^{habitat}할 때 형성되는 것이라고 분명히 말할 수 있다. 조금은 불편하지만, 우리 삶에서 편의 설비가 적어야 사람살이에서 표현되는 창의력은 물론이요, 자립하는 몸과 마음의 상태가 길러진다는 점에 대해 생각해보아야 한다.

그런 점에서 내 몸과 마음의 건강을 지키는 일은 내가 바로 나의 '0차 의료' 행위의 주체라는 점을 적극적으로 긍정하고 인정하려는 데에서 출발해야 한다. 그리고 각 지역의 보건소가 그런 사람들과 손을 잡고 함께 설 수 있도록 돕는 공공 의료기관이 되어야 함은 물론이다. 프로스트Robert Lee Frost의 시 「토양을 만들자Build Soil」의 한 구절을 인용하며 이 글을 맺을까 한다. "나는 여러분에게 1인 혁명을 명령합니다. / 그것은 실현 가능한 유일한 혁명입니다."

미끄럼틀 사회와
평화인문학

'제도화된 빛'과 푸어 공화국

두툼한 돈뭉치를 한번이라도
멱살처럼 움켜잡아보고 싶은 자들에게
왜 사는가, 왜 로또를 사는가, 묻지 말자
로또를 안 사는 사람들은 심각하게 죄질이 나쁘다
그게 비록 종잇조각에 불과할지라도
뭔가를 간절히 빌어본 적이 한번도 없기 때문이다
꼭 당첨되세요, 주인 남자의 빈말은 그 어떤 복지정책보다 낫고
코미디 프로는 복권 추첨 프로와 같은 시간에 나오며
주말이면 사람들은 어김없이 로또방 앞에 길게 줄을 서서
감당할 수 있을 만큼의 절망을 배당받는다

주위를 흘끗거리며, 헛기침을 하며, 창밖 사람들을 노려보며
— 최금진, 「로또를 안 사는 건 나쁘다」(『황금을 찾아서』) 부분

우리는 이상한 나라에 살고 있다. 모든 국민이 부자가 되는 것을 꿈꾸는 나라에 살고 있는 것이다. 그러나 누구나 대박을 꿈꾸지만, 쪽박 안 차면 다행인 시절이다. 우리 눈에 보이지 않는 금융시장은 당신이 상상하는 규모보다 막대하지만, 그곳에는 '보이지 않는 손'이 진짜 보이지 않는다. 2008년 미국발 금융 위기를 겪은 지금도 별반 달라지지 않았다. 저축은행이 도산하고, 증권회사가 부도날 때마다 희생양이 되는 존재는 사회적 약자들이다.

사회학자 로익 바캉Loïc Wacquant이 "보이지 않는 손이 철장갑을 끼고 나타났다"[1]고 한 말이 우리나라에서 갈수록 설득력을 얻고 있다고 보아도 틀린 말은 아닐 것이다. 로익 바캉은 『가난을 엄벌하다』에서 프랑스의 마노 두라mano dura, 강철 주먹 정책은 일종의 '톨레랑스 제로' 정책으로서 '시장주의-사회 보조 축소-형벌 확대'와 긴밀히 맞물려 있는 정책 형태라고 비판하고 있다. 쉽게 말해 계층 이동의 사다리는 치워졌고, 그 자리에는 미끄럼틀이 놓여졌다는 것이다. 한번 미끄러지면 다시 정상 궤도로 올라가기 힘든 미끄럼틀 사회가 되어버린 것이다.

맨몸밖에 가진 것이 없는 가난한 사람들이 지금 당장의 연명을 위해 생존의 비용을 마련할 수 있는 선택지는 많지 않다. 일수, 외상, 계 같은

---

[1] 로익 바캉은 『가난을 엄벌하다』(류재화 옮김, 시사IN북, 2010)에서 법과 질서를 강조하며 전 세계적으로 유행한 뉴욕 시장 루돌프 줄리아니(Rudolph Giuliani)의 '뉴욕 치안 모델'을 비판한다.

전통적인 방식으로 돈을 구하는 일도 더 이상 유효하지 않다. 카드깡, 대포차, '러시앤캐시'처럼 '제도화된 빚'[2]을 지는 방식을 어찌할 수 없이 선택하는 추세를 보이는 것도 이와 무관하지 않다. 대한민국의 열등생들이 된 사회적 약자들이 정상화 계획을 통해 자립의 경제와 자치의 문화를 누릴 수 있는 복지정책은 여전히 '철학의 빈곤'을 보일 뿐만 아니라 '빈곤의 철학' 또한 역부족한 상태이다.

결국 문제는 시대의 우울이다. 이 시대의 우울은 1997년 IMF 구제금융 사태 이후 우리 사회가 신자유주의적 적자생존의 유사-자연적 정글 사회로 변한 데에서 찾아야 한다. 경기 침체와 노동시장 유연화를 근간으로 하는 'IMF 쇼크'는 신자유주의적 글로벌 스탠더드라는, 즉 강압적 정언명령으로 우리의 내면과 일상과 시스템 곳곳에 생존을 향한 공포의 문화와 선망의 문화를 낳았던 것이다. 이 과정에서 대량의 '쓰레기가 되는 삶들'(바우만)이 배출되고 폐기 처분되는 것은 필연적이었다. 신자유주의적 승자독식의 노력률과 무한 경쟁의 이데올로기가 견고히 구축되면서 목숨 그 자체를 부지하는 것이 제일이라는 불안과 공포의 감정적 분위기 emotional climate가 형성됐다고 단언할 수 있다. 오직 먹고사는 것이 이념이 되는 '먹고사니즘'과 반지성주의는 우리 사회를 지배하는 강령이다. 사회학자 김홍중은 『마음의 사회학』에서 우리 사회의 이와 같은 사회적 에토스의 변화를 '포스트-진정성 레짐 post-authenticity regime'[3] 시대라고 규정했다.

---

[2] 조은, 『사당동 더하기 25』, 또하나의문화, 2012, 273쪽.
[3] 김홍중, 『마음의 사회학』, 문학동네, 2009.

그뿐 아니다. 자연적·인위적 재난들의 일상화, 대형화, 폭력화는 안전하고 행복한 삶을 바라는 우리 삶의 조건들을 위협하며 삶을 예측 불가능하고, 통제 불가능하며, 미래에 대한 회의를 더욱 증폭시키는 요소들이다. 우리 사회가 위험 사회가 되었다는 진단도 경제적 생존, 사회적 생존, 생물학적 생존 차원에서 보더라도 불안과 공포 감정으로부터 자유로울 수 없는 심각한 실존의 위기 상황에 처했음을 알 수 있다. 그래서 "곧 미칠 것/ 같은데, 같기만/ 하십니까?"라는 김언희 시「요즘 우울하십니까?」의 질문에 대해 전적으로 수긍하지 않을 수 없게 된다. 나와 가족의 안전과 생존을 위해서는 각자도생의 대책 외에는 사회안전망이 없는 상황에서는 저마다 정신줄마저 놓아서는 안 되기 때문이다. "위험은 너 스스로 감당하라!"가 우리 사회의 처세술이 된 것이다. 이런 사회에서 강권하는 웃음 마케팅이란 루쉰의 『아Q정전』 속 정신승리법의 신종 버전으로 간주해도 좋을 것이다.

이 시대의 우울을 퇴치할 수 있는 특효약인 마음의 햇볕 정책이 과연 우리 사회에 있는가. 그리고 가난한 이를 위한 희망의 인문학 혹은 실천인문학[4]은 지금 이곳에서 일종의 사회적 햇볕 정책의 역할을 수행하고 있는가. 그러나 이런 질문들에 대해 '그렇다'고 말할 생각이 없으며, 오히려 해를 더할수록 그런 식의 발상 자체에 강자의 자기동일성 논리가

---

[4] 현재 '대학 밖 인문학'은 실천인문학, 시민인문학, 평화인문학, 자활인문학, 사회인문학 등 다양한 이름으로 분화하며 진행되고 있다. 서울시에서 채택한 이름은 '희망의 인문학'이고, 한국연구재단이 채택한 이름은 '시민인문학'이다. 교도소에서 이루어지는 인문교육 과정에 대해서는 '평화인문학'이라고 부르고 있다. 나 역시 이 글에서 이 용어를 사용하겠다. 교도소 수용자에 대한 명칭 또한 글의 맥락에 따라 수인(囚人), 수형자로 표기한다.

숨어 있는 게 아닌가 하는 생각을 하게 된다. 미래의 희망 혹은 희망의 미래를 제작할 수 있고 판매할 수 있다는 식의 싸구려 유토피아 담론으로는 인문학 교육 과정에 참여하는 우리 자신은 물론 작지만 의미 있는 세상의 변화 또한 꾀할 수 없으리라는 이유 때문이다. 즉, 희망希望이란 곧 희망稀望의 속성을 갖는 것이어서 공학적 조작으로는 쉽게 얻어낼 수가 없는 것이다. 베냐민이 "오직 희망 없는 자들을 위해서 희망은 우리에게 주어진다"고 말한 것도 희망의 그런 속성을 간파했기 때문이다.

  요즘 인문학 교육은 최저 낙원의 꿈을 지향하며 급진radical의 상상력을 발휘하면서 지금 이곳의 '불안증폭사회'를 어떻게 응시하고 실천적 교육 행위를 하고 있는가.

벌금제와 노역장 유치 제도[5]

  남부교도소의 외양은 여느 학교 건물과 다를 바 없었다. 담장은 야트막했고, 담장 안과 밖 어디랄 것 없이 5월의 눈부신 햇살이 골고루 내리쬐고 있었다. 옛 영등포교도소가 이전한 남부교도소에 대한 나의 첫 인상은 그러했다. 이중, 삼중, 사중의 철문을 지나 마침내 도착한 교육장에서 스무 명 남짓한 수인囚人들을 만났다. 창밖에 내리쬐는 5월의 햇살은 눈이 부시도록 아름다웠지만, 수인들의 얼굴 표정은 밝지 않았다.

---

[5] 월간 『인권연대』 2013년 6월호에 쓴 칼럼 「법치(法治)인가 법치(法恥)인가」를 재구성한 것이다.

신경림 시인이 "갈대는 속으로 조용히 울고 있었다"고 썼던가. 푸른 옷을 입은 수인들의 얼굴 표정에서 애써 속울음을 감추며 바람에 흔들리는 '푸른 갈대'의 이미지를 떠올린 것인지도 모르겠다. 나는 수인들과 두 시간 남짓한 시간 동안 시를 같이 읽고, 대화를 나누었다. 이런 대화의 과정에서 나는 수인들이 누구도 함부로 훼손할 수 없는 아름다움을 추구하고자 하는 내 안의 열망과 의지에 대해 생각하기를 바랐던 것인지도 모르겠다.

나는 수인들과 함께 신경림과 이정록의 시를 읽었고, 브레히트와 타고르의 시를 읽었다. 이정록의 동시 「아니다」를 읽으면서는 "아니다"라는 구절이 나올 때마다 손을 불끈 쥐고 구호를 외치듯 '샤우팅'을 함께 했다. 그런 후에는 담장 안이든 밖이든 '아니오'라고 말할 줄 아는 사람은 누구보다 용기가 있는 사람이고, 그런 용기 있는 행위야말로 아름다움 그 자체라고 강조했다. 처음에 비해 변한 수강생들의 얼굴 표정이 눈에 띄었다. 그리고 이상국의 시 「오늘은 일찍 집에 가자」를 읽은 후에는 몇몇 수강생들은 시인의 전언에 즉각적인 반응을 보이기도 했다. 아마도 다음의 시구절 때문이었으리라. "나는 벌서듯 너무 밖으로만 돌았다/ 어떤 날은 일찍 돌아가는 게/ 세상에 지는 것 같아서/ 길에서 어두워지기를 기다렸고/ 또 어떤 날은 상처를 감추거나/ 눈물자국을 안 보이려고/ 온몸에 어둠을 바르고 돌아가기도 했다". 어느 수인은 이 시를 읽은 소감을 묻는 나의 질문에 참치 외항선을 타며 가족과 함께 단란한 생활을 하던 시절을 회상했으며, 어느 수인은 단속 경찰의 음주측정을 거부해 400만 원의 벌금을 내지 못해 '노역장유치형'이라는 사실상의 징역을 살고 있는 자신의 사연을 말했다.

그날 남부교도소 특강이 끝난 후 어느 수인이 내게 악수를 청하며 한 말이 지금도 잊히지 않는다. 내 손을 덥석 잡은 그 수인이 "참, 잔인하십니다, 선생님!" 하는 게 아닌가. 아마도 그 수인은 이상국 시인의 시를 읽으며 수업 내내 속으로 조용히 울고 있었던 모양이다. 너무나 소박하고 평범한 시적 표현이지만, 교도소 담장 안에 갇혀 있는 수인으로서는 너무나 '절실한' 일상의 욕망을 가족들과 지금 당장 함께하지 못하는 자신의 처지에 대해 장탄식의 한숨을 내쉬었는지도 모를 일이다.

나는 인권연대가 수년 전부터 운영하는 '평화인문학 과정'에 문학 강사로 참여하면서 교도소에서 이루어지는 평화인문학에 대해 많은 생각을 했다. 특히 벌금 미납으로 '노역장 유치' 처분을 받은 수인들이 교육 대상이었다는 점에서 수인을 대하는 시선의 전환이 필요하다는 점을 실감했다. 노역장유치형은 벌금 완납이 어려운 경우 노역장에 유치해서 환형換刑하도록 한 관련 법률(형법 제69조)에 의거한 처분이라는 점 때문이다. 쉽게 말해 '몸빵'을 하고 있는 셈이랄까. 문제는 이들의 숫자가 우리가 상상하는 것보다 훨씬 많다는 점이다. 박범계 의원실이 법무부에 요청해 공개한 '벌금제 자료 국감자료'에 의하면, 2008년부터 2012년까지 최근 5년간 노역장 유치 현황을 보면 평균 4만3199명에 달한다고 한다. 인권연대는 이 자료에 의거해 2013년 연중 캠페인으로 '기억하라 43,199!'를 진행한 바 있다.

4만3199명이라, 너무나 많지 않은가? 우리 시대 '장 발장'들이 이토록 많단 말인가? 빵 한 조각 훔쳤다는 이유로 19년간 징역형을 살았던 장 발장의 삶과 운명을 다룬 영화 〈레 미제라블〉에 감동했던 나 자신이 문득 부끄러워진다. 우리 사회에 이토록 많은 장 발장들이 존재할 뿐만 아니라, 법과 제도를 통해 더욱 양산하는 사회체제는 분명 문제가 있다. 시장주의-사회 보조 축소-형벌 확대의 긴밀한 연관성에 대해 숙고해야 하는 이유가 여기에 있는 셈이다.

가난을 엄벌하는 사회는 품위 있는 사회가 될 수 없다. 우리는 "백성은 가난한 것에 화나는 것이 아니라 불공평한 것에 화나는 것이다不患貧不患均"라는 말에 대해 생각해보아야 한다. 법과 제도가 오히려 우리 시대의 장 발장들을 양산하는 사회를 말의 온전한 의미에서 법치法治 사회라고 말할 수 있을까. 그런 사회의 법치는 어쩌면 법치法恥에 더 가까운 것이 아닐까. 이상국 시인의 시 「오늘은 일찍 집에 가자」의 마지막 대목은 이렇다. "오늘은 일찍 돌아가서/ 아내가 부엌에서 소금으로 간을 맞추듯/ 어둠이 세상 골고루 스며들면/ 불을 있는 대로 켜놓고/ 순가락을 부딪치며 저녁을 먹자".

"히틀러가 사후에 승리를 거둔 것이 아닌가?"

인문교육은 공적 행복public happiness의 실현을 추구한다. 그것은 타자에 대한 공감 능력에서 비롯한다. 그러나 순간에 모든 것을 건 사람들은 서로가 서로를 이용하려고만 든다. 막스 피카르트Max Picard는 "순간에 집착하는 '나'는 오로지 자기 자신밖에 모르는 지독한 이기주의자"[6]라고 비판한다. 한마디로 말해 공감 무능력자들이 대량으로 양산되고 있다는 것이다. 막스 피카르트가 기억을 상실한 인간, 순간에 사로잡히는 인간, 발전이 없는 인간, 늘 새롭게 시작만 하는 인간에 대해 비판하며, 히틀러의 얼굴이야말로 '뻔뻔한 무無'의 극치라고 맹비난하는 것도 그런 이유 때문이다. 그런데 우리 안의 히틀러는 여전히 제 세상을 만난 듯이 활개를 치고 있다. 아우슈비츠 강제수용소에서 생환한 작가 장 아메리Jean Améry가 "가끔 히틀러가 사후에 승리를 거둔 것이 아닌가 하는 느낌을 받기도 한다"[7]고 말하는 것을 보라.

나와 세상에 대한 성찰을 통해 영혼의 노예화를 넘어 '영혼의 귀환'을 위한 전환점의 계기를 마련하는 일은 매우 유의미하다. 그래서 인문교육이 갖는 의미와 효과는 매우 크다. 특히 교도소 수형자를 대상으로 하는 평화인문학 과정의 경우는 더욱 그 효과가 크다고 확언할 수 있다. 최정기는 「수형자의 불만과 저항」(『진보평론』 2003년 여름호, 183~206쪽)에서 "징벌받은 인원수가 전체 수형자의 10~20%에 달할 정도로 그 규모가 매우 크다"며, "이러한 징벌로는 수형자들의 일상적인 저항을 막을 수 없다"[8]고 말한다. 한국의 교도소는 순조로운 교정이 이루어지는 공

---

6 막스 피카르트, 『우리 안의 히틀러』, 김희상 옮김, 우물이있는집, 2005. 그는 돈만 된다면, 어떤 일이든 서슴지 않는 병든 내면을 경고하며, 사회적 '맥락 없음(Zusammenhanglosigkeit)'의 문제를 경고한다.
7 장 아메리, 『죄와 속죄의 저편』, 안미현 옮김, 길, 2012, 5쪽. 자유 죽음은 병이 아니라 인간의 가장 본질적인 특권이라며 '자유죽음론'을 역설한 장 아메리는 1978년 잘츠부르크의 한 호텔에서 수면제 과다 복용으로 목숨을 끊었다. 그의 묘비에는 아우슈비츠 수감 번호 '172364'가 적혀 있다.
8 최정기, 「수형자의 불만과 저항」, 윤수종 외, 『우리 시대의 소수자운동』, 이학사, 2005, 206쪽.

<표> 구금 시설 관련 진정 사건의 유형별 분포 (건수, %)

시설 미비에 대한 불만	의료 문제	징벌에 대한 항의	가혹 행위에 대한 항의	사회보호법 관련 불만	직무 유기	총계
448 (40.2%)	239 (21.5)	102 (9.2)	186 (16.7)	115 (10.3%)	23 (2.1)	1,113 (100)

* 국가인권위원회 내부에서 추산한 자료임. 최정기의 논문에서 재인용.

간이라기보다는 갈등의 공간이라는 것이다. 최정기는 수형자들이 "부당한 공권력(가혹 행위, 징벌, 직무 유기 등)의 행사에 대한 불만보다는 생활환경(시설 미비, 의료 문제 등)에 대한 불만이 훨씬 많다"[9]고 분석하고 있다. 도덕적 소수자라 할 수 있는 수형자들이 더 이상 통제의 대상이 아니라 자신의 삶의 주체라는 점을 이러한 불만을 통해 표출한다는 것이다.

이 점에서 인문교육은 마음의 관료주의를 극복하는 데 있어서 하나의 결정적 계기로 작동할 수 있을 것이다. 아우슈비츠 제3수용소에서 생환한 이탈리아의 화학자이자 작가 프리모 레비Primo Michele Levi와 브라질 교육자 파울루 프레이리Paulo Freire는 마음의 관료화 현상이란 어떤 일에도 놀라지 않는 상태라고 이구동성으로 입을 모은다. 인생에서 가장 나쁜 일은 더 이상 놀랄 일이 없어지는 것이라는 이야기다. 지금 당장 답은 모르더라도 문제가 무엇인지를 아는 것은 그래서 매우 중요하다. 우리에게 필요한 것은 지식이 아니라 비전이며, 역사 속에서 무언가를 창조하려면 반드시 꿈을 가져야 한다는 점에 대해 생각해보아야 하는 것이다.

그런 고독력孤獨力을 갖춘 사람들은 우리가 대화하는 과정에서 진실이 만들어지며, 걸어가면서 길을 만든다는 것을 깊이 신뢰하게 되는 것이 아닐까. 미국 버몬트주 우드스톡의 지방 구치소에서 인문교육을 수행한 테오 파드노스Theo Padnos의 말은 적절한 참조점을 제공한다. "이곳 사람들은 뭔가 심금을 울리는 것을 만났을 때 무방비 상태가 된다. 기

---

9 최정기, 같은 글, 211쪽.

본적으로 그들은 누가 아주 조금만 따스하게 대해줘도 그냥 긴장을 풀어버린다. 너무 놀라서 어찌할 바를 모르기 때문이다"[10]고 말했다. 역시 교도소에서 인문교육을 수행한 바 있는 아비 스타인버그Avi Steinberg는 『교도소 도서관』에서, 타자를 유감과 의심 그리고 증오라는 시야를 통해서만 보도록 교육받아온 사람은 '책을 나누는 행위'에서 변화가 이루어질 수 있다고 역설하고 있다. 그런 사람들은 교도소에서도 자신이 '교도소에 갇혀 있다'는 생각의 감옥에 갇히는 대신에, 말 그대로 '복역doing time'하고 있다는 생각을 하게 된다는 것이다. 그 출발은 자신의 인생 이야기를 누군가가 처음으로 좋게 봐준 것에서 비롯되었음은 말할 나위 없다. 이 책에 나오는 다음 이야기는 퍽 인상적이다.

> 자연에 대한 글쓰기를 가르치고자 했던 나의 시도는 거센 저항에 부딪히고 말았다. 나는 재소자 대부분이 산간 오지의 숲이나 황량한 바닷가, 사막, 바다 한가운데 등의 장소에 대한 경험이 거의 전무하다는 사실을 알게 되었다. 찬란하게 빛나는 밤하늘을 만끽하는 즐거움을 가져본 사람은 아무도 없었다. 그들에게 '은하수'란 싸구려 사탕가게의 이름과 동의어였다. 그들이 자연을 지루해하는 까닭은 자신과 자연의 연관성을 찾을 수 없기 때문이었다. 분명 그들은 자연을 경험해본 적이 한 번도 없었던 것 같았다.[11]

이 점은 우리 사정도 비슷하다. 2008년 옛 영등포교도소에서 16주간

---

10 테오 파드노스, 『장전된 총 앞에 서서』, 김승욱 옮김, 들녘, 2005, 210쪽.
11 아비 스타인버그, 『교도소 도서관』, 한유주 옮김, 이음, 2012, 354쪽.

수행한 인문교육에 참여한 어느 수형자가 쓴 다음의 시를 보라. 함석헌이 어느 강연에서 "사람의 사람된 점은 생각하는 데 있기 때문입니다. 사람은 할 뿐만 아니라 하는 줄도 아는 것이요, 알 뿐만 아니라 아는 줄을 아는 것입니다. 곧 자기를 가지는 것입니다"라고 한 말은 이 사례에도 그대로 해당된다고 말할 수 있다. 우리는 자신이 있는 곳에 틀어박혀 나의 안쪽만 바라보고 있지는 않은가. 세상 속에서 내가 처한 위치를 폭넓게 파악하는, 역사 속에서 파악할 수 있는, 안과 밖을 동시에 볼 수 있는 안목을 갖는 것이 얼마나 중요한지에 대해 생각해보아야 하는 것이다. 사람은 어느 순간에 '어둠 속 희망'을 품게 되는가.

어두운 밤 이 가슴 밝혀줄 빛은
머나먼 밤하늘 별빛인 줄 알았는데
절망의 무게를 참지 못하고 침몰하는
날 일으켜 세우는 것은 아내의 빛입니다.

삶의 아득한 허기 속에서
언제나 다가와 비추는 그녀는
내 어떤 절망에도 흩어지지 않는
깊고 따스한 아내의 빛입니다.

어디선가 날 보고 계실 그녀
따스한 별빛을 타고 그녀의 품에
안기고 싶습니다.

아내의 빛에 내 몸을 태우고 싶습니다.

—영등포교도소 수강생, 「아내의 빛」 전문

인문교육의 효과는 이미 충분히 입증되었다. 교도소에서 고통을 받으면 받을수록 수형자가 세상의 부정과 불의에 대해서 더 예민해진다는 점은 하나의 상식에 속한다. 교도소에서 마음의 관료주의가 더 견고하게 작동하면서 순화가 되지 않고 '독종'이 되어 사회에 복귀한 후 또다시 범죄를 저지르는 비율이 높아지는 것에서도 확인할 수 있다. 자활 참여자를 대상으로 한 '서울시, 희망의 인문학 과정'을 분석한 상종열 교수의 연구는 인문교육의 효과 측면에서 적극적으로 검토되어야 한다. 그는 "인문교육 이후 드러나는 연구 참여자의 의식의 지향은 '사람답게 살아가기'였다"[12]고 말한다. 인문교육을 통해 자신의 삶을 스스로 만들어가고자 하는 '의식의 지향'을 분명히 나타낸다는 것이다.

상종열은 이 논문에서 철학자 반 매넌 Van Manen의 "네 가지의 실존체" 차원, 즉 체험된 신체성·공간성·시간성·관계성 차원에서 교육 이후에도 지속되는 지평 융합 측면에서 자활 참여자들의 변화 양상을 분석하였다. 자활 참여자들이 위축과 소외에서 벗어나 "자신의 본래성을 회복"하면서 자신의 삶을 각자의 방식대로 만들어가는 힘으로 작용했다는 것이다. "나의 특수성에서 시작하여 타자의 특수성을 통합하고 극복

---

12 상종열, 「자활참여자의 인문교육 체험에 대한 현상학적 이해」, 성공회대학교 사회복지학 박사학위 논문, 2013, 169쪽.

하면서 높은 보편성을 확보해갔다"는 것이다. 이 가운데 '체험된 신체성' 항목에서 일어나는 변화 양상은 교도소에서 이루어지는 '평화인문학 과정'에서도 동일한 결과를 보였다는 점을 이해할 필요가 있다. '밝아진 얼굴', '온화한 눈빛', '많아진 웃음', '편안해 보이는 모습' 같은 신체 변화가 그것이다. '당당해진 나', '떳떳해진 나'로 변신한 자활 참여자들이 교육 과정에서 새로운 꿈과 목표를 형성해 교육 이후 삶의 과정에서 '용기', '자신감', '의지', '노력'을 하려 한다는 점은 교도소 수형자라고 해서 다르지 않을 것이다.

폭력과 강제를 통해 수형자들을 순화시킨다는 현행 형사 사법 체계에 대한 시선 전환이 요구되는 대목이다. 이백철 교수가 한국 교정학 발전이 정체되는 이유로 "독일식 법학 이론에 뿌리를 여전히 유지한 채 일본식의 행정을 답습하며 어설픈 미국식 개혁 방식을 도입"[13]한 점에 있다고 말한 것도 한국 교정학의 새로운 변화가 필요하다는 점을 강조한 표현이 아니겠는가. 이 점에서 "법의 목적은 평화이며, 평화를 얻는 수단은 투쟁이다"[14]라고 한 19세기 법학자 루돌프 폰 예링Rudolf von Jhering의 언명은 새로운 패러다임의 전환이 요구되는 한국 교정학에서 참조해야 마땅할 것이다.

---

13 이백철, 「세계 교정 이념의 흐름과 한국 교정 - 포스트모더니즘 범죄학 이론을 중심으로」, 『교정연구』 제21호, 2003, 35쪽에서 재인용.
14 루돌프 폰 예링, 『권리를 위한 투쟁』, 윤철홍 옮김, 책세상, 2007, 37쪽.

'함께 삶 Life together'을 학습하는 인문교육

　다른 나를 발견하고 표현하면서 다른 삶과 다른 사회를 꿈꾸려는 근원적인 충동은 누구에게나 있다. 그리고 그렇게 살고자 하는 의지와 열정 또한 누구나 갖고 있다. '평화인문학 과정'에 참여한 인문학자들이라면 누구나 이 점을 확인할 수 있으리라. 내 경험에 비추어 볼 때, 특히 '문학/글쓰기 교육'에서 확인할 수 있다. 글쓰기 교육은 자기와의 소통, 타인과의 소통, 사회를 포함한 더 큰 공동체와의 소통을 통하여 이른바 '마음의 사회화'[15] 과정을 스스로 배우고 익힐 수 있는 치열한 학습 과정이 될 수 있기 때문이다. 탈공동체 혹은 반공동체적인 관점과 태도를 마치 '쿨한' 것으로 착각하는 우리 사회에서는 더욱 그러하다. 이런 점 때문에 문학/글쓰기 교육은 글 쓰는 자 자신은 물론이요, 우리 사회의 공진화coevolution를 위해서도 외면할 수 없는 교육철학과 교과목표가 될 수 있으리라고 확신한다.

　미국 교육자 도널드 핀켈Donald L. Finkel은 『침묵으로 가르치기』(다산초당)에서 학생의 배움learning이 교육의 최종 목표이고, 교사의 가르침teaching은 목표에 이르는 수단일 뿐이며, 따라서 교사는 반드시 배움을 목표에 두고 교수법을 고안해야 한다고 말한다. 당신이 이상적으로 생각하는 위대한 스승을 버리라는 것이다.[16] 대학 교육도 그렇지만, '평화인문학 과정'의 인문교육 현장에서도 이러한 교육철학과 교수법은 가장

15　이명원, 「평화인문학과 마음의 사회화」, 『교정기관 수용자들에 대한 인문학 교육 활성화 방안』 심포지엄 자료집(민주당 이춘석 의원·인권연대·경희대·성공회대 외 주최), 2010. 10. 26, 10쪽.

우선적으로 적용해야 할 것이라고 판단된다.

오늘날 우리 사회의 위기는 관계의 위기에서 비롯되었다. 미국의 정치학자 로버트 퍼트넘은 사회적 커뮤니티의 붕괴와 소생을 '나 홀로 볼링'이라는 재미있는 개념으로 다루었다. 미국 사회에서 볼링을 치는 사람은 늘었지만, 지역 리그 볼링 동아리 가입은 줄어드는 미국의 사회현상을 꼬집은 표현이다. 이 말은 결국 어떻게 하면 너와 나는 밥을 같이 나누어 먹고 볼링을 같이 칠 수 있는가 하는 점을 의미한다. 더 많은 민주주의, 더 급진적인 민주주의를 위해 새로운 인문학적 상상력과 시민들의 자발적 연대가 필요한 것도 그런 이유 때문이다.

'경제의 힘'이 '사람의 힘'보다 더 크게 작동하는 사회는 불행하다. 그런 사회는 필연적으로 서로를 연결하는 유대를 잃어버리고, 저마다 원자화된 채로 '서로가 서로에게 늑대Homo Homini Lupus'인 동물 농장의 사회를 용인하기 쉽다. 누구랄 것 없이 타인의 얼굴을 보려는 대신에, 자신의 얼굴만 바라보며 살기 때문이다. 그러나 인문교육은 셰익스피어의 희곡 『햄릿』에 나오는 어느 대사처럼 "준비가 인생의 전부입니다"라는 점을 수락하며 더 원숙해지려는 삶의 양식을 습득하는 것이 아니겠는가. "예술적인 삶은 오랜 세월에 걸쳐 인류를 교육하는 과정이다"라는 미국 작가 웬들 베리Wendell Berry의 말에 깊이 공감하는 이유가 여기에 있다.

신학자 디트리히 본회퍼Dietrich Bonhoeffer의 말은[17] 인문교육의 최종 목

---

16 도널드 L. 핀켈, 『침묵으로 가르치기』, 문희경 옮김, 다산초당, 2010. 핀켈 교수의 이 책은 교수법에 관한 책이 아니라 교육철학에 관한 책으로 읽어야 마땅하다. 이 책에서 그는 1916년에 쓰인 "교육이란 '말로 가르치거나' 남의 말을 듣기만 하는 과정이 아니라 능동적이고 건설적인 과정이다"라는 존 듀이(John Dewey)의 이론을 자신의 입론으로 삼고 있는 점에서도 확인된다.

적이 어디인지를 분명히 말해주는 좌표가 될 것이다. "홀로될 수 없는 이에게는 커뮤니티를 경계하게 하자. 커뮤니티에 속하지 않은 이에게는 홀로됨을 경계하게 하자." 그렇다, '함께 삶'이야말로 인기척이 있는 사회를 만드는 핵심적 원리가 아니겠는가. 우리는 누구나 안전하고 행복한 삶을 추구하려는 열망과 의지를 갖고 있는 존재가 아니겠는가. 네루다의 시집 『질문의 책』(문학동네)에 등장하는 다음 시를 감상하는 것으로 이 논문을 마칠까 한다.

> 나였던 그 아이는 어디 있을까
> 아직 내 속에 있을까 아니면 사라졌을까?
>
> 내가 그를 사랑하지 않았다는 걸 그는 알까
> 그리고 그는 나를 사랑하지 않았다는 걸?
>
> 왜 우리는 다만 헤어지기 위해 자라는데
> 그렇게 많은 시간을 썼을까?
>
> 내 어린 시절이 죽었을 때
> 왜 우리는 둘 다 죽지 않았을까?

---

17 디트리히 본회퍼, 『말씀 아래 더불어 사는 삶』, 곽계일 옮김, 아인북스, 2010.

만일 내 영혼이 떨어져나간다면
왜 내 해골은 나를 좇는 거지?

—네루다, 「질문의 책 44」 전문

먹고사는 문제와 인문학

"나는 유토피아에서 살고 싶었다"

라인홀트 메스너Reinhold Messner는 히말라야의 8000미터 이상의 고봉 14좌座를 최초로 오른 세계적인 산악인이다. 그는 『벌거벗은 산』(이레) 을 비롯해 수많은 마운틴 에세이를 남긴 작가로도 유명한데, 『죽음의 지대』(한문화)라는 책에서 다음과 같이 말했다. "나는 에베레스트를 정복하려고 오르지 않았다. 그랬으면 성공을 보장받기 위해 쓸 수 있는 모든 기술을 동원했으리라. 나는 그저 이 자연의 최고 지점에서 자기 자신을 체험하고 싶었다. 그리고 가능하다면 에베레스트의 장대하고 준엄한 모든 것을 내 팔에 안고 싶었다. 이런 일을 산소마스크의 힘을 빌려서는 하지 못한다. 나는 유토피아에서 한번 살아보고 싶었을 뿐이다."

당신은 왜 산에 오르는가? 이 유구하기 짝이 없는 질문에 대한 메스너의 답변에는 겸손한 당당함이 묻어난다. 자연에 대한 관점도 그렇고, 자신의 등반 행위에 대한 사유에서도 그렇다. 자신이 생각하는 유토피아에서 한번 살아보고 싶었다는 꿈과 열정 때문에 히말라야 고봉을 무산소 등정한다는 그의 진술은 묵직한 감동을 자아낸다. 그가 쓴 마운틴 에세이는 그렇듯 세계 최고봉을 정복했다는 식의 자연에 대한 정복 신화를 유포하지도 권장하지도 않는다. 그는 올연兀然한 자연의 최고 지점에서 인간에 대한 탐구가 소중하다는 특유의 믿음과 통찰을 행간에 부려놓는다.

참살이well-being 소동 때문일까. 등산 인구는 급증했지만, 우리의 등산 문화는 전문 산악인의 경우 높이와 개수를 중시하는 이른바 '성과주의 등정'이라는 비판에서 자유롭지 못하며, 일반인들 또한 사정은 좀 다르지만 스트레스 해소를 위한 속도전의 상태에서 좀체 진화할 조짐이 보이지 않는다. 관광은 '고속' 관광으로 해야 하고, 노래를 부르려면 '질러넷'에서 해야 직성이 풀린다. 남이 부르는 노래에 수긋이 경청할 줄 아는 세상의 지음知音들은 나날이 쇠퇴 내지는 퇴출되는 형국이다. 그 많은 등산 인구가 있지만, 세계의 악계岳界에 내놓을 만한 수준 높은 마운틴 에세이 Mountain Essay는 제출되지 않았다. 1000미터 이상의 고산高山이 없는 영국이 산악문학의 최고봉을 이룬 것과는 대조적이라고 할 만하다.

이러한 현상은 자율 사회에 대한 비전을 우리 사회가 공유하고 있지 못하기 때문이다. 자율 사회는 문화 권리를 한껏 향유하면서 자신의 근원적인 자유, 욕망, 꿈이 실현되는 사회를 의미한다. 이러한 자율 사회는 저절로 만들어지는 것이 아니라, 일중독 사회에서 벗어나려는 문화적·예술적 실천이 지속될 때 실현 가능할 것이다. '노는 꼴'을 누려보지 못한 이 땅의 어린이들이 훗날 어른이 되어 제대로 된 '놀자판'을 만들 수 있을까. 문화와 예술이 재미의 의미를 일상적으로 추구하면서 나와 우리들의 일상과 내면과 시스템의 변화를 제기할 필요성이 있는 이유가 여기에 있다. 그런 점에서 자율 사회를 향한 우리의 희망은 한나 아렌트Hannah Arendt가 말하는 공적 행복public happiness의 실현과 이음동의어라고 말할 수 있으리라.

'마음의 관료화'를 극복하라

공적 행복의 실현은 어떻게 가능할까? 나는 시와 철학을 비롯한 인문학이 갖고 있는 공감 능력을 통해 그것이 가능하리라고 믿는다. 공감의 언어! 이 말은 오로지 먹고사는 것이 이데올로기인 동시에 독단적 윤리학이 된 시대에, 어쩌면 한없이 연약하고 무력하기 짝이 없는 말에 지나지 않을는지도 모른다. 심지어는 사회적 실패자loser들의 패배주의적 변명에 불과하다는 비아냥을 감수해야 할는지도 모른다.

예컨대 사람들은 "잎새에 이는 바람에도/ 나는 괴로워했다"(윤동주, 「서시」)라는 표현을 더 이상 자기 삶의 원천으로 생각하지 않는다. 그러나 시와 철학을 비롯한 인문학적 가치란, 궁극적으로 루카치György Lukács가 '그럼에도 불구하고'라고 언급했듯이, 불가능한 것을 꿈꾸는 것이 자신의 본질일 터이다. 한마디로 말해 '그래도!'의 가치를 여전히 신뢰하고 역설하는 것이다. 이로써 우리는 성찰적 사고의 윤리적이고도 지적인 힘을 여전히 신뢰하는 존재, 즉 철학자-시민으로서의 삶과 이상을 살아갈 수가 있는 것이다. 다른 나를 발견하고, 스스로를 표현하면서, 다른 삶과 다른 사회를 꿈꾸려는 근원적인 충동은 누구에게나 있으며, 그렇게 살고자 하는 의지와 열정이 인문학적 가치의 발견을 통해서 찾을 수 있으리라고 생각된다.

자기를 완성하기 위해 자기 자신을 극복해야만 하는 것, 그것은 결국 나 자신에 대한 저항을 의미한다. 우리들 삶의 형식이 더 이상 피동형 동사들의 목록에 갇히는 신세에서 벗어나, 우리들 '스스로 창조해낸다'는 의미의 주체적·능동적 동사형을 새롭게 우리들의 삶 속에서 만들어내기가 요청되는 것이다. 그것은 우리가 우리의 현재 모습을 거부하고, 저항하고, 실천하는 것을 의미한다고 말할 수 있으리라. 기존의 권위와 복종에 관한 무수한 관념들에 도전할 때 지금과 다른 나, 다른 사회의 미래가 열린다는 점은 누구도 쉽게 부정하지는 못할 것이다. 사람이 사람에게 사나운 이빨과 발톱을 드러내는 사회가 추구하는 번영이란 결국 모욕 사회의 형성과 강화에 기여할 터이다. 이러한 모욕 사회란 타인의 고통에 대한 감수성이 현저히 둔감한 사회를 말한다. 모리오카 마사히로森岡正博는 자신의 책 『무통문명無痛文明』(모멘토)에서 "고통 없는 인생은 우리의 미래에 놓인 달콤한 덫"이라고 경고한 바 있다.

우리가 살고 있는 지금 이곳의 사회는 세계화의 덫에 걸려 있다고 단언할 수 있다. 초국적 금융자본이 지배하는 사회는 "시장은 좋은 것이고, 국가의 개입은 나쁘다"는 승자독식의 윤리학이 작동하고 있는가 하면, 민주주의와 삶의 질에 대한 위협과 공격이 만성화된 병든 사회를 의미한다. 그리하여 수단과 목적의 전도, 주체와 객체의 전도, 기업적 합리

성과 사회적 합리성의 전도라는 3차원의 전도 현상이 갈수록 심해지고 있다. 이런 사회에서는 정치와 문화에 대한 경제의 우위를 주장하는 목소리가 노골적이고 공공연하게 떠돈다. 그리고 나와 우리는 가난에 대한 두려움과 불안감으로부터 결코 자유로울 수 없는 실정이고, 실제로도 우리의 모든 꿈을 미래에 저당 잡힌 채 보장성보험과 같은 삶을 겨우 연명하고 있는 것인지도 모른다.

강한 것, 힘 있는 것, 부자 되는 것이 권장되는 것은 어쩌면 당연하다. 즉, 쉬운 것, 빠른 것, 단순한 것이 적극 권장되고 있는가 하면, 그 대척점에 놓인 어려운 것, 느린 것, 복잡한 것은 외면되고 있지 않는가. 그러나 인간의 문화와 문명의 역사를 보면, 어렵고 느리고 깊이 있는 것들이 인간 사회의 놀라운 문화적 업적들과 결부된 가치라는 점은 누구도 감히 부정할 수는 없으리라. 그런 점에서 새로운 신분제 사회의 절대군주로 부상한 국가와 시장에 대한 우리의 질문과 비판정신 그리고 대안적 사유의 모색은 쉽게 중단될 수 없으리라고 생각한다.

물론 이때 엄숙주의에 빠질 필요는 전혀 없다. 특히 유머 감각을 잊어서는 안 될 것이다. 미국의 교육자 파커 파머Parker J. Palmer는 『온전한 삶으로의 여행』(해토)이라는 책에서 이렇게 말한다. "오랜 기간 인문학 공부를 해보라. 그러면 친구나 친지 모두 자신을 따돌렸다고 생각하며 당신을 욕할지 모른다. 그들을 전부 무시하라!" 나는 인문학적 사유를 갖는 것, 그것은 결국 '마음의 관료화'를 막는 것에 있다고 생각한다.

동화작가 권정생은 『우리들의 하느님』(녹색평론사)에서 우리 인간은 '바보'로 돌아가야 한다고 말한다. 이 말을 나는 점점 사람을 왜소하고 옹졸하게 만드는 기존의 교육제도 바깥을 성찰하면서 새로운 '앎'의 의미를 구하고, 그 앎을 자신의 '신념'으로 만들어내려는 것이 더 중요하다는 점을 역설한 것으로 풀이한다. 요컨대 '아니오'의 아름다움을 우리의 내면과 일상과 시스템에서 적극적으로 사유하고 행동해야 하는 것은 아닐까 싶다.

그런 점에서 나는 인생의 어느 순간이든지 간에 비판 의식과 역사 의식을 갖는 것이 매우 중요하다고 생각한다. 내 경험에 비추어보면 첫째는 사람(선배 혹은 친구)을 '잘못' 만났고, 둘째는 책을 '잘못' 만났던 경험이 지금껏 시와 철학이 나와 세상의 변화를 만들 수 있다는 믿음을 저버리지 않게 된 결정적 계기가 되었다는 점을 고백하지 않을 수 없다. 한마디로 말해, 특정한 사람과 특정한 책과의 만남이라는 사건 내지는 에피소드가 없었더라면 나는 어쩌면 지금의 나일 수 없었을 것이라고 믿어 의심치 않는다.

'못된' 친구 혹은 '착하지 않은' 선배를 만나는 것은 나와 우리의 인생에 있어서 신뢰의 서클 혹은 고리 친구connective children를 형성하는 소중한 접점이 될 수 있다. 나는 그런 사례로 지난 20세기 한국에서 가장 의미심장했던, 다석 유영모와 씨올 함석헌의 만남을 꼽을 수 있다는 견해에 전적으로 동의한다. 그리고 '나쁜' 책들과의 만남은 자신을 세상에 적응시키는 이성적인 사람이 아니라, 고집스럽게 세상을 자신에게 적응시키려 하는 비이성적인 사람으로 성장할 수 있는 훌륭한 디딤돌이 될 것이라고 생각한다.

나의 경우 톨스토이, 간디, 비노바 바베, 루쉰, 리 호이나키, 웬들 베리, 에드워드 사이드, 그리고 함석헌, 전태일, 권정생, 김종철 등이 쓴 '나쁜 책들' 혹은 '위험한 책들'을 읽으며 깊은 감명을 받았으며, 나 자신의 정신적 성장호르몬 기능을 했다고 할 수 있다. 그들은 '사람의 무늬'를 뜻하는 인문人文/人紋의 가치를 적극 사유하고 실천함으로써 '무늬만 사람'들이 득세하는 시대에 인간이 왜 인간일 수 있는지를 스스로 증명했다고 생각한다. 이들의 말과 글에서 우리는 인간 존엄과 품위, 생명 존중과 평화 애호, 자연과 인간의 공생, 선의와 동정과 관용, 공유의 기억과 정의, 사회 양극화 문제의 사유 같은 덕목들을 만나게 되는 것은 어쩌면 당연하다고 할 터이다. 즉, 더 좋은 삶, 더 좋은 사회를 향한 상상력과 창의력을 만날 수 있었던 것이다. 함석헌이 '앎은 앓음'이라고 했던 의미에 대해 이들이 쓴 책들은 우리가 당면한 최대의 적은 아마도 치명적인 착오와 자기기만이라는 점을 역설하고 있음을 알 수 있었던 것이다. 예컨대, 나는 무릇 가장 성숙한 인간은 '버려진 자의 시선'으로 자신의 고향을 타향으로 느끼며 사회적 패배자들의 슬픔과 고통을 함께 나누고 아파하는 존재라는 에드워드 사이드의 주장을 반박할 수 있는 어떠한 단서도 아직껏 찾지 못했다.

    나는 위에서 언급한 것처럼, 나와 우리의 삶과 내면을 변화시키는 책 읽기를 통해 결국 '마음의 관료화'를 극복하리라는 점을 경험적 진실의 차원에서 확고하게 믿고 있다. 우리는 그 좋은 예로 책을 불태웠던 진시황과 히틀러가 나중에는 사람까지 불태웠다는 역사적 사실을 생각해 볼 필요가 있다. 마음의 관료화란, 정호승 시인이 말하듯이, 눈물이 없고 그늘이 없는 사람의 마음을 의미하는데, 이는 결국 '타인의 고통' 같은 것을 전혀 느끼지 못하는 사람의 내면을 지칭한다고 단언할 수 있다. 우리는 그런 사람을 한나 아렌트가 쓴 『예루살렘의 아이히만』(한길사)에서 확인할 수 있다. 자신이 하는 일에 대해 어떠한 사유도 하지 않은 채 오로지 아우슈비츠수용소 소장으로서의 직분과 상부의 명령에 충실했노라고 2차대전 전범재판에서 강변했던 아이히만의 사례를 기억할 수 있을 것이다. 한나 아렌트가 아이히만의 사례에서 '악의 평범성' 개념을 만들었듯이, 그의 사례는 결코 극단적인 예가 아니었음을 역사에서 확인할 수 있을 터이다.

인문학 교육 사례 : 고독과 우정에 관하여

나는 지난 수년 전부터 노숙인, 교도소 수용자, 자활노동자들을 대상으로 한 인문학 교육에 참여해오고 있다. 이러한 인문학 교육은 '가난한 이를 위한 희망 수업'으로 잘 알려진 미국의 교육자 얼 쇼리스Earl Shorris의 방한 세미나와 더불어 그 자신의 교육 경험을 정리한 『희망의 인문학』(이매진)의 국내 출간이 미친 영향과 무관하지 않을 것이다. 지난 몇 년간 나 자신 또한 무수한 시행착오를 거치면서 이른바 소외계층의 인문학 교육 현장에서 경험을 모아 2008년 말에 『행복한 인문학』(이매진)이라는 책을 기획하여 출간한 바 있다.

2006년 1월, 방한한 얼 쇼리스 교수와 노숙인들의 워크숍 장면이 아직도 잊히지 않는다. 소크라테스의 삶과 철학을 주제로 한 시민의 덕성에 관한 수업이었는데, 한 노숙인이 수업이 끝나자 "얼 교수님, 한 시간 더 합시다!" 하는 것이었다. 교육 효과에 관해 반신반의하면서 수업을 참관하던 나는 그때 둔기로 뒤통수를 얻어맞은 듯한 적잖은 충격을 받았다. 책을 읽고 토론을 하면서 '발견의 재미'를 터득한 노숙인들이 자신을 아는 것이 모든 것을 아는 것이라는 점을 스스로 깨우치고 그것을 표출하는 장면을 직접 목격하면서 나 또한 가슴 뭉클한 감동을 받았던 것이다. 그렇게 인문학 교육에 참여하게 되었는데, 아직도 잊을 수 없는 '사연'은 시인을 꿈꾸는 어느 노숙인이 밤중에 "교수님, 제가 시를 썼는데, 여기에 쉼표를 찍어야 할까요, 마침표를 찍어야 할까요?" 하는 전화를 했을 때다. 나는 그 노숙인은 어쩌면 시 자체가 아니라 자신의 삶에 대해서 쉼표를 찍어야 할지, 마침표를 찍어야 할지를 내게 묻고 있는 것이라는 사실을 단박에 알아차릴 수 있었다. 그 전화를 받으며 나는 고독한 우리들의 영혼이 서로 연결될 수 있다는 일말의 가능성을 인문학 교육에서 찾을 수만 있다면 그것만으로도 충분할 것이라는 확고한 믿음을 갖게 되었다.

나는 인문학 교육이 추구하는 가치는 아마도 '고독과 우정'의 가치들을 숙고하는 것이 아닐까 생각한다. 내 경험적 진실을 일반화하는 오류를 범할 수 있다는 점을 모르지는 않는다. 그러나 인문학 교육이 추구하는 것은 일방으로 지식을 전수하는 것이 될 수는 없다고 확신한다.

인문학 교육 과정을 통해서 서로가 서로에게 배울 수 있고, 생각을 서로 나눌 수 있는 교육 경험을 하는 것이 더 중요하다는 점을 부정할 수 없기 때문이다. 어느 수인(囚人)이 쓴 아래의 시는 인문학 교육 현장을 일종의 "모닥불"에 견주어 자신의 내면과 일상에 불어닥친 변화의 양상을 표현한 작품이다. 4연의 "컨테이너"라는 표현은 교도소에서 이루어지고 있는 교육 장소인 컨테이너 교실을 지칭한다.

살인, 강도, 사기꾼, 좀도둑, 건달…

적나라한 페르소나
상처 받은 영혼들
모닥불 곁으로 모여서 불을 쬐자 몸을 녹이자

문학(文學)!
시(詩)에 시러움을 토해내고

철학(哲學)!
내 삶의 흔적들

컨테이너!
어머니의 자궁

단절의 벽이 나를 가두고
저 넓은 하늘마저 제대로 볼 수 없는
거대한 벽 앞에 상처 받은 왜소한 군상(群像)들
삶의 상흔들

"아무도 울지 않는 밤은 없다"고 했던가

"어느 날 문득 시(詩)가 내게로 왔다."

―영등포교도소 수강생, 「모닥불-답례」 전문

위 시를 쓴 수인은 자신의 아버지를 원망하면서 막된 사람처럼 인생을 허비했다고 토로했다. 그러다 인문학 교육 과정에서 시를 읽고, 이야기를 나누고, 서로 생각을 나누게 되면서, 어느 날 문득 감옥에서 시가 자신에게로 다가오는 체험을 하게 되었다고 말했다. 그러면서 자신의 삶에서 요즘처럼 가장 고독하면서도 가장 행복했던 시간은 없었노라고 덧붙였다. 한 편의 시와 한 권의 책을 읽는 행위를 통하여 자기 삶의 원천으로 생각하고 느끼는 것과 지식으로 습득하는 것 사이에는 전혀 다른 결과가 나온다는 점을 인문학 교육 과정에서 실감했다면 지나친 말일까.

그래서 가장 일차적인 것이 고독이라고 생각한다. 고독이란 '나 홀로 있음'이라는 존재론적 상황을 필연적으로 전제한다. 우리는 나 홀로 있지 않고서는 고독의 의미에 대해서 숙고할 수 없다. 고독이란 무엇인가. 그것은 침묵의 세계로 입문한다는 것이고, 나아가서는 '생각한다'는 것을 뜻한다. 막스 피카르트는 『침묵의 세계』(까치)에서 명상의 침묵은 일종의 '존재의 전체성'을 지향하고 있으며 현재, 과거, 미래를 하나로 만든다고 말한다. 우리 존재가 진정으로 추구하는 가치는 '자유'에 있으며, 그것은 결국 나 홀로 있음의 상태에서 행하는 생각의 힘에서 나온다고 할 수 있다. "사람의 사람된 점은 생각하는 데 있기 때문입니다. 사람은 할 뿐만 아니라 하는 줄도 아는 것이요, 알 뿐만 아니라 아는 줄을 아는 것입니다. 곧 자기를 가지는 것입니다."(함석헌) 요컨대, 우리는 고독이라는 존재론적 사건을 체험하지 않고서는 참다운 자기 성찰을 수행할 수 있는 계기를 결코 마련할 수 없을 것이다. 우리는 저마다 자신만의 고독 매뉴얼을 갖고서 어떻게 살아야 할까 하는 질문을 자문자답하는 과정을 거치지 않는다면, 독립된 자유로운 인격체가 갖는 성숙한 내면과 영혼을 소유하기 힘들다.

또 하나 우리가 간과할 수 없는 것은 '우정'이라는 가치가 아닐까 싶다. 우정이라는 말은 곧 '너'를 전제로 한다는 점에서 철학적으로 본다면 관계론의 지반에 있는 가치라고 할 수 있다. 우리는 나 홀로 살 수 없는 존재라는 점에서 누군가와 함께 무엇인가를 나누며 살아야 한다. 그래서 나는 우정이란 너와 더불어 함께 살고자 하는 의지의 표현이라고 감히 말하련다. 그리고 우정이라는 말과 연대, 환대라는 말 사이에는 깊은 친연성이 있다고 생각한다. 이 우정의 가치는 눈에 보이는 것을 나누는 행위뿐만 아니라, 눈에 보이지 않는 가치들(상상력, 배움)까지 나누는 것으로 더욱 확장될 것이라고 믿어 의심치 않는다. 인문학 교육 과정에서 나는 우정이라는 말로 달리 말할 수 있는 '타자성'을 자기 삶의 또 다른 중심축으로 설정하는 것이 갖는 의미에 대해 숙고할 수 있었다. 이 의미는 간단하지 않다고 본다. 왜냐하면 우리는 자신이 사는 시대 속의 타자에 대한 인식이 부족한 경우가 많기 때문이다.

실제로 우리는 자신이 있는 곳에 틀어박혀 나의 안쪽만 바라보고 있는 경우가 많다. 내 바깥에서 잔혹한 살육이 자행되고 있건 기아에 허덕이고 있건 간에, 나의 내부만 들여다보면서 애써 못 본 체하지 않았던가. 재일조선인 지식인 서경식은 이렇듯 자기 스스로 나의 바깥을 전혀 보지 않으려는 상태를 자발적인 아우슈비츠, 소위 '역逆 아우슈비츠'라고 명명하였다. 이 말은 곧 세상 속에서 내가 처한 위치를 폭넓게 파악하는, 역사 속에서 파악할 수 있는, 안과 밖을 동시에 볼 수 있는 안목을 갖는 것이 얼마나 소중한지를 지적한 말이라고 생각된다. 다시 말해 타자의 시선으로 볼 수 있어야 한다는 말이다. 어느 수인이 쓴 다음의 시는 사람은 어느 순간에 어둠 속에서 희망을 품는지를 스스로 증명하고 있는 작품이 아닌가 싶다.

어두운 밤 이 가슴 밝혀줄 빛은
머나먼 밤하늘의 별빛인 줄 알았는데
절망의 무게를 참지 못하고 침몰하는
날 일으켜 세우는 아내의 빛입니다.

삶의 아득한 허기 속에서
언제나 다가와 비추는 그녀는
내 어떤 절망에도 흩어지지 않는
깊고 따스한 아내의 빛입니다.

어디선가 날 보고 계실 그녀
따스한 별빛을 타고 그녀의 품에
안기고 싶습니다.

아내의 빛에 내 몸을 태우고 싶습니다.

—영등포교도소 수강생, 「아내의 빛」 전문

위 시의 마지막 행이 주는 깊은 울림은 이 시를 쓴 수인이 고독 속에서 무수한 질문을 스스로에게 던지면서 결국 아내에게로 가는 길을 찾을 수 있었던 경험을 표현한 것으로 볼 수 있으리라. 우리는 서로 다르되 결코 다르지 않으며, 우리 영혼은 서로 연결되어 있다는 점을 위 시의 행간에서 읽을 수 있다는 점은 어렵지 않게 확인할 수 있다. 자기 바깥의 누군가와 생각을 나누고, 미래에 대해 새로운 상상력의 연대를 형성하는 것이 얼마나 소중한지를 위 시의 사례에서 생각해보게 된다.

나는 수강생들과 함께 대화할 때, 유독 '함께 밥 먹다'는 것이 갖는 의미를 강조하고는 한다. 이를 위해 여러 시편들과 자료들을 갖고서 우리의 삶에서 함께 밥 먹는 일의 숭고한 가치들에 대해서 수다를 떨고는 한다. 공선옥의 음식 산문집 『행복한 만찬』(달)에 수록된 '쌀밥'에 관한 글을 같이 읽고 토론을 하면서 어느 자활노동자 수강생이 "미역국에 쌀밥 말아주께 언능 인나소 와"라는 표현에 울컥하면서 가난했던 자신의 경험을 말하던 표정을 잊을 수 없다. 황지우의 「거룩한 식사」를 읽으면서는 "이 세상 모든 찬밥에 붙은 더운 목숨이여"라는 구절에 목이 메어 숙연해지던 노숙인들과의 수업 장면 또한 쉽게 잊히지 않는다. 그러면서도 안현미의 시 「거짓말을 타전하다」에 나오는 "순댓국밥 아주머니는 왜 혼자냐고 한 번도 묻지 않았다"라는 표현이 함축하는 바에 대해 깊은 공감과 연대감을 표시했던 수강생들의 마음 또한 확인할 수 있었다. 그런 무수한 순간들 속에서 수강생들은 자신의 내면을 강타한 시와 철학의 소중한 깨달음을 자기 삶의 중요한 척도로 생각하려는 강렬한 의지 또한 확인할 수 있었음은 물론이다.

부연하자면, 소외계층과 함께하는 인문학 교육에서 나 자신이 강조하는 것은 위에서 든 '함께 밥 먹는다'는 것을 포함해 식교주^{食敎住}의 가치들과 더불어 웃음, 용서, 죽음에 관한 토픽들을 매우 중시하는 편이다. 즉, 이들 주제를 통해서 참다운 배움이란 무엇인가, 내 영혼의 집은 어디에 있는가, 웃음엔 민주주의가 있는가, 용서의 기술은 왜 필요한가, 죽음으로써 완성되는 삶의 경지란 무엇인가를 더불어 생각하는 시간을 갖는다. 이들 주제를 통해서 나는 어떻게 살 것인가 하는 문제를 집중적으로 생각해볼 수 있다고 판단했기 때문이다. 그리고 이러한 자기 자신의 삶 체험이 묻어나는 글쓰기를 병행하는 방식으로 수업을 진행한다.

우리 '재미를 위한 혁명'을 하자

미국의 여성운동가 엠마 골드만Emma Goldman은 "내가 장단 맞춰 춤출 수 없는 혁명은 원하지 않는다"고 말했다. 어떠한 명분과 목적을 내건 혁명이더라도 나 자신의 '자발성'에서 우러나오는 것만큼 중요한 것은 없다는 점을 강조한 말이리라. 이 말은 책 읽기의 경우에도 그대로 적용할 수 있다고 생각한다. 누가 시켜서 억지로 읽는 독서, 의무감 때문에 하는 책 읽기는 발견하는 재미를 앗아갈 수밖에 없다. 그런 독서 행위가 나 자신의 삶과 내면을 바꾸기를 기대하는 것은 무척 난망한 노릇이다. 어쩌면 가장 이상적인 책 읽기의 경지는 아무런 목적이 없는 독서 행위 자체에 있다고 단언할 수밖에 없으리라.

또 책 읽기를 통해서 나 자신의 삶과 우리들의 삶이 바뀐다는 생각에 너무 많은 의미를 부여할 필요 또한 없을는지도 모른다고 생각한다. 사람은 바뀌기도 하지만, 어떤 면에서는 결코 바뀌지 않는 존재가 사람이라고 보아야 하지 않을까. 물론 사람은 바뀌지 않는다는 측면보다는 그래도 바뀔 수 있다는 가능성을 갖는 것이 그래도 세상은 살 만한 가치가 있다는 희망을 품게 한다는 점을 부인해서는 안 될 터이다. 그래서 나는 희망하는 것은 도박하는 것과 같다는 말에 전적으로 동의한다. 희망하는 것은 희망 고문 혹은 희망의 인질이라는 말에서 연상할 수 있듯이 매우 위험하지만, 산다는 것은 위험을 무릅쓰는 것이기 때문에, 희망하는 것은 결국 두려움의 반대가 될 수 있는 것이다. 희망은 행동을 요구하고, 행동은 희망 없이는 불가능하지 않던가.

그러나 우리가 잊어서는 안 되는 것은 나의 희망을 상대방에게 강요해서는 안 된다는 점이다. 그것은 "유토피아를 꿈꾸는 사람은 그 유토피아의 독재자이다"(한나 아렌트)라는 말에 함축되어 있는 것처럼, 이성의 자기 배반 내지는 동일성의 폭력적 속성을 성찰하는 것이 필요하기 때문이다. 쉽게 말하자면, 계몽하지 않는 계몽 혹은 즐거운 계몽의 태도와 관점이 요구되는 것은 어쩌면 당연하다고 할 수 있다. 그리고 자신이 아는 것을 이 세상을 살아가면서 부단히 성찰하며 실천하는 행동주의에서 검증할 수 있으리라고 믿어 의심치 않는다. 책 읽기와 글쓰기가 나와 우리들의 내면과 삶을 변화시킬 수 있는 작은 접점을 만들 수 있다면, 아마도 그런 경지에서 얻어질 수 있는 것이 아닐까 하는 생각이 든다.

로런스D. H. Lawrence의 시 「제대로 된 혁명」을 감상하면서 두서없는 이 글을 마친다. 우리가 책을 읽고 인문학적 가치를 옹호하는 것은 어쩌면 이 시의 표현처럼 '재미를 위한 혁명'의 필요성을 나날의 삶과 노동 속에서 깨우치고 있기 때문은 아닐까? 그런 마음이 아직 나와 우리의 마음에 있다면, 나와 우리들의 마음이 아직은 단단한 시멘트 같은 '관료화'에 빠진 것은 아니라는 위안을 해도 좋을지 모르겠다. 그래서 재미와 유머는 더욱 필요한 것 아니겠는가?

  혁명을 하려면 웃고 즐기며 하라
  소름 끼치도록 심각하게는 하지 마라
  너무 진지하게도 하지 마라
  그저 재미로 하라

  사람들을 미워하기 때문이라면 혁명에 가담하지 마라
  그저 원수들의 눈에 침이라도 한번 뱉기 위해서 하라

  돈을 좇는 혁명은 하지 말고
  돈을 깡그리 비웃는 혁명을 하라

  획일을 추구하는 혁명은 하지 마라
  혁명은 우리의 산술적 평균을 깨는 결단이어야 한다
  사과 실린 수레를 뒤집고 사과가 어느 방향으로
  굴러가는가를 보는 짓이란 얼마나 가소로운가?

  노동자 계급을 위한 혁명도 하지 마라
  우리 모두가 자력으로 괜찮은 귀족이 되는 그런 혁명을 하라
  즐겁게 도망치는 당나귀들처럼 뒷발질이나 한번 하라

어쨌든 세계 노동자를 위한 혁명은 하지 마라
노동은 이제껏 우리가 너무 많이 해온 것이 아닌가?
우리 노동을 폐지하자, 우리 일하는 것에 종지부를 찍자!
일은 재미일 수 있다, 그리하여 사람들은 일을 즐길 수 있다
그러면 일은 노동이 아니다
우리 노동을 그렇게 하자! 우리 재미를 위한 혁명을 하자!

—D. H. 로런스, 「제대로 된 혁명」 전문

실천인문학과
문학/글쓰기 교육

요즘 우울하십니까?

　웃음치료사 혹은 심리학사들은 행복해서 웃는 게 아니라 웃어야 행복해진다고 말한다. 그러나 당신은 이 '웃음의 강요'를 진짜로 믿으시는가? 그리고 웃음치료사들의 이와 같은 웃음의 강요가 우리 안의 '웃음의 양극화' 현상을 극복할 수 있는 대책이라고 생각하시는가? 최근에 발표된 김언희의 시 「요즘 우울하십니까?」가 묻고자 하는 것은 어쩌면 스놉snob의 삶의 형식이 유례없이 권장되고, 숭배되고, 훈육되는 우리 사회가 과연 정상적인가 하는 물음이었으리라. "요즘 우울하십니까?"라는 질문의 형식에 당신은 뭐라고 답변할 수 있겠는가.
　문제는 결국 시대의 우울이다. 이 시대의 우울은 1997년 IMF 구제금융 사태 이후 우리 사회가 신자유주의적 적자생존의 유사-자연적 정글 사회로 변화한 데에서 찾아야 한다. 경기 침체와 노동시장 유연화를 근간으로 하는 'IMF 쇼크'는 신자유주의적 글로벌 스탠더드라는, 즉 강압적 정언명령으로 우리의 내면과 일상과 시스템 곳곳에 생존을 향한 '공포'의 문화와 '선망'의 문화를 낳았던 것이다.

이 시대의 우울을 퇴치할 수 있는 특효약인 위대한 '햇볕 정책'이 과연 우리 사회에 있는가. 그리고 가난한 이를 위한 실천인문학[1]은 지금 이곳에서 일종의 사회적 햇볕 정책의 역할을 수행하고 있는가. 그러나 솔직히 말해 이런 질문들에 대해 '그렇다'고 말할 생각이 없으며, 오히려 해를 더해갈수록 그런 식의 발상 자체에 강자의 자기동일성 논리가 숨어 있는 게 아닌가 하는 생각을 하게 된다. 미래의 희망 혹은 희망의 미래를 제작할 수 있고 판매할 수 있다는 식의 싸구려 유토피아 담론으로는 이 실천인문학 교육 과정에 참여하는 우리 자신은 물론 작지만 의미 있는 세상의 변화 또한 꾀할 수 없으리라는 이유 때문이다. 즉, 희망希望이란 곧 희망稀望의 속성을 갖는 것이어서 공학적 조작으로는 쉽게 얻어낼 수가 없는 것이다. 베냐민이 "오직 희망 없는 자들을 위해서 희망은 우리에게 주어진다"고 말한 것도 희망의 그런 속성을 간파했기 때문이다. 실천인문학 교육은 최저 낙원의 꿈을 지향하며 급진의 상상력을 발휘하면서 지금 이곳의 불안 증폭 사회를 어떻게 응시하고 실천적 교육 행위를 하고 있는가.

---

[1] 현재 '대학 밖 인문학'은 '실천인문학', '시민인문학', '평화인문학', '자활인문학', '사회인문학' 등 다양한 이름으로 분화하며 진행되고 있다. 필자는 이 글에서 '실천인문학'이라는 이름을 사용하고자 한다. 인문학 고유의 비판 정신과 저항적 운동성을 표현하는 용어가 '실천인문학'이 될 수 있다는 나름의 판단 때문이다. 이에 대해서는 앞으로 정치한 논의가 요구된다.

이 점은 특히 오늘날 인문학이 이른바 '감정 자본주의'의 문화적 형식으로 자본주의 체제 강화에 협력하고 있다는 점을 감안할 때 결코 외면해서는 안 되는 질문의 형식이 되어야 할 것이다. 사회학자 에바 일루즈Eva Illouz는 『감정 자본주의』(돌베개)에서 자기 계발 서적, 자서전, 각종 심리치료 프로그램, 리얼리티 토크쇼, 각종 격려 집단, 온라인 데이트 등의 대중적 유행이야말로 감정 자본주의의 대표적인 현상이라고 지목했다. 인문학이 치료의 기능을 하며, 삶의 비전을 제시하고, 성공을 위한 상상력을 제공하는 것으로 '소비'되고 있다는 것이다. 대학 안과 밖을 막론하고 오늘날 인문학이 일종의 자본주의적 순치 프로그램으로 작동하면서 '자기 계발하는 주체'(서동진)의 탄생에 적극적으로 가담하고 있다는 점을 우리는 잊어서는 안 될 것이다.

예컨대 '인문학에 빠진 CEO' 같은 기사를 언론에서 접할 때, 우리는 전쟁에서 종군목사와 정신과의사들의 역할을 연상하지 않을 도리가 없다. 이에 대한 연구를 오랫동안 수행한 미국 정신과의사 로버트 제이 리프튼Robert Jay Lifton은 "개인적으로 윤리적인 것만으론 충분하지 않다"[2]고 지적했다. 우리가 살고 있는 커뮤니티를 떠나서는 공통감각이 형성될 수 없다는 점을 토로한 언급이라고 할 만하다.

---

2 데릭 젠슨, 『작고 위대한 소리들』, 이한중 옮김, 실천문학사, 2010, 138쪽.

실천인문학은 교양강좌와 무엇이 다른가?

고된 노동, 질긴 빈곤은 우리 시대 신新빈곤의 실상이다. 그러나 가난은 우리 눈에 보이지 않고, 가난한 사람들의 목소리도 잘 들리지 않는다. 『한겨레21』 현직 기자 네 명이 비정규직 노동자들의 불안정노동 precarious labor 현장에 각각 한 달씩 투신해 그 실상을 기록한 『4천원 인생』(한겨레출판)은 시급 '4000원'이라는 숫자에 '인생'이라는 체온을 생생히 불어넣은 우리 시대의 값진 기록이다. 이 책에서 가장 가슴에 와닿았던 표현은 "서민 이야기의 선정성이 관청 보도자료의 선정성보다 낫다"[3]라는 구절이었다. 시급 4000원 인생에 관한 이야기조차 '선정성'으로 수용되는 사회에 맞서 이들 기자들은 자신이 직접 몸으로 깨달은 불안정 노동의 체험을 통해 비정규직 노동자들과 함께하려는 마음을 몸의 연대로 보여주었다.

이와 같은 연대의 마음은 실천인문학 과정에 참여하는 인문학자들의 마음가짐과 크게 다르지 않을 것이라고 믿고 싶다. 실천인문학은 2005년 9월에 '노숙인을 위한 인문학 강좌'를 위해 개설된 성 프란시스 대학을 시작으로 노숙인, 장애인, 탈성매매 여성, 자활노동자, 재소자, 탈북이주민 등 우리 사회의 소외계층을 위한 대학 밖 인문학 교육 일반을 지칭한다. 미국 사회교육자 얼 쇼리스의 '클레멘트 코스 Clemente Course'를 원용하여 이른바 한국형 클레멘트 코스로 정착하게 된 실천인문학은 그

---

3 안수찬·전종휘·임인택·임지선, 『4천원 인생』, 한겨레출판, 2010, 290쪽.

동안 양적 측면에서 비약적인 성장을 했다. 시쳇말로 흥행에 성공했다. 그리고 국가(한국연구재단)와 지자체(서울시 등)의 적극적인 정책 추진 의지에 따라 잰걸음으로 제도화의 길을 가고 있다. 2006년 1월 성 프란시스 대학 문학 과목을 담당하면서 실천인문학 과정에 참여해온 필자로서는 불과 수년 사이에 이와 같은 양적 팽창과 제도적 지원 시스템의 구축이라는 가시적인 성과를 얻어낸 실천인문학의 외형적 성장이 놀라울 따름이다.

그러나 모든 운동법칙이 그렇듯이 '절정이 곧 추락'의 과정이 된다. 특히 시스템에 대한 저항과 비판적 태도를 자신의 생명으로 하는 인문학이 인문주의와 인문 정신에 대해 숙고하지 않는다면, 그것은 결국 이 시스템의 강화를 위한 '소비재'로 전락하는 가혹한 운명에 처하게 될 것이다. 인문학에 대한 이러한 우려는 항상적으로 잠복한 불안이라고 보아도 좋다. 최원식이 어느 대담에서 대학 밖 인문학의 열풍에 대해 비판적으로 언급한 것도 바로 이 대목이었다. "인문정신, 인문학, 인문주의 같은 것들이 새롭게 관심을 끄는 풍조란, 옛날식으로 말하자면 민중적이라기보다는 부르주아적 요구에 가깝다."[4] 최원식은 그 이유를 "행동이나 실천과 긴밀하게 연결된 왕년의 지知"에 비할 때, 지금 운위되는 인문주의는 "주지주의主知主義 혹은 개인의 완성으로서의 교양으로 전환하는 것을 부추기는 측면이 없지 않다"(같은 곳)고 지적한다. 요컨대 작금의 대학 밖 인문학이 대중적으로 인기를 얻는 현상이란 인문학 특유의 실천

---

4 최원식·백영서 대담, 「인문학의/에 길을 묻다」, 『창작과비평』 2009년 여름호, 17쪽.

적 운동성이 소거된 채 유통되고 권장되고 있는 것 아니냐는 비판적 인식을 드러낸 것이다.

이러한 비판은 타당하다. 실천인문학에 참여하는 다수의 인문학자들도 저항과 비판으로서의 인문학을 사유하고 그것을 교육 현장에 실현하기 위해 노력하고 있다. 그러나 실천인문학의 사회적 책임을 생각하고 운동성 회복을 위해서는 자화자찬식 '성공 사례'를 발표하는 형식은 도움이 되지 않는다. 다시, 인문학자들은 왜 대학 밖에서 인문학 교육을 하는 것이고, 왜 국가(지자체)가 이러한 인문학 과정을 지원하는지에 대해 근본적으로 성찰할 필요가 있는 것이다. 문제는 결국 실천인문학의 이념과 목표를 재설정하는 것이다. 한 논자가 "시민인문학 교육이 일반 평생교육이나 백화점 교양강좌, 서울대 CEO를 위한 인문학 과정 Ad Fontes Progress과 어떤 점에서 차이가 나는가?"[5]라고 문제 제기를 한 것도 이러한 인식과 무관하지는 않을 것이다.

오늘날 인문학의 위기는 '관계의 위기'에서 비롯된 것이 아닐까. 여기서 말하는 관계의 위기란 피할래야 피할 재간이 없는 무수한 대면의 요청들에 대해 인문학자들이 어떤 외부 여건을 말하기 전에 '직언'의 책무를 게을리해온 데서 비롯된 것 아니냐 하는 문제의식을 담고 있다. 이점은 특히 유사 이래 '가장 질 나쁜 다원주의'를 유포하는 오늘의 현실에서 인문학자들의 관점과 태도는 무엇이어야 하는지를 생각하는 과정과 관련이 있다고 할 수 있다.

---

5 김진해, 「희망의 인문학 교육의 반성적 성찰과 과제」, 『정신적 자립을 위한 '서울시, 희망의 인문학' 심포지엄』 자료집(2010. 2. 2. 대한상공회의소 국제회의실), 11쪽.

이와 관련해 『저항의 인문학』(마티)에서 에드워드 사이드Edward W. Said 의 언급은 참조점이 될 수 있다. "인문주의는 철회나 배제에 관한 것이 아닙니다. 오히려 그 반대이지요. 인문주의의 목적은 해방과 계몽에 쏟은 인간 노동과 에너지의 산물들, 더 중요하게는 집합적 과거와 현재에 대한 인간의 오독이나 오해 등을 비판적 검토의 대상으로 만드는 것입니다."[6] 인문학과 인문주의에 대한 사이드의 언급은 인문학 교육은 선택적 엘리트를 양성하기 위한 목적이 아니라 비판적이고 진보적으로 자유로운 정신을 낳는 '민주적 과정'이 되어야 한다는 주장으로 확장된다. 사이드가 엘리엇T. S. Eliot, 블룸Harold Bloom은 물론 이른바 '미국 남부 토지 분배론자'와 신비평가들의 이른바 '위대한 정전正典'류의 텍스트에 대해 비판적이었던 것도 이러한 인식의 소산이었던 것이다.

사이드의 언급은 실천인문학의 궁극적 목표를 수립하는 일이 시급한 우리 현실에서 참조 사례가 될 수 있다. 실천인문학은 자본이 요구하는 인간형을 양성하는 일과는 무관하다. 성찰적 사고의 힘을 통해 자신의 해방적 힘을 분출하는 동시에, 우리 사회의 구조적 모순에 대한 인식을 갖춘 '위험한 사람'을 만드는 것이 목표가 되어야 한다. 그런 점에서 실천인문학 과정에 참여하는 인문학자들은 '가난에 대한 이론'을 깊고도 넓게 탐사하면서 그 의미를 언어화하는 일이 매우 중요하다고 본다.

---

6 에드워드 W. 사이드, 『저항의 인문학 : 인문주의와 민주적 비판』, 김정하 옮김, 마티, 2008, 43쪽.

좋은 시(문학), 좋은 삶, 좋은 사회

경희대학교 실천교육센터에 참여해 수년째 문학, 글쓰기 수업을 맡아 진행하면서 느낀 점이 있다면, 이 교육의 최대 수혜자는 다른 누구도 아닌 바로 '나 자신'이었다는 점이다. 인문학 과정에 참여하면서 내 바깥에 놓인 세상에 대한 관심의 끈을 형성하게 되면서 나 자신의 일상과 사유와 글쓰기 또한 적잖은 변화들을 겪고 있는 중이다. 즉, 보이지 않는 존재를 보고, 들리지 않는 목소리를 듣고, 생각할 수 없는 것에 대해 생각하며, 말할 수 없는 것들에 대해 말해야 하는 것의 사회적·문화적 의미가 나 자신과는 무관한 추상적인 문제로만 인식되지 않는다는 점에 있다. 우리 사회 다양한 계층의 수강생들과 만나면서 누군가와 연결되어 있다는 생각이 그런 인식을 하게 만든 것이 아닐까 싶다.

문학, 글쓰기 교육에서 필자가 생각하는 목표는 좋은 시(언어), 좋은 삶, 좋은 사회, 이 세 개의 키워드에 집약되어 있다. 이 가운데 좋은 시(언어)의 문제는 나와 세상을 바꾸려는 문학, 글쓰기 과목의 설계에서 가장 중요한 출발점이 될 것이다. 언어를 통한 명명과 분류 체계에 대한 근본적인 문제의식을 갖게 될 때, 우리는 자신의 새로운 삶의 가능성들에 대한 개안이 가능하고, 나아가 좋은 사회에 대한 비전의 상상력을 더 깊이 사유하고 행동할 수 있는 변화의 동력을 얻을 수 있기 때문이다. 우리는 언어(좋은 시)야말로 이른바 '어쩔 수 없음'이라는 냉소의 신화를 깨고, 삶의 의미와 방향을 세워줄 수 있는 거의 유일한 급진적 상상력의 수원지라고 말해야 할지 모른다. 누구랄 것 없이 불안 증폭 사회에 사는 우리로서는 시(문학) 교육을 통해 우리 안의 불안과 공포의 감정적 분위기에 대하여 성찰할 수 있는 단서를 찾을 수 있기 때문이다.

　이때 우리가 간과하면 안 되는 점은 '나쁜 시'를 활용한 시(문학) 교육이다. 조지 오웰George Orwell이 소설 『1984』에서 언어의 개량(쇠퇴)을 시도한 바 있듯이, 이른바 '나쁜 시'들은 조지 오웰식 언어의 개량을 추구한다는 점에서 교육적으로 활용할 만하다. 조지 오웰은 "전쟁은 평화이며, 자유는 노예이고, 무지는 힘이다"라는 식의 전도된 수사적 전략을 구사하였다. 이런 식의 전도된 인식을 보여주는 '나쁜 시'들은 그동안 너무나 자주 불안과 공포에 노출되어 뭔가를 생각할 수 있는 힘마저도 잃어버린 사람들에게 새로운 인식의 충격을 줄 수 있다는 점에서 그러하다. 다음의 시를 보자.

　　마스크 쓴 소들이
　　가축우리에 갇힌 축산농민을 끌고 나와
　　커다란 트럭의 짐칸에 아무렇게나 던져 넣어
　　어디론가 사라지고
　　발굽이 심하게 갈라진 채
　　피가 질질 흐르는 돼지들이 꿀꿀거리면서
　　비쩍 마른 아이와 노인들을
　　깊이 파놓은 구덩이 속으로 밀어 넣자
　　살아도 죽은 목숨, 죽어라 죽여
　　동학농민군처럼 소리를 지르는 여자들
　　트랙터 몰고 나와 전봉준처럼 누런 보리밭을
　　갈아엎는 남자들

어둠이 검은 것은 슬픔 때문이다

─고성만, 「구제역」 부분

구제역 파동의 참상을 중언하는 위 시의 전언은 매우 충격적이다. 그러나 이 시가 우리 인식에 적잖은 충격을 주는 것은 참상 자체에서도 비롯하지만, 더 중요한 것은 서정시에 대한 우리의 감각, 감정이입, 역(逆)의인화에 대해 새로운 성찰을 하게 하는 힘에 있다고 할 수 있다. 즉, 주체 중심의 의인화를 타자 중심의 의인화로 전환하는 '역(逆)의인화' 수법이야말로 이 시의 값진 성취였던 것이다. 시인 이문재는 시에서의 역의인화 수법에 대해 "타자의 시선으로 주체를 재조명하는 역의인화는 근대(성)의 역기능에 대한 진지한 성찰의 기획이 될 수 있을 것"[7]이라고 말했다. 그동안 인간과 인간, 인간과 사물, 인간과 자연 사이의 관계가 뒤틀렸던 것을 보면, 역의인화를 통해 어긋난 관계를 바로잡아야 한다는 이문재의 지적은 매우 타당하다.

실제 이 시에서 "마스크 쓴 소들"과 "피가 질질 흐르는 돼지들"이 "가축우리에 갇힌 축산농민"과 "비쩍 마른 아이와 노인들"을 이른바 '살처분'을 한다는 식의 발상 전환은 역의인화의 사례로서 주목할 필요가 있다. 이 시는 이렇듯 '살처분'이라는 잘못된 언어의 사용이 갖는 우리 문명의 자기 파괴성과 불모성을 성찰하고 사유하도록 하는 힘을 갖고 있

---

7 이문재, 「환대와 지구적 상상력」, 『인문언어』 제12권 2호(국제언어인문학회), 월인, 2010.

다. 이와 같은 역의인화의 시적 장치는 허수경의 장시 「카라쿨양의 에세이」, 하종오의 「지구의 사건」 같은 시에서도 중요한 시 쓰기 형식으로 구사된 바 있다. 그리고 이성복의 「그날」, 이진명의 「독거초등학생」, 최금진의 「웃는 사람들」, 권정생의 「애국자가 없는 세상」, 이영광의 「유령 1」, 황지우의 「살찐 소파에 대한 日記」 같은 시들 또한 지금 이곳의 삶을 성찰하면서 '새로운 현실'을 상상하고 사유할 수 있는 시 텍스트라고 단언할 수 있다.

우리는 이러한 시를 통하여 무례한 세상과 무례한 문명에 대해 성찰하는가 하면, 무엇이 좋은 삶이고 무엇이 좋은 사회인지를 사유할 수 있는 '생각하는 힘'을 기를 수 있다. 그리하여 우리 사회의 시대정신으로 추앙받는 GDP 신화에서 벗어나 안전하고 행복한 사회를 위해서는 다른 무엇보다 생태적 공공 감정public feeling의 회복이 중요함을 자신의 문제로 성찰할 수 있게 되는 것이다.[8]

이러한 사유의 힘을 갖게 될 때, 우리는 미국 정치학자 테런스 볼Terence Ball이 풍자적으로 그려낸 '마켓토피아Imagining Marketopia'의 세계란 '럭셔리한 아우슈비츠'에 불과하다는 새로운 현실 인식을 하게 되는 것이 아니겠는가. 마약, 섹스, 장기臟器, 사설 감옥은 물론이요, 친구 대여

---

[8] 조지프 스티글리츠·아마르티아 센·장 폴 피투시, 『GDP는 틀렸다』, 박형준 옮김, 동녘, 2011. '국민총행복'을 높이는 새로운 지수를 찾기 위해 마련된 이 기획은 프랑스 전 우파 대통령 니콜라 사르코지(Nicolas Sarkozy)가 추진한 프로젝트였다. 세 명의 경제학자들은 새로운 시대정신으로 '녹색 GDP'를 제안하고 있다. 울리히 벡(Ulrich Beck)이 『위험사회』(새물결)에서 "부는 상층에 축적되지만, 위험은 하층에 축적된다"고 했듯이, 이 프로젝트는 가장 질 나쁜 신자유주의적 다위니즘이 작동하는 우리 사회에 의미 있는 성찰 텍스트가 되어야 할 것이다. 실제 선성장 후분배를 의미하는 트리클 다운(trickle down) 효과는 말짱 헛말이 되지 않았던가.

점, 사랑과 결혼시장에 이르기까지 모든 것이 사고파는 거래 대상이 되는 '마켓토피아'의 세계란 지금 이곳의 현실과 그리 머지않다는 점에서 더욱 그러하다. 이 점을 이해하고 인식할 뿐만 아니라, 나를 표현하고 세상을 성찰하는 글쓰기로 구현할 수 있다면, 실천인문학이 지향하는 문학/글쓰기 교육이 갖는 의의는 결코 작달 수는 없으리라.

우리 사회의 공진화共進化를 위하여

다른 나를 발견하고 표현하면서 다른 삶과 다른 사회를 꿈꾸려는 근원적인 충동은 누구에게나 있다. 그리고 그렇게 살고자 하는 의지와 열정 또한 누구나 갖고 있다. 실천인문학 과정에 참여한 인문학자들이라면 누구나 이 점을 확인할 수 있으리라. 이 점은 특히 '글쓰기 교육'에서 확인할 수 있다. 글쓰기 교육은 자기와의 소통, 타인과의 소통, 사회를 포함한 더 큰 공동체와의 소통을 통하여 이른바 '마음의 사회화'[9] 과정을 스스로 배우고 익힐 수 있는 치열한 학습 과정이 될 수 있기 때문이다. 탈공동체 혹은 반공동체적인 관점과 태도를 마치 쿨cool한 것으로 착각하는 우리 사회에서는 더욱 그러하다. 이런 점 때문에 글쓰기 교육은 글 쓰는 자 자신은 물론이요, 우리 사회의 공진화coevolution를 위해서도 외면할 수 없는 교육철학과 교과 목표가 될 수 있으리라고 확신한다.

---

9 이명원, 「평화인문학과 마음의 사회화」, 『교정기관 수용자들에 대한 인문학 교육 활성화 방안』 심포지엄 자료집(민주당 이춘석 의원·인권연대·경희대·성공회대 외 주최), 2010. 10. 26, 10쪽.

어느 수업 시간에 발표한 다음의 글은 치유로서의 글쓰기 혹은 자기 발견으로서의 글쓰기가 갖는 힘에 대하여 심사숙고하게 만든 계기가 되었음을 고백하지 않을 수 없다. 소설가 김형경은 『좋은 이별』(사람풍경)에서 "우리는 남의 불행한 이야기를 듣고 싶어하지 않는다. 자기 슬픔을 바라보지 못하기 때문에 타인의 슬픔을 외면한다"고 말했다. 이 말처럼 우리 모두가 자연스럽게 자기를 표현하고, 슬픔과 고통을 솔직하게 말할 수 있는 시기가 오면 남의 고통이나 불행에도 귀 기울이는 마음이 생길 터이다.

많은 세월이 지났지만, 난 간혹 언니가 그리울 때가 많다. 빈자리의 공백은 그만큼 컸다. 또한 죄스러운 건 내가 언니에게 온전히 마음을 열지 못하고 항상 네 것, 내 것을 구별하고, 신세 지는 것도 싫어해 받으면 나도 그만큼 돌려줘야 한다는 부담감에 구별을 짓고, 확실하게 선을 그었다는 것이다. 난 스스로 '벽'을 쌓고 있었다. 언니는 그때마다 항상 "우리 그리지 말지. 친언니, 친동생처럼, 친구처럼 우리 서로 의지하며 살자. 응." 그랬다. 하지만 내 귀에 그 소리가 들려오지 않았다. 나의 옹졸한 마음이 언니의 마음에 상처를 주고, 알게 모르게 상처를 입혔다는 사실이 떠오르곤 해 날 슬프게 했다.
내 삶의 한 페이지를 정말 예쁘게 장식해준 언니. 미안하고 미안해요. 많은 것을 내가 배우고 깨우침을 받았는데, 언니는 이 세상 어디에도 없네요. 남기고 간 흔적들을 보면서 다시 한번 언니의 향기를 찾고 있는 내 자신을 봅니다.

아시나요, 당신을 내가 부러워한 사실을

아시나요, 당신과 함께 걷고 싶었고, 공유하고 싶었던 사실을

아시나요, 당신을 내가 닮고 싶어했던 사실을

아시나요, 당신은 내게 인자한 선생이었던 사실을

아시나요, 당신을 질투했던 사실을···.[10]

미국 교육자 도널드 핀켈 교수는 『침묵으로 가르치기』에서 "예외가 있긴 했지만 중요한 지식을 배운 중요한 사건은 대개 학교에서 일어나지 않았고, 교사 역시 중요한 역할을 하지 않았다."[11]라고 말한다.

우리는 유례없는 불안 증폭 사회에 살고 있다. 이 불안한 현실을 이기는 것은 마음 수양도 아니고, 정신과 치료도 아니다. 이 사회를 바꾸고 개혁함으로써 문제를 해결해야 한다. 사회심리학자 김태형이 『불안 증폭사회』(위즈덤하우스)에서 말하듯이, 우리가 느끼는 불안과 공포는 뉴런의 기능장애, 세로토닌 수치의 변화, 유전적 배열 같은 문제와는 거리가 멀다. 지금 이곳의 우리 사회는 현재뿐만 아니라 우리의 미래 또한 '동물농장화' 내지는 '정신병동화'로 갈 가능성이 매우 높은 시스템이다. 그래서 인문학자들은 나와 세상을 바꾸는 상상력의 힘에 대하여 더 깊이, 더 치열하게 사유하고 성찰하되 '유머 감각'을 잊어서는 안 될 것이다. 특히 자기 자신을 조롱할 줄 아는 자조의 유머, 곧 자조의 윤리학을 갖는 태도는 매우 필요할 것이다. 그것은 우리 자신이 '정신적 무감

---

10 편마비 장애를 가진 40대 후반의 여성 장애인이 2011년 인천 노틀담복지관 인문학 과정 문학/글쓰기 수업에 참여하면서 뇌성마비를 앓았던 어느 언니를 회상하며 쓴 글이다.
11 도널드 L. 핀켈, 『침묵으로 가르치기』, 문희경 옮김, 다산초당, 2010, 30쪽.

각 psychic numbing'을 지향하는 인간이 될 수 없음을 선언하는 행위와 다를 바 없다. 그렇지 않을 경우 시(문학)와 철학을 비롯한 인문학은 우리 사회에서 급속히 치유 산업therapy industry에 의해 포획되고야 마는 가혹한 운명에 처하게 될지 모른다. 아니, 실제로 지금 이곳의 시(문학)와 철학을 비롯한 인문학은 이미 치유 산업에 의해 열광적으로 소비되고 있지 않는가.

실천인문학의 문학/글쓰기 교육에 관한 한, 자크 랑시에르Jacques Rancière가 언급한 '무지한 스승'의 열정에 대해 진지하게 생각해야 할 시점에 와 있다고 감히 말할 수 있을 것이다. 고민하는 힘이야말로 우리가 살아가는 힘이라는 점을 이 과정 속에서 경험할 수 있다면, 그것은 매우 유의미한 성취가 될 것이다. 그래서 실천인문학 과정에 참여하는 교수자 스스로 우리 사회의 소수자의 몸과 마음으로 바꾸려는 관점과 자세를 잊지 않는 것이 중요하다고 할 수 있다. 물론 쉬운 일이 아니다. 아니, 죽었다 깨어나도 이룰 수 없는 비현실적인 프로젝트라고 간주해도 어색하지 않다. 그러나 우리 안의 상식은 물론 몰상식과 싸우며 새로운 상식을 만들어내는 일은 자신보다 약한 상대와 연대할 때 나오는 것이리라.

실천인문학 과정에서 만일 그런 사유의 단서들을 찾을 수만 있다면, 나와 세상의 변화를 위한 위대한 도약이 될 수 있다는 점은 분명하다. 왜냐하면 우리 사회 가난의 문제는 가난 자체의 문제가 아니라 인간관계의 문제에서 비롯되기 때문이다. 이 점을 성찰할 때, 우리는 우리 사회가 요구하는 매우 질 낮은 문화 변동의 메커니즘, 즉 탈숭고, 탈내향, 탈사회, 탈정치, 탈정신, 탈공동체의 문법에 자발적으로 투항하지 않으면서 숭고, 내향, 사회, 정치, 정신, 공동체의 문화 가치를 우리 삶의 현장과 미래의 삶에 복원할 수 있는 사유와 상상력을 얻게 될지도 모르겠다.

3부 나우토피아를 위하여

우리는 미적 공화국의
시민들이다

 2014년 3월 한국작가회의 문인복지위원장으로 있던 시절 겪은 일이다. 한국작가회의는 한국문인협회, 국제펜클럽한국본부와 손잡고 한국예술인복지재단이 주관하는 '현장예술인교육지원' 사업 공모에 참여했다. 생활이 어려운 작가들의 처지를 감안해 그들이 문학 교육자로서 자기 역량을 강화할 수 있는 좋은 기회라고 판단했다. 좋은 작가라고 해서 저절로 좋은 교육자가 되는 것은 아니기 때문이다. 한국문인협회와 국제펜클럽한국본부 측에서도 제안 취지에 십분 공감하고 신청서에 직인을 날인했다. 면접 심의 때는 세 단체를 대표해 실무 책임자인 내가 사업 취지와 방법에 대해 성의껏 제안 설명을 했다. 몇몇 심의위원들 또한 호의적인 평가를 내놓았다.
 그런데 한국예술인복지재단은 면접 심의 이후 한 달가량 지난 2014년 3월 27일 이 사업 자체를 폐지한다는 결정을 홈페이지에 일방적으로 발표했다. 민간 파트너와의 신뢰가 기본이어야 하는 정부 기관으로서는 있어서도 안 되고 있을 수도 없는 어불성설의 '행정 폭력'이었다. 변경된 예산은 긴급복지지원 사업을 통해 보다 어려운 사각지대 예술인들을 위해 사용될 예정이라고 했지만, 실제 기금의 용처가 어떠했는지 나는 알지 못한다. 한국작가회의는 즉각 성명서를 발표하고 한국예술인복지재단과 문화체육관광부에 항의했으나, 4·16 세월호 참사 이후 이 사태는 점점 잊혀갔다. 그러다 최근 언론 보도와 박영수 특별검사팀의 블랙리스트 수사 과정에서 박근혜 정부의 문화적 반달리즘의 어두운 진실이 하나씩 수면 위로 드러나고 있다. 한국작가회의는 이명박 정부에 이어 박근혜 정부에서도 블랙리스트에 이름이 오른 단체였고, 당시 선정된 10개 단체 가운데 진보 성향의 민예총(민족예술단체총연합) 같은 단체가 여럿 포함되어 아예 사업 자체를 없앤 사실을 재확인한 것이다. '심증'은 있었지만, '확증'할 길이 없었던 블랙리스트 사태의 한 장면을 나는 직접 겪은 셈이다.

'정신의 운동장'을 상실한 한국

해방 이후 예술과 예술가들을 대하는 '체제'의 시선이 우호적이지 않았다는 사실을 나 또한 모르지 않는다. 그렇다 하더라도 엘리트를 자처하는 문화체육관광부 관료를 비롯해 산하기관의 매개 인력들은 '혼이 비정상'인 최고 권력자의 심기 경호를 위해 아무런 문제의식 없이 조직적으로 '부역'하는 것을 주저하지 않았다. 이명박 정부 시절 낙하산

사무처장의 출근을 저지하기 위해 투쟁하던 한국문화예술위원회 직원들이 박근혜 정부에서 어떤 다른 모습을 보여주었는지 나는 알지 못한다. 물론 개인의 양심 문제로만 환원할 수 없는 전면적 관료화의 문제가 있을 것이다. 인류학자 데이비드 그레이버David Graeber가 "권력은 규칙과 절차의 얼굴을 하고, 당연한 듯이 복종을 요구한다"라고 한 말은 '형식이 내용을 압도하는' 전면적 관료화 시대의 문제를 그대로 보여준다. 지금의 블랙리스트 사태가 장기적 과제라는 것과, 왜 헌법적 가치로서의 문화예술적 '공공성'을 회복해야 하는지를 말해주는 지점이다.

청와대가 주도하고, 문화체육관광부를 비롯한 산하기관이 마치 인체의 실핏줄처럼 블랙리스트를 조직적으로 관리하는 동안 문화예술적 공론장이 소멸해가고 있다. 블랙리스트 파문은 문화예술적 공론장에 참여 자체를 '배제'하는 방식으로 문화와 예술을 압살하며 상상력의 빈곤을 초래했다는 점에서 용서받을 수 없는 범죄행위이다. 문학 연구자인 브라이언 보이드Brian Boyd는 『이야기의 기원』(휴머니스트)에서 "예술 작품은 정신의 운동장과 같다"고 말한다. 정신의 운동장을 상실한 나라가 추진하는 문화 융성이 '먹고사니즘'과 다를 바 없는 '사카린 다큐멘터리'는 아니었는지 자문자답할 때다. 그리고 우리는 한 나라의 문화(예술)정책은 어떠한 가치를 '추구'해야 하는지 물어야 한다. 특검의 블랙리스트 수사에 대해 광화문광장에서 '블랙 텐트'를 치고 즐겁게 농성하는 현장 문화예술인들을 비롯해 대한민국 절대다수 국민이 지지하고 성원하는 것은 그런 이유와 무관할 수 없으리라.

정의와 상식을 세울 때

　문화의 힘과 예술의 가치는 내 안의, 우리 안의 상투성을 부수는 힘을 지니고 있다. 그래서 예술 혹은 예술가의 가장 큰 적은 '진부함'이다. 블랙리스트는 진부함 그 자체라고 단언할 수 있다. 그러나 우리는 우리나라 문화정책의 기조가 되어버린 듯한 블랙리스트 관리 같은 적폐들을 당연한 것으로 여기는 마음의 문화를 형성해온 것은 아닌가. 더 이상 블랙리스트 문건 같은 반헌법적이고 반문화적인 행위를 용인하지 않는 견고한 문화(행정)의 토양과 마음의 습관을 형성해야 한다. 오직 한 사람, 박근혜라는 위정자를 위해 블랙리스트가 꼼꼼히 작성되고 철저히 '잡초 뽑기'를 시행해온 시기가 4·16 세월호 참사 이후였다는 점은 이 정부의 반생명적인 파괴성을 그대로 드러낸다.

　진실은 우울하다. 그렇다, 추악한 진실의 실체를 확인하는 것은 분명 우울하다. 하지만 우리는 진실과 마주히며 점점 무덤덤해지려는 마음을 다잡게 된다. 그리고 당연한 것은 결코 당연하지 않다는 사실에 눈을 뜨게 된다. 이규철 특검보가 삼성전자 이재용 부회장에 대한 구속영장을 청구하며 한 말에서 진짜 '말의 힘'을 확인하게 된다. "국가 경제에 미치는 사안도 중요하지만, 정의를 세우는 일이 더 중요하다고 판단했다." 바로 이 '말'이 점점 무뎌져가는 내 마음을 움직인다. 블랙리스트 사태 연루자들에 대한 엄한 법 집행을 바라고 또 바란다. 그런 연후에야 말의 힘을 회복할 수 있고, 상식이 통하는 사회를 만들 수 있기 때문이다. 작가를 비롯한 예술가들은 그런 '상식의 나라' 너머로의 일탈을 여전히 꿈꾸고 감행하겠지만, 그런 '잡초'들은 뽑히지 않는다. 블랙리스트 사태는 그런 야생성을 간직한 잡초들의 싹수를 아예 트랙터로 없애려는 처사였다는 점에서 그 죄상이 가벼울 수 없다. 예술이라는 텃밭의 생명력은 다양성에 있다. 나를 포함해 블랙리스트 예술가들 누구도 박근혜 정부의 '뮤즈'이고 싶은 마음은 추호도 없다. 우리는 미적 공화국의 시민들이기 때문이다.

빅 브라더 'e나라도움'

연극의 3요소는 배우, 관객, 무대인가. 하지만 연극의 요소에 대한 이러한 정의는 '연극개론' 같은 교과서에만 존재하고, 현실 연극판에서는 기획서, 보조금, 정산서로 더 잘 알려져 있다. 돈이 없으면 예술 활동을 할 수 없는 예술인들의 처지를 자조적으로 표현한 말이라고 할 수 있다.

그런데 연극의 3요소 중 하나인 정산 절차가 2017년부터는 히말라야 등산보다 더 어려워졌다는 푸념이 나온다. 2017년 1월 2일 1차 개통에 이어 7월 17일 정부가 전면 개통한 국고보조금 통합관리시스템 때문이다. 'e나라도움'으로 더 잘 알려진 국고보조금 통합관리시스템은 기획재정부가 국고보조금의 예산편성·교부·집행·정산 등의 보조금 처리 전 과정을 전자화, 정보화하여 통합·관리함으로써 보조금이 꼭 필요한 사람에게 효율적으로 쓰이도록 관리하는 시스템이다. 한마디로 말해 보조금 집행을 '사전事前'에 철저히 관리하겠다는 것이다.

국민 세금으로 운용되는 국고보조금을 통합적으로 관리하겠다는 정부 방침은 충분히 이해할 만하다. 현장 문화예술인들의 경우 'e나라도움' 전면 도입 이전에 국고보조금을 받게 되면 국가문화예술지원시스템 누리집(www.ncas.or.kr)을 통해 정산을 했다. 문제는 복지 부문 및 문화예술 부문에 가장 먼저 도입된 e나라도움이 국민에 대한 신뢰에 기반한 시스템이 아니라, 불신을 전제로 한 관리 시스템이라는 점이다. 모두 7단계의 검증 체계로 촘촘히 구성된 검증 시스템을 보라. 유사 또는 중복 사업 확인, 보조 사업자와 수급자 자격 검증, 보조금 중복 수급 검증, 물품 가격 적정성 확인, 거래 유효성 검증, 부정 징후 모니터링, 중요 재산 사후 검증 등 7단계의 검증 체계를 모두 무사히 패스해야만 정산 절차가 완료되는 것이다. 활동 전 과정을 보고하고, 필요한 금액을 결제할 때마다 시스템상에서 승인을 받아야 한다. 단 한 푼도 사전 승인을 받지 않은 서류에는 지출하지 않는 시스템을 구축한 것이다. 이쯤 되면 e나라도움은 '규칙들의 유토피아 The Utopia of Rules'(데이비드 그레이버)를 대한민국에 실현하고자 한 관료제 유토피아의 오래된 비원을 구현한 것이라고 간주해도 무방할 것이다. 행정의, 행정에 의한, 행정을 위한 '행정 독재'의 길이 열린 셈이랄까.

과연 e나라도움은 정부가 표방하듯이 세금 지킴이 구실을 제대로 하고, 정부 도우미 역할을 잘 수행할 수 있을까. 하지만 국민들은 지금 이 나라 행정에 대한 불신이 극에 달해 있다. 시민들이 2016년 박근혜·최순실 국정농단 사태 당시 광화문을 비롯한 전국에서 촛불을 든 행위는 결국 잘못된 행정 독재에 맞서 인간의 말을 되찾기 위한 싸움이었다. 그런데 기획재정부가 e나라도움 시스템을 설치한 근거를 보면, '국고보조금부정수급종합대책'(2014. 12. 4.)을 마련한 시점이 2014년 4·16 세월호 참사 이후였다는 사실을 확인할 수 있다. 2014년 4·16 이후 청와대-국정원-문체부를 비롯한 국가 행정기관이 총동원되어 소위 문화예술계 블랙리스트를 작성하는 데 혈안이던 시점에 e나라도움 시스템을 정비한 것이다. 이런 사실을 생각하면 e나라도움은 누구를 위한 시스템인가 하는 합리적 의심을 하지 않을 수 없게 된다. e나라도움은 나랏돈을 마음껏 사냥했던 최순실 같은 국정농단을 일삼은 '큰 도둑'을 잡는 일과는 별로 상관이 없고, 돈줄을 통해 보조금 수혜자들을 통제하고 검열하겠다는 시스템이 아닌가 의구심을 갖게 된다.

국고보조금의 운용은 보충성의 원리에 근거해야 한다. 보충성의 원리는 가장 최소 단위, 가장 약한 단위를 보호하고 존중하는 원리라고 할 수 있다. 이 점에서 e나라도움은 보충성의 원리에 충실한 시스템이라고 보기 어렵다. 가장 열악한 단위에 해당되는 복지 및 문화예술 분야에 가장 먼저 시스템을 도입해 운영하겠다는 것은 '가난을 엄벌하겠다'는 식의 행정독재적 발상을 무의식적으로 표출한 것으로도 볼 수 있다. 프랑스 사회학자 로익 바캉은 『가난을 엄벌하다』라는 책에서 '시장주의-사회 보조 축소-형벌 확대'가 긴밀히 맞물린 신자유주의적 정책 형태라고 비판한다. '벤츠 타는 타워팰리스 수급자' 같은 부정 수급자를 걸러내는 일은 꼭 e나라도움이 아니어도 얼마든지 필터링할 수 있는 장치들이 있다.

국고보조금은 공공재이다. 공공재의 질이 떨어질 때 우리는 당연히 항의의 목소리를 높여야 한다. 그렇지 않을 경우 모두를 위한 공공재가 되어야 할 국고보조금 시스템은 언제든지 공공악public evil이 될 수도 있다. 효율성과 투명성의 표정을 한 공공악이 될 수 있는 것이다. 그런 공공재는 차라리 '빅 브라더'라고 간주할 수 있다. e나라도움이라는 작명에서 조지 오웰식 뉴스피크newspeak, 新語의 흔적을 엿보게 되는 것도 그런 이유 때문이다. 쉽게 말해 '돌려막는' 것이 카드만은 아닌 것이다. 행정은 언어를 돌려막는 것을 더 선호한다. 언어에 반영된 행정의 이러한 무의식을 생각하면 다양성보다는 모노톤을 훨씬 더 선호한다는 것을 알 수 있다. 모노톤을 더 선호하는 행정의 행태에 대해 미국 정치학자 제임스 스콧James C. Scott은 '행정가의 숲'이라고 명명한다.

  행정가의 숲을 대체하는 대안은 무엇인가. 스콧은 '자연주의자의 숲'이어야 한다고 역설한다. e나라도움은 출생의 비밀에서 알 수 있듯이, 현장 문화예술인을 비롯해 국민에 대한 신뢰에 기반한 시스템이 절대 아니다. 전 국민을 잠재적 세금 도둑으로 취급하려는 의식적·무의식적 사고의 결과물이고, 그런 사고가 낳은 기술 관료제의 도구일 뿐이다. e나라도움에 대한 현장 문화예술인들의 신뢰 철회가 촛불로 탄생한 문재인 정부의 짐이 되지 않으려면, 문화예술인들을 정책의 협력적 동반자로서 대하려는 행정의 근본적인 시선 전환이 필요하다. e나라도움에 대한 전면적인 개편 내지는 폐지가 필요하다. 그렇지 않는 한, 연극의 3요소는 이제 첫째도 정산, 둘째도 정산, 셋째도 정산이라는 농담이 결코 농담이 아닌 현실이 될 수도 있다. 그런 문화정책 환경에서 문화예술의 꽃은 아름답게 피지 못한다.

한국 생활 매뉴얼을 넘어, 기쁨의 정치학으로

2009년 7월, 문화체육관광부와 한국문화관광연구원이 주최한 '젊은 문화포럼'에 패널로 참여한 적이 있었다. 세션 주제는 '21세기 국제 교류와 문화적 이슈'였는데, 그날 토론회에서는 이주노동자 문화정책 또한 화제에 올랐다. 그날 나는 이주노동자 문화정책에 관한 한, 국내 단체 지원을 통한 간접 지원 방식에서 벗어나 이주노동자에 대한 '직접 지원'을 정책적으로 적극 고려할 시점에 와 있다는 취지로 발언을 했다. 보조금 정산 같은 현실적인 장애물이 있다면, 정산 서류 자체가 필요 없는 한도 금액 내에서라도 지금 당장 시범 사업을 추진하려는 정부 당국의 정책과 행정 마인드의 전환이 시급하다고 덧붙였다.

목소리 없는 존재들의 생생한 육성이야말로 우리 사회가 복합적이고 다중적인 정체성을 갖는 일이 가능하며, 오히려 성취해야 할 대상이라는 사회적 인식을 확산할 수 있는 터닝 포인트라고 보았던 것이다. 그런 정책적 목표가 어쩌면 실재의 세계를 구성할 수 있는 매우 중요한 문화적·정치적 화두가 되지 않을까. 그럴 때 우리 사회는 우리 안의 자폐적인 자기 응시에서 벗어날 수 있는 현실적인 방안을 찾게 될 것이고, 장차 괴테의 『서동 시집』(1819)에 견줄 수 있는 우리 시대의 '서동 시집西東詩集'을 만들 수 있는 문화적 여건을 마련하는 일이 될 것이라고 '오버'를 좀 했던 것이다.

나는 현재 국내 이주노동자 문화정책의 기조가 변했는지 어땠는지는 잘 알지 못한다. 그리고 정부 당국에 어떤 정책을 제안한다고 해서 지금 당장 이루어질 것이라고 믿을 만큼 순진하지도 않다. 2009년 10월 법무부 서울출입국관리사무소의 단속에 의해 이주노동자 다국적 밴드 '스탑크랙다운StopCrackDown' 가수로 활동했던 네팔인 미누 씨(본명 미노드 목탄)가 본국으로 추방된 사례는 우리가 주장하는 문화적 관용이란 것 또한 언제든지 강자의 자기동일성 논리가 될 수 있다는 점을 여실히 보여준 셈이랄까. 2010년 1월 서울행정법원은 미누 씨의 추방은 적법했다고 판결을 내렸다.

다문화사회 대한민국의 현재와 미래를 논할 때, 우리는 미누 씨 사건에서 무엇을 성찰하고 극복해야 하는지 시금석으로 삼아야 하지 않을까. 한나 아렌트가 『예루살렘의 아이히만』에서 역설한바, 우리가 사는 지상의 공동체를 지옥으로 만드는 것은 '철저한 무사유sheer thoughtlessness'에 있을 것이다. 이런 철저한 무사유의 논리가 전 사회적으로 유통되고 권장되는 사회에서 제2, 제3의 찬드라 쿠마리 구룽 씨와 미누 씨와 같은 사례들은 언제든지 동시에 병발竝發하리라고 믿는다.

이 지면에서 미누 씨 추방 사건을 언급하는 이유는 다른 데 있지 않다. 시민사회는 물론 정부 당국에 이르기까지 '다문화'를 말하는데, 그것이 어디까지나 국가나 기업의 이익이 먼저인 채 그 아래에 종속되어 있는 다문화를 말하는 것은 아닐까 하는 자문자답을 해야 할 시점에 이르렀다는 점을 지적하려는 이유 때문이다. 미국, 유럽, 일본 등 이른바 선진국 신화를 구가했던 사회의 실천적 지식인들이 다문화주의 내지는 다문화사회를 말할 때 하나같이 이와 같은 점을 강조하는 것도 이러한 성찰의 힘과 경험의 축적에서 나온 것이었다고 나는 생각한다. 재일조선인 서경식 선생의 화법을 차용하면, 그것은 '국익에 편성되는 다문화주의'라고 개념화할 수 있을 것 같다.

> 다문화라고 하면 국가하고 엇갈리는 것이 아닙니다. 국가는 다문화도 국가의 이익 쪽으로 편성할 수 있다는 것을 얼마든지 알고 있고, 그렇게 해왔다는 겁니다. 옛날 만주국도 그렇지 않습니까? 오족협화(五族協和), '일본, 조선, 몽고, 만주, 중국 이렇게 모든 민족들이 같이 즐겁게 살고 있다' 하면서 내부에는 위계가 확고히 서 있는 것과 마찬가지입니다. **그러니까 '여기 한국에 외국인들이 많이 들어왔다, 이 사람들에게 한국말을 가르쳐서 살기 쉽게 해야 한다'는 것이 반드시 진보적 일인지 따지고 보면 문제가 많이 있을 거에요.**
> ―서경식, 『고통과 기억의 연대는 가능한가?』, 49쪽. (강조 : 인용자)

서경식 선생의 이 '까칠한' 주장은 부국강병 지향과 국익 우선주의로 지탱되는 근대국가의 속성을 강조한 표현이라고 할 수 있다. 실제 우리 생활에서 계몽과 지도를 근간으로 하는 국가 자체의 속성을 낭만주의적으로 파악해 국가에 대한 환상을 유포하는 식의 오류에 빠져서는 안

될 것이다. 국가의 분권이나 역할 변화가 시민사회의 강화가 아니라 결국 시장의 강화로 귀결되는 현실에서 사회적 소수자인 여성, 빈민, 비정규직 노동자, 농민, 이주노동자를 보호하는 제도들은 파괴되고 있으며, 적자생존의 냉혹한 생존경쟁이 지배하고 있기 때문이다.

나는 이러한 척박한 상황에서 출판이 맡는 역할을 강조하는 것은 지나치지 않다고 본다. 우리가 사는 공동체를 더 성숙하고 좋은 사회로 만드는 일은 타자의 윤리를 배우고 실천할 때 구현 가능한 일인데, 이때 타자의 경험을 배우려는 자세와 통찰력은 출판물이 아니고는 문화적 공동성의 심원한 이상을 생각하기가 쉽지 않기 때문이다. '시장전체주의'(도정일) 시스템에서는 시장이 사회 전 영역으로 확대됨으로써 부분으로 전체를 대체하려는 '제유提喩적 오류'에 항상적으로 빠져 있게 마련이다. 이 제유적 오류를 수정하는 일, 그것은 출판이라는 문화적 형식을 통한 비전의 충돌이 아니고서는 더 성숙한 통찰력을 얻기가 어려운 법이다.

어느 자료에 의하면, 2008년 말 현재 한국에는 170여 개국 출신, 85만4000여 명의 외국인이 거주하고 있다. 전체 인구의 1.7%의 비중이다. 그러나 이 숫자는 국내에 91일 이상 체류하는 등록 외국인 기준이고, 단기 또는 불법체류자 등을 합치면 국내 거주 외국인은 120만 명을 훨씬 웃돈다. 이런 추세라면 다문화 운운하는 것도 무리는 아니다. 이런 주장을 슬로건으로 채택한 출판물 또한 다수 출간되었다. "다문화주의가 승리했다. 우리는 이제 모두 다문화주의자다. 이 새로운 현실에 적응하는 것이 최선이다." 2009년에 출간된 미국의 사회학자 네이선 글레이저 Nathan Glazer의 『우리는 이제 모두 다문화인이다』(미래를소유한사람들)라는 책의 서문에는 위의 슬로건이 적혀 있었다.

그러나 나는 이 책의 '제목 장사'에 낚인 것 아닌가 하는 의구심을 갖는다. 다문화사회를 향한 미국의 시행착오를 서술하면서 흑인 그룹에 대한 '과잉된' 정책적 배려가 미국의 다문화주의를 오히려 해치는 주범이라고 운운하는 대목 때문이다. 나는 저자의 이러한 우려의 목소리 또한 충분히 경청할 필요가 있다고 생각한다. 약소자의 항변에 내재된 폭력성을 성찰해야 한다는 점 또한 모르지는 않는다. 그러나 예의 책은 약소자들의 정체성을 하나로 동화同化하려는 강자의 프레임에 갇혀 있다는 혐의에서 자유롭지 못하다. 나는 그런 점에서 한 사회의 약소자들을 '벌거벗은 생명'(호모 사케르)으로 취급하고 환원하려는 우리 안의 잘못된 이데올로기와 정책적 시도들에 대해 시각 교정을 할 수 있는 출판물이 더 많아져야 할 것이라고 생각한다. 이 글의 모두에서 일종의 '간증' 형식으로 오버 행각을 고백했던 이유도 어쩌면 이 말을 하기 위한 글쓰기 전략은 아니었을까 싶다.

어떤 롤 모델이 있는 것일까. 번역서의 경우, 영국 작가 존 버거John Berger가 쓰고 장 모르Jean Mohr의 사진을 묶어 펴낸 『제7의 인간』(눈빛)이라는 책이 떠오른다. 저자가 1973년과 1974년 무렵에 집필한 이 책은 이 분야 최고의 고전이다. 어느 터키 이민노동자의 행장行狀을 통해 저개발국가 노동력의 제1세계로의 유입이라는 세계적 현상을 서술하고 있는 이 책의 매력은 소수자의 감수성을 갖는 일의 아름다움을 보여주는 사유의 힘에서 비롯된다. 그것은 결코 '루저 DNA' 따위를 의미하는 것과는 거리가 멀다.

그 사유의 힘은 문체로 표현된다. "고향이 없다는 것은 이름이 없다는 것이다. 그 남자. 한 이민노동자의 존재." 이 책의 마지막을 장식한 위의 문장에도 나타나지만, 존 버거는 이른바 '하우투 How to' 전략에 대한 일체의 유혹을 견디는 글쓰기의 힘을 몸소 증명했다. 그러나 이 책을 덮을 때, 한 사람의 이주노동자를 보이지 않는 투명 인간으로 취급하려는 내 안의, 우리 안의 일체의 잘못된 분류 체계에 대해 의문을 던지는 자신을 발견하게 된다. 나와 우리는 이러한 정당한 의문을 갖게 될 때, '무늬만 사람'이 아니라 '사람의 무늬'를 헤아릴 줄 아는 '진짜 사람'의 윤리와 감수성을 갖게 되는 것은 아닐까?

이것이 곧 요즘 유행하는 말로 '소수자 되기'의 윤리학이라고 나는 믿는다. 자신보다 약한 상대와 '하방연대'하는 것이 곧 나 자신과 우리의 힘을 키우는 길이라는 점을 선구적으로 보여준 작가 존 버거 선생에게 존경의 인사를 보낸다.

이주노동자를 다룬 출판 양상은 당사자인 이주노동자와 내국인으로 구별할 수 있다. 이주노동자를 대상으로 한 출판 현실은 아직도 '매뉴얼' 수준에 머물러 있는 실정이다. 노동부, 교육청, 국가인권위원회, 문화체육관광부 등 각급 기관들이 펴낸 고용, 법률, 교육 관련 출판물들은 기본 생활 정보 자료, 다언어 전래동화, 은행 이용 가이드북 등의 '가이드북' 수준을 넘어서지 못했다. 이 가운데 다문화 가정 자녀를 대상으로 평화박물관이 기획한 '엄마나라 이야기' 시리즈는 한국어와 해당 모어母語를 동시에 실어 눈길을 모은다. 우리 안의 동화同化주의적 시선을 극복하려는 이러한 동화童話 출간은 우리와 다른 것을 참지 못하는 시선과 인식을 바꾸는 데 적잖은 기여를 할 것이라고 생각한다.

그러나 우리 출판 기획자들이 일종의 소수자운동으로서 '당사자운동'에 대한 이해와 관심을 갖는 것이 어떨까 싶다. 이것은 이 글의 처음에서 이주노동자 단체에 대한 직접지원을 강조한 맥락과 관련이 있다. 이주노동자들의 삶과 꿈을 직접 보고 들을 수 있는 육성의 언어를 활자화하는 것이 갖는 의미는 아무리 강조해도 지나치지 않으리라고 생각한다. 직접 비교하는 것이 어떨지는 모르겠지만, 2008년에 탈북 청소년들의 시와 산문을 모아 『달이 떴다』(이매진)라는 문집을 기획하고 출판하는 과정에서 이러한 생각을 더 굳히게 되었던 것 같다. 이주노동자를 주제로 한 출판 역시 우리 출판 시장에서 일종의 '이산문학'으로 본격적으로 출현할 수 있는 여건을 마련하고 대중화할 수 있는 문화적 접점을 형성하는 것은 어떨까. 미국 출판 시장에서 각광 받는 이창래 같은 소수자 작가들이 출현한 것은 출판사들의 이러한 이해와 관심에서 비롯된 것은 아닐까 싶다. 그러나 우리 실정은 어떠한가. 미누 씨 추방 사례에서 보듯이, 정부 당국은 보이지 않는 분리 장벽을 세워놓고서 이주노동자들의 '선태일화' 현상을 극도로 경계하는 동시에 추방하는 정책을 펴고 있는 것은 아닌가?

또 하나 간과할 수 없는 점은 국내 독자들을 대상으로 한 이주노동자 관련 출판 또한 더욱 다양화하고 활성화해야 할 숙제를 안고 있다. 이 또한 미처 시장이 채 형성되지 않은 영역이므로 공적 지원의 손길이 더없이 필요한 것은 당연한 노릇이다. 장사가 되지 않을 것이 뻔한 이주노동자 관련 서적 출판을 언제까지 출판인의 '사명'에 맡겨야 하는 것일까. 번역 서적에 의존하는 단계를 넘어, 어떻게 전문 출판사를 육성하고 새로운 국내 필자들을 발굴할 것인지 지혜를 모으는 일은 쉽게 포기되어서는 안 될 것이다. 최근 '세계문학전집' 출간이 과거와 사뭇 달라진 안목으로 선택되고 출판되는 현상은 타자의 문화를 이해하고 수용하려는 우리들의 감수성 변화를 요약하는 것 같아서 그래도 작은 희망을 품게 한다.

  우리 모두는 세계 속에서 이방인처럼 존재한다. 괴테가 "세계가 그토록 광대한 것은 우리 모두가 그 안에서 흩어지기 위함이니" 운운한 것도 그 속내를 따져보면 우리는 일시적으로 이곳에 머무를 뿐이라는 점을 강조하기 위한 수사학이 아니었던가. 이주노동자라는 존재에 각인되어 있는 뿌리 뽑힘의 저주를 넘어, 우리 모두가 기쁨의 정치학을 누릴 수 있는 참된 '화해和諧'의 공동체가 지금 이곳에 구현되기를 바라는 마음은 여일하지 않겠는가? 신영복 선생은 『강의 : 나의 동양고전 독법』(돌베개)에서 이 화해 공동체를 쌀[禾]을 함께 먹는[口] 공동체, 모든 사람[皆]들이 자기의 의견을 말하는[言] 민주주의의 의미로 풀이했다.

어린 미적 인간을
위하여

별 헤는 밤을 잊은 아이들

윤동주의 「별 헤는 밤」은 한국인이 좋아하는 시다. 저 밤하늘의 별을 보며 유년 시절 만주 용정소학교에서 같이 공부했던 "패, 경, 옥"과 같은 이국異國 소녀를 떠올리는 윤동주의 애틋한 마음이 시에서 그대로 전해진다. 어쩌면 시인은 저 밤하늘의 무수한 별들과 달의 유구한 운행을 보며 '조용한 자포자기'(헨리 소로)의 삶과 자신의 시 쓰기에 대해 생각했으리라. 온전한 삶의 여정 형식으로 어떤 신성한 존재함isness을 수락하려는 윤동주의 시적 태도에서도 이를 미루어 짐작할 수 있다. 작지만 위대한 자연과 우주의 소리를 온몸으로 경청하려는 윤동주의 이러한 태도에서 우리는 자연 체험이 전적으로 질적인 것임을 확인하게 된다.

그런데 요즘 아이들이 윤동주의 「별 헤는 밤」 같은 시를 읽고 제대로 이해할 수 있을까. 전직 국어교사 이계삼이 쓴 『삶을 위한 국어교육』(교육공동체 벗)에는 「별 헤는 밤」 같은 시를 지금 이곳 아이들이 어떻게 읽는지를 말해주는 대목이 있다. "선생님, 저희는 서울에서 나고 자라서 하늘에 그렇게 별이 총총한 걸 본 적이 없어요." 우리는 모두 예술가로 태어나지만, 아이들의 예술적 충동을 억압하는 우리 사회의 씁쓸한 자화상이 아닐 수 없다. 이 점에서 우리는 인간 내면의 정서적 사막이 바로 자연의 사막을 만들어 낸다는 빌헬름 라이히의 사막화 과정에 관한 연구 결과에 대해 생각해보아야 하지 않을까. 생명 에너지의 성질nature을 연구한 라이히는 생명을 파괴할 수 있는 거대한 능력을 의미하는 '정서적 사막'의 뿌리가 갓난아기에게 주는 손상, 즉 출산의 산업화에 내장되어 있다고 주저 없이 말한다. 그는 "갓난아기들에 관심을 집중하고, 인간의 주의를 사악한 정치에서 돌려 아이에게 향하게 하자"고 촉구한다. 미래 세대의 아이들에게 어떤 문화적 가치를 전달할지에 대해 거대한 전환의 필요성을 제안한다.

우리는 자연을 통제하는 과학기술의 압도적 힘이 지배하는 세상에서 살고 있다. 이런 세상은 자라는 아이들뿐만 아니라 성인에게 '자연이 남아 있다면 더 발전할 수 있다'는 환상에 빠지게 하고, 경제발전 이데올로기를 맹신하고 숭배하는 정서의 사막 상태를 노출시킨다. 그런 정서적 사막 상태는 떡갈나무 한 그루의 아름다움과 향기를 제대로 음미하게 하는 대신에, "그래, 판자를 족히 수십 개는 뽑아내겠는 걸" 하는 태도를 내면화하도록 만드는 것이 아니겠는가. 자연에 대한 겸손과 존경심 자체를 잃어버렸기 때문이다. 그런 점에서 "산에/ 산에/ 피는 꽃은/ 저만치 혼자서 피어 있네"라고 노래한 김소월의 「산유화」(1924)가 재현하는 세계는 차라리 행복했노라고 말해야 할지도 모르겠다. 이제 자연은 '저만치' 홀로 있는 어떤 대상이 아니라 한낱 착취 대상에 불과한 미개발 야생지로 간주되고 있으며, 실제로도 그렇게 취급되고 있기 때문이다.

그러나 우리는 자연을 개발하면 할수록 자연적인 것에 목말라하는 역설적 상황에 처하게 된다. TV에서 방영되는 〈아빠! 어디가?〉, 〈1박 2일〉, 〈정글의 법칙〉 같은 자연 체험 프로그램들에 시청자들이 열광하는 것도 자연적인 것에 목말라하는 우리의 공허한 마음 상태와 무관하지 않을 것이다. 이것은 우리의 삶이 살아 있는 진짜 야생의 세계와 점점 단절되어 시간의 향기를 잃어버렸다는 자각과 관련이 있다. 흙을 떠나 TV와 인터넷 게임 같은 정보기술IT과 소셜 미디어에 몰두하는 동안 우리는 어쩌면 자기 자신을 잃어버린 것이 아닐까. 이 점에서 TV에서 접하는 야생 체험 프로그램에 대한 열광 또한 일종의 '자연결핍증후군'을 드러내는 경우라고 해야 할 것이다. 우리는 미디어가 '재현하는' 그런 '편집된' 야생 프로그램들을 소비하며 대리만족할 따름이지, 실제의 세계를 향해 좀처럼 발걸음을 떼지 않는다. 그리하여 우리는 삶에 필요한 삶의 기술을 배우고 익힐 수 있는 기회를 잃어버리고 있는지도 모른다.

우리는 우리 손의 사용법을 잊고 있다

간디는 어느 강연에서 "우리는 우리 손의 사용법을 잊고 있다"고 말했다. 손을 사용한다는 것은 무슨 의미를 갖는가. 사회학자 리처드 세넷은 『장인 : 현대문명이 잃어버린 생각하는 손』(21세기북스)에서 현대 문명은 '생각하는 손'의 감각을 잃어버림으로써 문화로 구현되는 기술technique의 세계를 상실했다고 진단한 바 있다. 그 결과 손과 머리, 기술과 표현, 실기와 예술이 분리됨으로써 우리는 무엇인가에 확고하게 몰입하는 특수한 인간의 방식, 즉 장인匠人으로 존재하는 방식을 잊었다는 것이다. 세넷은 일에 몰입하면서도 일을 수단으로만 보지 않는 인간의 모습을 장인이라고 부르는데, 이러한 장인들이야말로 "나는 나의 창조자"라는 위대한 선언을 실제로 구현하는 삶을 사는 인간이라고 말한다.

그러나 우리는 생각하는 손의 퇴화를 당연시하는 사회에서 살고 있다. 아이들은 말할 것도 없고, 어른들 또한 생각하는 손의 감각을 잊은 지 오래되었다. 우리가 "해봤어!"라고 말하는 대신에, "텔레비전에서 봤어!"라고 말하는 것에서도 확인할 수 있다. 우리가 생각하는 손을 갖게 될 때 생각하는 머리와 생각하는 가슴도 갖게 된다는 점에서 생각하는 손의 부활은 우리 자신은 물론 우리 문명과 문화의 미래를 위해서도 더 없이 요구된다고 할 수 있다. 지금 이곳에서 생각하는 손의 부활을 위한 예술교육(또는 예술캠프)이 필요한 이유이다. 윤재철 시인이 쓴 다음 시는 이러한 생각이 과히 틀리지 않았음을 입증하는 예라고 할 수 있으리라.

그러나 지금은
내가 만든 기억이 없네
아무것도 만든 기억이 없네
땅도 없고 연장도 없지만
그냥 싼 돈으로 사서

모든 것 쓰고 버리기 바쁘다네

자족과 상상의 아무 기억이 없다네

―윤재철, 「지금도 물레 돌리는 옹기장이를 보며」(『거꾸로 가자』) 부분

시인이 말하는 "자족과 상상"의 기억 또는 미적 경험을 간직하고 있는 사람은 누구나 예술가라고 말할 수 있다. 자족과 상상의 경험을 겪지 않고서는 예술의 기본 토대인 '자기다움의 가치'를 아는 것이 쉽지 않은 까닭이다. 이 과정에서 미적 경험의 중요성은 아무리 강조해도 지나치지 않다. 확고한 미적 경험과 인식은 인간 경험 속에 내재하는 예술의 원천들이 경험될 때 미적인 지위를 갖게 된다. 이 점에서 체험과 정보는 그것이 하나의 경험과 인식이 되도록 하는 '사건'을 반드시 필요로 한다. 존 듀이John Dewey는 『경험으로서의 예술』(나남출판)에서 "직접적 경험은 자연과 인간이 상호작용하는 데에서 오는 것이다"라고 전제한 후, "경험이 진실로 경험인 한 그것은 고양된 활력이다"라고 말한다. 존 듀이가 말하는 경험이란 우리가 자연 같은 외계外界의 작용을 겪는 것은 물론이요 고통당함이라는 요소를 포함하는 것임은 말할 나위 없다.

누구랄 것 없이 미적인 것, 미적인 경험이 주는 통일성을 경험하는 것은 즐거운 일이다. 이러한 미적인 즐거움의 경험들은 학교 교실 안과 밖에서 동시에 이루어져야 하며, 예술캠프의 형식을 갖추어 진행될 수도 있다. 그러나 예술캠프 하면 곧장 영어캠프식 프로그램을 연상하는 우리는 얼마나 고질의 병통에 빠져 있는가. 온갖 거창한 슬로건을 앞세우며 잠시의 쉴 틈조차 보장하지 않(으려)는 그런 예술캠프에 아이들은 기가 질려버린 나머지, 다시는 예술 따위에서 자신의 가능성을 찾는 걸 포

기하고 마는 것은 아닐까. 자유와 놀이와 해방이 보장되지 않는 예술캠프는 예술의 이름으로 행사되는 또 다른 사육장에 불과할 것이다.

어린이 놀이운동가 편해문이 "아이들은 당신의 기획물이 아니다"라며, 아이들의 성장과 성숙을 위해 '놀 터, 놀 동무, 놀 시간'을 보장해야 한다고 한 말은 깊이 음미되어야 한다. 그는 『아이들은 놀이가 밥이다』(소나무)에서 "바야흐로 대한민국은 체험학습, 캠프, 프로그램의 식민지가 되었다. 이 셋에만 끌려다니지 않아도 아이들은 놀 시간과 놀 공간과 놀 친구를 얼마든지 만들어 놀면서 행복해할 것이 틀림없다"고 역설한다. 이러한 놀이의 조건들을 보장하지 않는 사회에서 아이들은 저마다의 방식으로 자신의 놀이충동을 소비 놀이, 왕따 놀이, 게임에서 찾고 있다는 편해문의 진단에 대해 어느 누가 부정할 수 있겠는가. 놀이, 사랑, 집중, 연습, 기술, 한계의 힘 사용하기, 실수의 힘 사용하기, 위험, 포기, 인내, 용기, 신뢰 같은 창조력의 선결 조건들은 오직 놀이 속에서만 배양될 수 있을 것이다.

우리는 모두 예술가로 태어난다

논다는 것은 무엇인가. 스티븐 나흐마노비치Stephen Nachmanovitch는 『놀이, 마르지 않는 창조의 샘』(에코의서재)에서 다음과 같이 쓰고 있다.

옛 산스크리트어에 릴라(lila)라는 것이 있다. 논다는 뜻이다. 창조와 파괴, 그리고 재창조가 이어지는 놀이, 우주를 열고 닫는 놀이, 성스러운 놀이다.

자유롭고도 심오한 릴라는 기쁘게 즐기는 것인 동시에 신이라는 절대자의 경지에 이르는 경험이다. 이는 또한 사랑을 의미한다. 릴라는 어쩌면 가장 단순한 것인지도 모른다. 즉각적이고 유치한, 완벽한 무장 해제 상태이다. 하지만 나이를 먹고 삶의 복잡함을 경험하게 되면 이것이 가장 어렵고 힘든 일로 여겨질 수도 있다. 릴라의 상태에 이르는 것은 진정한 자아로 돌아가는 것과 같다.

위에 소개한 성스러운 놀이로서의 릴라 개념을 일상에서 구현하는 것은 어려운 일이 아니다. 일종의 어린이-되기의 무아지경 상태에 이르면 누구랄 것 없이 흠뻑 체득할 수 있는 놀이의 세계이다. 이러한 놀이를 경험하며 성장한 아이들은 협력이 인간 발달의 기초이며, 발달 과정에서 따로 서는 법을 배우기 전에 함께 있는 법을 먼저 배우는 '투게더together의 정신'을 체화할 것이라고 보아야 한다.

1935년 12월 『조광』에 실린 백석의 시 「여우난골족族」은 그러한 놀이의 세계를 생생히 보여주는 사례이다. 하루 저녁 친척 아이들이 모여 노는 무수한 놀이의 시공간이 이 한 편의 시에 펼쳐지는데, 이것이야말로 우리가 잃어버린 파라다이스의 세계라고 보아도 큰 무리는 없을 정도다. 이 시에는 모두 열두 가지 놀이가 등장하는데, 편해문은 "아이들 놀이의 유토피아가 있다면 바로 이 모습이 틀림없다"고 말한다. 그의 말이 마냥 과장된 평가일까. 어른이라고 해서 이와 같은 놀이의 세계를 누리지 못한다는 것도 우리의 편견에 불과하다. 아마도 그런 어른들은 필시 시간의 향기를 알지 못하는 '피로사회'(한병철)의 인질 신세가 되었다고 말할 수 있으리라. 잘 놀 줄 모르는 어른들이 우리 시대가 요구하는 대화의 능력을 제대로 발휘할 수는 없는 노릇이다. 대화의 능력은, 접촉과 촉각을 강조하는 관계의 미학(니꼴라 부리요)에서 요구되는 지속적인 만남으로서의 예술 형태를 구성할 수 있고, 일상의 마이크로-유토피아와 모방의 전략을 구현할 수 있는 프로젝트를 위해서라도 더없이 요청되는 삶의 기술이라고 감히 단언할 수 있다.

그렇다면 어떤 예술교육(캠프)이 필요한 것일까. 여기서는 랜드아트 Landart로서의 자연미술에 관해 논하고 있는 안드레아스 귀틀러Andreas Güthler와 카트린 라허Kathrin Lacher의 논의를 참조하여 자연 속 예술캠프에 관한 이야기를 몇 마디 보태고자 한다. 이들은 『자연미술 : 자연과 함께 만드는 랜드아트』(피피엔)에서 자연미술의 (환경)교육적 가치는 아이들뿐만 아니라 성인들의 경우에도 지각, 자연 체험, 유연성, 시간과 덧없음, 상호 소통과 협조, 대화, 성과보다 체험, 운동, 집중, 동기 부여, 창조의 원천 찾아내기, 표현과 반성, 작품 소개와 평가 같은 능력을 기르는 데 큰 영향을 미친다고 강조한다.

이 책에서 특히 인상적인 언급은 이러한 캠프를 인솔할 때 '길이 곧 목적지이다'라는 인식을 전제로 해야 한다는 주장이었다. 이들은 이러한 전제 아래 어떤 과제를 수행하는 시간을 제한하되, 나서지 않고 뒷전에서 자리를 지키는 것이 중요하다고 말한다. "뒷전에 머물되 언제라도 제기될 수 있는 물음에 대답해주고 도움과 격려를 줄 수 있도록 일정한 자리를 지켜야 한다. 참가자들은 이러한 거리를 통해 스스로 창의력을 끌어내야 한다는 사실을 느끼고 알게 된다"는 것이다.

이러한 예술캠프 운영 원칙은 충북 홍덕문화의집이 주관하여 2013년 1박 2일간(2.28.~3.1.) 충북 청원군 방마루 마을에서 진행된 '방마루 예술캠프'에서 직접 목격할 수 있었다. 청주에서 시내버스를 이용해 아이들 스스로 방마루 마을까지 찾아가는 여정의 형식을 취한 '방마루 예술캠프'는 일종의 '따뜻한 외면' 프로젝트라고 말해도 좋을 것이다. 시내버스에 탑승한 어른들은 아이들이 스스로 목적지를 찾기를 바라는 마음은 간절하나 아이들에게 곧장 '정답'을 알려주지 않는 자제력을 발휘했다. 그리고 아이들도 자신들이 해결해야 하는 문제적 상황 앞에서 저마다 의젓하게 대처하며 주어진 문제를 해결하는 능력을 발휘했음은 말할 나위 없다.

이러한 따뜻한 외면의 태도는 이후 진행된 프로그램에서도 시종 여일하게 관철되었으며, 아이들은 적당한 도전을 요구하는 과제 수행 과정에서도 누구랄 것 없이 생각하는 손의 의미와 가치를 공유하며 서로가 서로에게 협력하는 태도를 유감없이 보여주었다. 어느 논자가 "마음을 기울여야만 마음에 남는 경험이 가능하다"고 한 말은 이런 경우를 두고 하는 말일 것이다. 아이들은 놀 시간, 놀 공간, 놀 친구만 있다면, 어른들의 생각 이상으로 놀이를 통해 사회적인 것의 가치를 스스로 배우고 익힐 수 있는 미적 경험을 하게 되는 것이다.

이런 사정은 어른들이라고 해서 다르지 않을 것이다. 별 헤는 밤을 잊은 것은 어른들도 마찬가지기 때문이다. 어른들 또한 '깊은 심심함'(발터 베냐민)의 그윽한 시간의 향기를 맡게 되는 내적이면서도 황홀한 미적 경험을 할 수 있음을 믿고 예술교육을 진행해야 마땅하다. 한국문화의집협회가 시범 사업으로 진행한 아이와 어른(부모)이 함께하는 '우리 동네 구석구석 예술캠프 구축사업-예술로 캠핑하기'가 갖는 의미는 그래서 각별하다. 영혼의 병에서 회복하는 데에는 예술, 종교, 꿈이 갖는 의미가 무엇보다 중요하다. 플라톤이 『티마이오스』에서 인간의 전체성을 회복하는 데 연극과 제례가 필요하다고 강조한 것도 이런 맥락 때문이다. 진화심리학적인 측면에서도 부모, 특히 아빠와 아이가 함께하는 캠프는 아빠의 혈류에서 프로락틴 호르몬을 증가시키는 결과를 낳는다고 한다. 이 호르몬은 수컷의 보살핌을 유발하는 호르몬으로 알려져 있다. 진화심리학자 전중환은 어느 칼럼에서 "한 연구에서는 유아를 단 15분 안고 있는 것만으로도 아버지 몸속의 프로락틴 호르몬이 유의미하게 증가함이 관찰되었다"고 소개한다. 한국문화의집협회가 추진하는 〈예술로 캠핑하기〉 사업이 가짜 힐링과 사이비 멘토의 그릇된 문화가 넘쳐 나는 우리 사회에서 아이와 어른 모두에게 세상과 접하는 방법을 배우며 다른 사람들과 함께 살아가기를 배우는 데 도움이 된다면 그 자체로 가치 있는 일일 터이다.

예술이 교육의 전면과 중심에 서야 한다

최근 테드TED.com에 소개된 소설가 김영하의 강연 '예술가가 되자, 지금 당장'이 화제가 되고 있다. 아이들이 지칠 줄 모르고 일상적으로 행하는 낙서, 노래, 춤, 소꿉장난, 놀이야말로 예술 행위 자체라는 것이 김영하의 강연 요지이다. 아이들의 이러한 일상적 예술 행위는 생애 최대의 풍경이 되어 행복한 유년을 구성하는 기억으로 작용할 것이다.

그러나 앞서 언급한 것처럼, 먹고사는 데 필요한 실용의 기술을 숭배하는 우리 사회에서 효용성이 없는 예술 따위는 무용한 것으로 치부되고 있다. 예술을 하려는 아이와 어른들을 향해 마치 전가의 보도처럼 "그거 해서 뭐 하려고?" 하는 질문을 무시로 던지는 것에서도 알 수 있다. 그런데 지금 당장 누려야 하는 행복한 순간을 맛보지 못하고 끝없이 유보된 채 피로한 삶을 살아가는 아이들과 어른들이 과연 행복한 사회를 만들어낼 상상력과 창의력을 발휘할 수 있을까. 예술은 그 자체로 목적이 되는 것이고, 그런 예술은 우리의 정신을 마비시키려는 다양한 위협들에 저항하는 진정한 처방일 수 있다는 점을 망각해서는 곤란하다. 예술은 생물학적 욕구 충족으로서의 가치 또한 내장하고 있다는 점을 우리는 생각해보아야 하는 것이다.

지금 이곳 학교 (예술)교육 자체가 변해야 하는 것이 아닐까. 인지발달 심리학자 제시카 호프만 데이비스Jessica Hoffmann Davis는 『왜 학교는 예술이 필요한가』(열린책들)에서 예술이 교육의 전면과 중심에 배치되어야 한다고 역설한다. "우리는 교육에 예술을 포함해야 한다. 예술이 다른 종류의 학습에 기여하기 때문이 아니라, 다른 과목들에서 배울 수 없는 것을 배울 수 있는 기회를 제공하기 때문이다." 그는 이 책에서 학생들이 예술에서 배울 수 있는 점에 대해 열 가지의 덕목으로 정리하고 있다. 상상력, 작용 주체, 표현, 공감, 해석, 존중, 탐구, 반성, 참여, 책임이 그것이다.

물론 아이들이 예술교육을 받지 않는다고 해서 성장하지 않는 것은 아니다. 그러나 미적 경험이 주는 즐거움을 알지 못하는 아이들이 자기 자신을 서사적으로 설명하는 힘을 기르지 못하고, 이른바 인성 불량자가 될 가능성이 더 높다는 것은 말할 나위 없다. 그렇기 때문에 우리는 '왜 예술(교육)이 필요한가'에 대해 더 돌아보아야 한다. 우리 시대 사상가 사티쉬 쿠마르Satish Kumar의 말처럼, 우리가 '풍요'를 얻기 위해 희생의 제물로 삼아온 땅soil, 영혼soul, 사회society의 가치를 회복하고 스스로 행복해지기 위해서라고 말할 수 있어야만 하고, 또 그렇게 말해야만 한다. 그런 점에서 예술교육(또는 예술캠프)은 자본주의적 창의 인재 양성과는 별반 관련이 없으며, 미학적 인간 그 자체를 목표로 하는 프로젝트라고 할 수 있다. 그런 미학적 인간은 춤추고, 노래하고, 일하며, 협력하며 살 줄 아는 행복한 인간일 것이다. 그런 인간의 삶에서는 시간의 향기가 느껴진다. 우리는 문화와 행복의 본질이 '시간의 활용' 자체에 있음을 너무나 잊고 살았다.

"오늘 밤에도 별이 바람에 스치운다"(윤동주).

문학장 바깥에서
이우異友를 만나다

꼬맹이 '했어'가 나타났거든

'할 예정이었어'와 '할 수도 있었어'와

'했어야 했어'가 모여

햇볕을 쬐며 누워

할 예정이었던 일과 할 수도 있었던 일과

했어야만 했던 일들에 대해

이야기하다가⋯⋯

모두가 갑자기 달아나 숨었어.

꼬맹이 '했어'가 나타났거든.

—셸 실버스타인, 「세 친구」

당신은 위 시에 등장하는 세 친구 가운데 어느 유형에 속하는가. 동화 『아낌없이 주는 나무』(1964)로 유명한 미국 작가 셸 실버스타인Shel Silverstein이 쓴 위 동시는 자신의 생각과 행동을 '합리화하며' 아무것도 실천하지 않는 사람들에 대한 풍자시라고 할 수 있다. 나와 당신은 이 시에 나오는 세 친구 가운데 적어도 하나 이상의 인물 유형에 속할지도 모르겠다. 나의 경우 셋 모두 해당되는 것 같다. 위 시가 강력히 환기하듯이, 나를 바꾸고 세상을 변화시키는 '체인지메이커Changemaker'는 세 친구가 아니라 '했어'라는 꼬맹이였다는 점을 생각해볼 필요가 있다. 자신의 생각과 판단을 의심하며 스타트 신드롬과 결정장애 증후군을 앓는 사람들이 적지 않은 시절에, 나와 당신은 '했어'라는 꼬맹이와 어떻게 만날 것인가.

혼자 모든 일을 잘할 수는 없다. 동료와의 만남과 연결이 필요하다. 사람들은 주위 사람들과 비슷해지려는 속성이 있기 때문이다. 미국 저널리스트 티나 로젠버그Tina Rosenberg는 『또래압력은 어떻게 세상을 치유하는가』(알에이치코리아)에서 또래(동료) 집단의 사회적 압력을 의미하는 '또래압력peer pressure'의 긍정적 힘이야말로 나의 정체성을 바꾸고, 사회를 바꾸는 힘의 원천이라고 말한다. 또래 집단의 존중을 얻도록 도와주어 행동 변화를 유도한다는 것이다. 로젠버그가 공식, 비공식의 수많은 또래 소모임을 관찰하며 내린 결론은 또래 집단 특유의 '손잡고 나아가기Join the Club'라는 전략 때문에 그것이 가능할 수 있었다고 한다. 이 책에는 소속감에 대한 열망이 사회 치유social care의 역사를 만들어낸 무수한 현장 사례들이 제시되고 있다.

당신은 지금 그런 또래 모임(친구)에 소속되어 있는가. 아마 공식, 비공식 또래 집단에 소속되어 있지 않은 사람은 없을 것이다. 그러나 '더 빨리, 더 멀리, 더 높이!'를 추구하는 성과 사회 대한민국은 극심한 피로감을 양산하는 '피로사회'라고 할 수 있다. 은둔형 외톨이들이 적지 않게 양산되는 현실을 보라. 은둔형 외톨이 문제를 다룬 연극 〈히키코모리 밖으로 나왔어〉(연출 박근형, 2015)는 일본 사회의 경험을 다룬 연극이지만, 지금 여기의 이야기라는 생각을 하게 되는 것도 그런 이유 때문이다. 어느 배우가 "세상은 왜 그런 거지?"라며 술회하는 대사가 퍽 인상적이었다. 한 마리 고치처럼 자신만의 사일로^{silo}에 틀어박혀 지내는 사람들의 심리를 잘 표현한 대사가 아닐까 싶다. 위 대사에서 확인할 수 있었던 것은 누구나 세상과의 '연결'을 바라고 있다는 점이다.

그런 점에서 사일로 효과에 대응하는 '동료 효과$^{peer\ effect}$'가 필요하다. 갈수록 험한 세상이 되는 우리 사회에서 동료 효과의 중요성은 아무리 강조해도 지나치지 않으리라. 우리가 가진 유일한 자산은 돈이 아니라 '사람'이기 때문이다. 아동문학기 이오덕과 권정생이 30년간 편지를 주고받으며 상호작용한 일화는 유명하다. 학습공동체$^{CoP,\ Community\ of\ Practice}$ 같은 모임의 경우 구성원들이 공동 관심사를 중심으로 한 학습과 문제 해결을 위한 학습공동체로서 뿌리를 내린다면 지역문화 생태계 활성화와 자생력 확보에 적잖은 도움이 되리라는 점은 당연하다. 지금 당장 눈에 보이는 성과가 없다고 해서 무의미한 것이 아니기 때문이다. 한 사람의 성장과 성숙은 목적 없는 공부 행위와 동료와의 우정에 있는 것이 아니던가. 너와 내가 만나 함께함의 상호작용 과정에서 배움과 성장의 의미를 공유하는 일은 얼마나 아름다운 일인가.

문학 동인을 비롯해 다양한 형태의 학습 모임은 또래 집단의 특징을 잘 요약한다. 우리가 소속감을 느끼는 가장 큰 이유는 서로 평등하다는 점 때문이다. 각자의 관점과 의견을 가만히 들어주는 것으로도 의견이 조율된다는 점을 생각해보아야 한다. 실제 그런 모임은 건강한 민주주의의 핵심 동력으로 작용한다. 19세기 후반부터 그 뿌리를 두고 있는 스웨덴 스터디 서클과 덴마크 시민교육에서 그 생생한 예를 볼 수 있다. 스페인 대안 공동체인 마리날레다Marinaleda의 민주주의 실험 또한 학습 모임을 빼놓고 말할 수 없다. 소소하고 시시콜콜한 일상을 공유하며 서로 발견하는 재미를 함께하는 학습 모임 혹은 문학 동인 같은 네트워크는 '의외로' 힘이 세다. 창의성과 상상력을 중시하는 문학 현장에서 완전한 우연을 의미하는 세런디피티serendipity의 의미를 폄훼해서는 안 될 것이다. 미국 교육자 제시카 호프만 데이비스가 '만약에'의 놀라운 힘인 상상력을 강조하는 맥락 또한 세런디피티의 의외성과 통한다고 할 수 있다.

문화적 행갈이를 위하여

사회학자 부르디외Pierre Bourdieu는 '문학장Literary Field'은 입장position과 입장 취하기position talking의 싸움이라고 규정한다. 어쩌면 이것은 문학장이라는 질서만 그런 것이 아닐 것이다. 우리나라 예술장을 비롯해 온갖 분야의 장場, field 모두에 해당하는 문제라고 보아야 옳을 터이다. 그런데 지금 여기 한국문학의 장은 과연 건강한가 하는 근본적인 의문이 제기된다. 2015년 6월 16일, 소설가 이응준이 인터넷 매체인 〈허핑

턴포스트〉에 신경숙의 '표절' 문제를 언급한 「우상의 어둠, 문학의 타락」이라는 글을 발표한 이후 촉발된 표절 시비는 한국의 문학장이 스캔들화됨으로써 건강하지 못한 생태계라는 점을 여실히 보여주었다. 그렇다고 문학장에서 벌어지는 대립과 투쟁의 양상을 문학판 사람들만의 '그들만의 싸움'으로 보아서는 안 될 것이다. 나와 당신의 일상성에 대한 '저항'이 필요하다고 말할 수 있기 때문이다. 이 점에서 나는 예술가의 신념을 표현한 제임스 조이스James Joyce의 소설『젊은 예술가의 초상』(1916)에 나오는 표현 중 "내가 믿지 않게 된 것은, 그것이 나의 가정이든 나의 조국이든 나의 교회든, 결코 섬기지 않겠어"라는 문제의식이 더 생산적인 대화를 위해 필요한 관점과 태도라고 여긴다.

 표절 시비 이후 왜 한국문학은 추문이 되었는가에 대한 논자들의 백화제방식 논의가 제출되고 있다. 그 가운데 실천문학사의 대응이 주목된다.『실천문학』은 2015년 가을호에서 「표절, 문학권력, 대안」이라는 특집에서 표절, 문학권력, 대안이라는 토픽들을 다루고 있다. 이 토픽들 모두 지금 여기 한국문학장에서 고민하고 혁신해야 할 주제들임에는 틀림없다.『실천문학』편집위원인 황인찬 시인이 「실천의 말」에서 "필요한 것은 진단이 아니다. 처방이다 수술이다"라고 쓴 문장은『실천문학』편집진의 문제의식만이 아니라 한국문학장의 혁신과 새로운 문학장의 출현을 고대하는 독자들의 열망을 잘 요약하는 문제의식이라고 말할 수 있을 법하다.

 구체적으로 살펴보자.〈젊은 작가 좌담〉과〈문학 기자 좌담〉에서는 젊은 문인들과 문학 담당 기자들이 한자리에 모여 한국문학의 '폐쇄성'을 어떻게 넘어야 할 것인지를 성찰하고 있다. 공모전의 폐해를 비롯해 편집위원 제도 같은 온갖 문제들이 거론되었다. 『소수의견』(들녘)의 작가 손아람이 한 말이 폐부를 찌른다. "지금처럼 출판사가 권한을 쥐고 공모전 입상을 기준으로 평가를 달리하는 상황에서는, 저는 도스토옙스키의 미발표 유고가 번역되어 익명의 한국 작가 이름으로 발표되어도 가치를 알아볼 수 있는 문인이 단 한 명도 없을 거라고 봐요. 출판사 공모전에 입상하지 않았으니까요." 이것은 공모전만을 문제 삼은 발언이 아니고, '자폐적인' 문예지 운영 시스템을 비판한 발언이라고 할 수 있다. 젊은 작가들의 이러한 문제의식은 '대안적' 문학장을 어떻게 만들 것인가에 대한 문제의식의 소산이라 해야 할 것이다. 그런 점에서 "한국문학은 이제 뭘 해도 안 될 것이다"(조영일)라는 식의 냉소주의를 유포하는 방식은 한국문학장의 새로운 대안을 모색하는 데 있어서 도움이 되지 않는 태도라고 확언할 수 있다.

그렇다면 건강하지 못한 지금의 문학장 생태계를 어떻게 다양한 가치들이 공존하는 문학 공동체로 만들 것인가. 지금의 문학장 생태계 구조에서는 신경숙 같은 일부 작가의 작품이 자사(自社) 소속의 평단에 의해 '과대평가'되는 시스템이고, 뛰어난 작가들의 경우 묵살 내지는 과소평가되는 시스템이다. 이야기가 더 이상 성찰의 도구가 되지 못하고, 인간과 세계에 대한 묵직한 질문을 던지는 작품들이 출판 시장과 독자들로부터 외면당하는 것이 당연한 구조라고 해야 할까. 이른바 사이비 힐링을 권유하는 '위안'으로서의 문학이 득세하는 현상은 잘못되어도 단단히 잘못되었다. 그런 문학장 구조에서는 가장 중요한 가치인 문학적 다양성이 크게 훼손될 수밖에 없다. 한국문학의 폐쇄성 내지는 자폐성은 그런 토양 위에서 길러진 것이라고 보아야 한다.

이 점에서 최근 2~3년 사이에 새로운 한국문학장을 형성하기 위해 독립적으로 활동하는 그룹들이 자주 눈에 띄는 현상을 주목할 필요가 있다. 최근 한국문학장에는 1980년대식 무크지 운동 같은 새로운 '소수자운동'이 활발히 전개되고 있다. 세월호 참사 이후 매달 한 차례씩 꾸준히 낭독회를 진행하는 〈304낭독회〉를 비롯해, 배수아, 백가흠, 정용준이 주도해 2015년 여름 창간된 소설 전문 문예지 『악스트』, 독립출판사 '문학과죄송사', 젊은 시인들이 주축이 된 독립 잡지 『더 멀리』, 웹진 『소설리스트』, 이인성, 김혜순, 정과리, 성민엽이 주도한 '문학실험실' 같은 매체와 그룹들이 새로이 출현해 활동한다.

그리고 꼭 문학 독자라고 간주할 수는 없겠지만, 독자들이 중심이 되어 새로운 (문학)출판의 구조를 형성하려는 일련의 흐름 또한 뚜렷이 감지된다. 춘천에서 활동하는 청년들이 결성해 운영하는 '인문학 카페 36.5°'에서 출간한 계간 『진지』 같은 잡지가 대표적이다. 이들은 창간호 주제를 '꼰대'로 잡고 기성세대의 '꼰대성'을 신랄히 꼬집으며 새로운 '문화적 행갈이'를 적극적으로 모색한다. 사회심리학자 김태형이 '꼰대'에 대해 "믿고 싶은 것만 믿는 사람"이라고 정의한 대목이 퍽 흥미롭다. 또한 아마추어 문학 동아리 성격의 '소설리스트' 모임이라든가 문학(문화) 팟캐스트 형식의 '네시이십분' 같은 미디어 또한 젊은 독자들의 관심을 모으고 있다. 인문학과 및 예술학과가 퇴출되는 대학이라는 중력장에서 탈피하여 인문학의 장을 열고 있는 '인문학협동조합' 같은 흐름도 매우 중요하다. 일반 독자들이 자발적으로 독서 동아리 활동을 하는 '땡땡협동조합' 같은 모임도 대표적인 소그룹 활동이라고 할 수 있다. 문학장에서 활동하는 작가뿐만 아니라 연구자들과 독자들 또한 나름의 문제의식을 바탕으로 하여 새로운 방식의 문학운동과 (문학)출판운동을 수행하고 있는 셈이다.

전통적인 의미의 문학 동인(지) 모임들 또한 여전하다. 리얼리스트, 객토문학, 일과시 동인 같은 모임들 외에도 잘 알려지지 않았더라도 전통적인 의미의 문학 동인은 여전히 흥망성쇠를 하고 있다고 간주할 수 있다. 그런데 최근의 특징적인 흐름은 문학과 다른 장르가 결합해 결성한 모임이 각개약진하고 있다는 점이다. 최근 서울 문래동 철공소 골목에서 활동하는 예술가들의 시모임인 'ㄱ의 자식들'이 펴낸 동인지 『ㄱ』(갈무리)은 문학과 다른 장르가 결합한 작은 성과물이라고 할 수 있다. 시인이자 마을활동가인 최영식은 『ㄱ』 출간의 의미를 이렇게 적고 있다. "우리 시모임 'ㄱ의 자식들'은 어느 봄날, 이록현의 '그냥 우리 같이 시 써볼까요?'로 시작되었다. 각자 사는 곳도 하는 일도 다른 강수경, 김태일, 김정현, 이록현, 서윤선, 선우원, 최영식, 한민규 등 8명이 모여 '그러지, 뭐'로 詩作이 되었다"고 술회한다.

문학평론가 이성혁은 『ㄱ』의 문화적 의미에 대해 이렇게 언급한다. "이들의 작업은 '각자의 자작시들을 들여다보고 벗겨보고 서로 담아 나눠 가지는' 작업이기도 했다고 한다. 이 과정에서 각자의 특이한 시들은 "서로 담아 나눠 가"질 수 있는 공통적인 것으로 변모되면서 각자의 특이성을 증폭시켰던 것으로 생각된다"고 평한다. 'ㄱ의 자식들'처럼 문학과 다른 장르가 결합하는 추세는 최근에 와서 더 활성화되는 경향을 보이는 것 같다. 그리고 이런 방식으로 문학의 외연 혹은 문학의 외부성을 확장하는 것 자체가 갖는 사회문화적 의미가 퍽 크다고 말할 수 있다. 그런 외부성을 통해 약한 관계$^{\text{weak tie}}$의 강한 힘을 체득하며 상상력의 자극을 받을 수 있는 자기교육 self-education 의 시간을 누릴 수 있다는 점에서 그러하다. 문제는 모임의 지속성 여부이다. 대체로 이런 모임들이 일회성 만남으로 그치는 경우가 적지 않은 현실은 무엇을 말하는가. 일종의 문화적 공동성에 기반하되 '공유인'으로 사고할 수 있는 공유화와 협력이라는 사회적 관습을 모임 내부에서 형성하지 않으면, 우호적인 관계를 통한 해방의 가능성을 찾는 것이 무척 어렵다는 점을 말해주는 것이 아닐까. 이 점에서 살기 위해 나/우리가 필요한 것은 무엇인가라는 질문을 놓치지 않으며, 거룩하지 않되 즐겁고 재미있는 모임이 되도록 서로 노력하는 관점과 태도가 필요하다. 역사학자 피터 라인보우 Peter Linebaugh가 "공유화 없이는 공유재는 없다"고 말한 이유가 여기에 있을 것이다. 어쩌면 지금 여기 문학장에 참여하는 우리가 걱정해야 하는 것은 '새 술'이지 '새 부대'가 아니라는 인식의 전환이 필요한 것이 아닐까 싶다. 역사적 과정이 그러했듯이, '새 부대'의 운명에 대해서는 아무도 모른다는 점을 인정하는 일이 나는 필요하다고 생각한다.

그러나 현실은 정반대로 작동하는 경우가 훨씬 더 많다. 창립 50주년을 맞은 『창작과비평』의 백영서 전 편집주간이 2015년 가을호에 쓴 권두언에서 "창조와 저항의 거점" 운운하는 주장을 보라. 나는 『창작과비평』의 그런 식의 입장 표명에 대해 "창조와 저항의 거점은 자임自任한다고 하여 스스로 '거점'이 되지는 않을 것이다. 『창작과비평』 백영서 편집주간이 쓴 권두언을 보며 '한때의 저항이 저항주식회사로 화려하게 변신했다'고 진단한 캐나다 정치학자 피터 도베르뉴와 제네비브 르바론의 주장을 떠올린 것은 그런 이유 때문이다"라고 어느 칼럼에서 쓴 적이 있다. 어느 모임이든 간에 하나의 도그마가 되는 것은 시간문제일 것이다. 이른바 '저항주식회사'가 되어버린 창비의 모습을 보면 잘 알 수 있으리라 생각된다. 물론 출판사 창비는 응당 영리를 추구해야 할 자유와 권리가 있다. 문제는 지금의 한국문학장에 대한 창비의 이런 식의 입장 표명과 시선을 두고 저항의 거점 대신에, 스스로 권력의 거점이 되었다고 간주할 수 있는 것도 무리는 아닐 것이라는 점이다.

인천을 기반으로 한 모임들도 적지 않은 것 같다. 인천문화재단의 '문화예술소동-300프로젝트', 인천 수봉공원에 있는 '수봉다방'을 중심으로 한 지역 주민들과 예술가들의 만남, 인천 남구청이 운영하는 주거형 레지던시 '그린빌라', 배다리에서 활동하는 '스페이스빔'과 사진 공간 '배다리', 헌책방의 명소인 아벨서점이 운영하는 '시 다락방' 같은 모임들도 활발하게 활동한다. 앞서 언급한 것처럼, 문학 모임의 성격을 갖는 경우도 있겠지만, 문학과 다른 예술 장르 혹은 주민 모임 형식으로 '변질'된 경우가 적지 않은 것을 알 수 있다. 그러나, 나는 이런 식으로 문학이 다른 장르뿐만 아니라 주민 모임화하는 것 또한 결코 나쁘지 않다고 생각한다. 1980년대 운동성과 현장성을 기반으로 한 무크지 운동과는 다른 방식으로 문학의 '문학성' 자체를 문제 삼으며, 문학의 외부성을 성찰한다면 문학은 문학이라는 이름을 고집하지 않더라도 새로운 문학성을 얻게 될 것이라고 믿기 때문이다. 그런 점에서 이런 모임들이 앞으로 어떻게 흥망성쇠의 역사를 만들어갈지에 대해서는 나는 관심이 별로 없다. 중요한 것은 우리가 지금 여기에 함께 모여 있다는 점이라고 할 수 있기 때문이다.

나는 최근의 이러한 갖은 형태의 각개약진식 소수자운동이 한국문학장의 새로운 출현을 위해 중요한 역할을 담당하게 될 것이라고 생각하고 있다. 2015년 표절 사태에서 가장 마음이 아팠던 것은 '한국문학 따위는' 읽지도 보지도 않는 것을 마치 교양인의 척도쯤으로 간주하려는 네티즌들의 태도였다. 이 점에서 이 모임들이 독자들의 신뢰와 지지를 얻을 수만 있다면, 그 자체로서 적잖은 의미를 지닌다고 생각한다. 젊은 시인 김현이 『실천문학』 2015년 가을호에 쓴 「독립, 상업, 실험」이라는 글에서 "실체 없는 대중이 아니라 저 실체 있는 100명의 정기구독자가 문학의 미래라는 건 불행한 일일까"라고 쓴 문장에서 그런 고민의 일단을 확인하는 것은 분명 고통스럽지만, 차라리 나는 더 희망을 품게 되었음을 여기에 고백한다. 시인 김현은 동료들과 함께 크라우드 펀딩 방식으로 독립 잡지 『더 멀리』를 여하튼 지금도 발간하고 있다. 언제까지 발간하게 될지는 중요하지 않다.

손잡고 나아가기를 위하여

> 꾸며낸 혓바닥으로
> 상냥하게, 희망을 노래하지 마라
> 거짓된 목소리로, 소리 높여, 사랑을 부르짖지 마라.

일본 시인 사이토 미쓰구가 쓴 「목숨의 빛줄기가」라는 시의 일부분이다. 3·11 후쿠시마 원전 사고 이후 소위 기민棄民정책으로 일관하며 진실을 외면한 채 거짓 언어를 일삼는 국가와 자본에 대해 근본적인 의문을 제기하는 작품이다.

재일조선인 지식인 서경식은 『시의 힘』에서 위 시를 예로 들어 시의 힘이란 '의문형의 희망'을 말하는 것이라고 주장한다. 다시 말해 시의 힘이란 국가의 힘과 자본의 논리에 대해 '의문'을 제기할 수 있는 상상력의 힘이라고 말한다. 서경식이 『시의 힘』 한국어판 서문에서 무력한 "패배로 끝난 저항이 시가 되었을 때, 그것은 또 다른 시대, 또 다른 장소의 '저항'을 격려한다"고 말한 이유가 여기에 있을 것이다. 지금 당장의 효용성을 넘어서는 차원에 있는 어떤 것이 시의 힘(문학의 힘)이라는 주장인 셈이다.

시의 힘 내지는 문학의 힘을 신뢰할 수 있는 공부를 하는 것은 여전히 의미가 있다. 시의 힘과 문학(예술)의 힘을 신뢰할 줄 아는 사람은 지금 당장의 비참함과 참혹함에도 불구하고 내일에 대한 무한한 긍정의 힘을 신뢰할 줄 아는 사람이기 때문이다. 여기서 말하는 긍정이라는 말을 이른바 긍정심리학과 처세술에서 말하는 맹목적인 긍정주의와는 전혀 상관이 없다.

실제 시는 지금 당장의 현실을 바꾸는 데는 무력했고, 앞으로도 그럴지 모른다. 그러나 사회를 바꾸는 진짜 힘은 시의 힘을 의미하는 이야기와 상징의 힘에서 촉발되었다는 점을 이해해야 한다. 결국, 시의 힘이란 우리 안의 어떤 척도를 바꾸는 힘으로 작동하는 것이라고 말할 수 있으리라. 재일조선인 서경식은 우리 시대를 "교양의 자멸, 지성의 패배"라고 규정했다. 그런 시대일수록 우리가 시를 읽고 쓰고 말해야 하는 이유가 여기에 있다. 다시 말해 우리 시대를 규정하는 냉소의 어둠을 밝히는 작은 빛은 시(문학)의 희미한 빛이라고 말할 수 있는 셈이다.

이 점에서 문학 동인은 문학의 외부성에 더 주목해야 한다. 문학장 특유의 자족적이고 자폐적인 나르시시즘을 극복하는 것은 문학의 장 안에서는 해결하기 어렵다. 지금 여기의 문학은 동인同人들과의 만남이 아니라 이인異人들과의 우애로운 마주침과 교류 속에서 새로운 가능성을 발견할 수 있으리라고 나는 생각한다. 우리는 이인들과의 만남에서 자기 앞의 생을 어떻게 살아야 할 것인가 하는 큰 질문과 자극을 받아야 할 필요가 있지 않을까. 그런 공부 속에서 '의문형의 희망'에 대해 생각하고, 작품화하며, 한 사람의 시민으로서 일상을 살아가는 것이 어쩌면 필요하다. 다시 말해 무엇을 위한 만남이고, 공부인가에 대해 생각할 필요가 있다. 2016년 발간된 김종철『녹색평론』발행인의 칼럼집『발언』을 보며 느낀 것은 책(혹은 문학)보다 더 중요한 것은 우리가 사는 '현실'이라는 점이었다.

청년노동자 전태일의 '바보회'가 그러했고,『반지의 제왕』(씨앗을뿌리는사람들)을 쓴 톨킨John Ronald Reuel Tolkien과 루이스Clive Staples Lewis가 만든 문학 동아리 '인클링스Inklings'가 그러했던 것처럼, '손잡고 나아가기'라는 전략을 구사하는 각종 문학예술 모임은 나를 바꾸고 사회를 바꾸는 동력이 된다. 오직 '인간만이 인간을 구원한다'는 의미를 앎을 나누고 삶을 함께하는 공부 공동체에서 확인할 수만 있다면, 나와 당신은 퍽 행복해질 수 있다. 실버스타인의 시에 나오는 세 친구의 변명이 아니라, 알렉상드르 뒤마Alexandre Dumas의『삼총사』(1844)에 나오는 우정의 원리가 필요한 것은 어쩌면 당연하리라. '하나는 모두를 위하여, 모두는 하나를 위하여!' 이때 어떤 모임이든 간에 '절대적 환대'의 원리와 운영은 중요하다. 인류학자 김현경의『사람, 장소, 환대』(문학과지성사)에 나오는 표현으로 결론을 대신하고자 한다.

신원을 묻지 않는, 보답을 바라지 않는, 복수하지 않는 환대. 사회를 만드는 것은 이런 의미에서의 절대적 환대이다. 누군가는 우리가 한 번도 그런 사회에서 살아본 적이 없다고 말할지 모른다. 하지만 사회운동의 현재 속에 그런 사회는 언제나 이미 도래해 있다. (242쪽)

노년의 양식에
관하여

노년의 양식糧食 **: 그들을 돌려보낸 뒤 그는 어쩐지 뿌듯했다**

  정지아의 소설 「봄날 오후, 과부 셋」(『숲의 대화』, 은행나무)에는 팔순에 이른 세 여고 동창이 등장한다. 세 친구는 일제 때 부르던 하루꼬, 사다꼬, 에이꼬라는 이름을 서로 부르며 눈부신 봄볕 속에서 옛 추억을 함께 나누며 노년의 우정을 만끽한다. 가는 세월은 정작 둥글려야 할 것은 그냥 놔두고 육신만 갉아먹은 걸까. 그렇지 않다. 세 친구는 오랜 세월 '험한 세상 다리가 되어' 우정의 마음으로 인생의 신산고초를 함께 나누었다. 그래서였을까. 함께 삼겹살을 구워 먹기 위해 정육점으로 향하는 소설 속 화자 에이코(영자)가 하는 대사가 여간 잔망스럽지 않다. "나 없을 때 또 비밀 이야기 하면 죽어!"
  정지아의 「봄날 오후, 과부 셋」은 노년의 삶에 바치는 한 편의 아름다운 문학적 헌사라고 할 수 있다. 위 작품이 여성들의 우정을 보여주는 작품이라면, 「혜화동 로터리」(『숲의 대화』)는 남자의 우정을 드러내는 작품이다. 작중의 김, 박, 최는 젊은 시절 사상적으로 대립하던 사이였지만, 이제는 사상을 뛰어넘은 우정을 나누는 사이가 되었다. 곡절이 없을 리 없다. 박도 최도 강도 사상에 짓밟힌 사람 중 하나가 되었다는 동질감이야말로 세 사람을 묶어주는 느슨한 유대감을 형성했음은 말할 나위 없다. 그러나 시간의 이빨은 누구도 비껴갈 수 없었다. "또 보자, 라는 인사가 언젠가부터 간다,로 바뀌었다"라고 쓴 작가의 문장에서 내 눈과 마음은 오래 멈춘다.

다시, 노년은 무엇으로 사는가를 묻는다. 그것은 누군가와 무엇인가를 '함께-함'에 있다고 확언할 수 있으리라. 그러나 우리 사는 사회에서 누군가와 무엇인가를 '함께-함'의 원리는 제대로 구현되지 못한다. 혼자 살다 혼자 죽는 '무연사회無緣社會'라는 말이 일본에서 유행하는 것은 무엇을 말하는가. 한 해 평균 3만 2000명이 무연의 상태로 죽음을 맞게 된다는 이웃나라의 사정이 언제까지 남 일이라고 치부할 수 있을까. 그렇다고 대량생산된 상품과 서비스에 전적으로 의존하는 노년을 보낸다고 하여 행복한 노년을 보낸다고 간주할 수 있을까.

자유롭지만 고독하게 살고자 하는 마음은 누구나의 욕망일 수 있겠지만, 누군가와 함께 사는 삶에 필요한 기반이 없고서는 실현 가능하지 않다. 철학자 이반 일리치가 『누가 나를 쓸모없게 만드는가』(느린걸음)에서 개인적으로든 사회적으로든 "시장 밖에서 만족을 얻을 기회"가 사라진 '가난의 현대화' 현상을 극복하려는 태도는 자신의 사용가치를 회복하는 것에 있다고 역설하는 것도 그런 이유와 무관하지 않다. 우리는 시장에 전적으로 의존한 결과 무엇을 잃었는가. "자율은 무너지고, 기쁨은 사그라지고, 경험은 같아지고, 욕구는 좌절되는 과정에 있다"고 이반 일리치는 말한다.

이반 일리치의 말은 지금 당장 시장 밖으로 나와 우리의 생존을 위한 양식糧食을 전적으로 구해야 한다는 주장과는 상관없다. 시장에 의존하는 지금의 근대 경제 시스템과 문화는 끊임없이 자급 중심의 경제와 문화를 파괴한다는 점을 환기하고, 변화를 위한 나와 우리의 새로운 행동을 촉구하고자 한 데에 있다. 그가 시간을 잡아먹는 초고속 교통(『공생을 위한 도구』), 병을 만드는 의료(『병원이 병을 만든다』), 사람을 바보로 만드는 교육(『학교 없는 사회』) 문제에 대해 근본적인 차원에서 비판한 것도 그런 연유 때문이다.

우리나라의 경우 노년(그리고 사회적 약자를 포함하여)의 양식을 위한 복지 행정 시스템은 이반 일리치가 말한 비판에서 과연 자유로운 것일까. 우리나라 (복지)행정 시스템은 이른바 '필요' 담론 속에서 "인간의 평등은 모든 사람의 기본적 필요는 동일하다"는 확실성에 뿌리를 둔 상태에서 추진된다. 그런 시스템에서는 그 사람이 무슨 활동을 하는가가 아니라 재산이 얼마인가가 더 중요할 따름이다. 이 점을 잘 보여주는 예가 정지아의 소설 「천국의 열쇠」(『숲의 대화』)이다. 선천적으로 장애아로 태어난 작중화자는 어머니의 지극한 헌신에 의해 혼자 음식을 하고 밥상을 차릴 줄 아는 성인으로 성장했다. 어느 날 군청 복지과(사회과)에서 사람들이 와서 복지 '수혜' 여부를 판정하게 된다. 그런데 어머니가 남긴 유산이 있고, 스스로 밥상을 차릴 줄 아는 장애인의 모습을 보며 담당 직원은 '아이' 취급을 하며 안도의 한숨을 내쉬며 돌아간다. 중요한 것은 작중화자의 반응이다. "아무 데나 뻗지르는 팔로 허공을 휘저으며 그들을 돌려보낸 뒤 그는 **어쩐지 뿌듯했다.**"(강조 : 인용자)

소설 속의 위 진술이 갖는 의미는 이반 일리치가 말한 나 자신의 사용가치의 회복과 깊은 관련이 있다고 나는 생각한다. 이 의미는 제도화된 삶의 병리학이 아니라 개인적 자주권의 모델을 지키겠다는 작중화자의 의지와 깊은 관련이 있을 것이다. 이 점을 우리는 어떻게 문화적으로 구현해야 할지 고민이 필요한 것이 아닐까. 소위 '시설'에 수용된 장애인과 노년의 삶에서는 일종의 인격장애로써 시설 신경증을 앓게 된다는 점을 우리는 잘 알고 있다. 그러므로 나 자신의 사용가치의 의미를 생각한다는 것은 이스라엘 철학자 아비샤이 마갈릿Avishai Margalit이 말한 '품위 있는 사회The Decent Society'와도 연결되는 대목이라고 확언할 수 있다. 그는 "품위 있는 사회는 제도가 사람들을 모욕하지 않는 사회"라고 정의한 다음, 제도를 통해 그 권한 아래에 있는 사람들을 존중하는 사회가 그런 품위 있는 사회라고 말한다. 그가 제도적 모욕의 가장 나쁜 예로서 영국의 빈민법Poor Law(1601)과 독일 나치하의 인종차별법인 뉘른베르크법Nürnberger Gesetze(1935)을 든 것은 어쩌면 당연하다.

가난을 증명해야 하고, 자신이 가난한 예술가임을 증명하지 않으면, 일체의 지원 자격을 얻을 수 없는 현행 복지행정 시스템의 문제는 결국 행정의 철학에 관한 문제이다. 『퇴적 공간』(민음인)을 쓴 오근재가 "노동이 생략된 시혜는 객관적으로는 '감사해야 할 일'이지만 주관적으로는 결코 '감사할 수 없는 일'이 되어버린다"고 말한 이유가 여기에 있을 법하다. 병원, 노인 요양원 같은 시설 위주의 노인복지정책을 적극적으로 추진하는 현행 복지정책과 제도의 문제에 대해 새로운 시선의 전환이 요구된다. 그런 제도화된 삶에서 노년은 '늙은 아기' 취급을 받고 있다. 청년 세대와 노년 세대의 양식糧食에 관한 측면에서 가난을 증명하지 않아도 되는 권리가 얼마나 품위 있는 사회의 인간으로서 살아갈 수 있는 물적 토대가 될 수 있는지에 대한 폭넓은 사회적 대화와 합의가 필요하다고 나는 생각한다. 인간은 인간에 대해 인간적이어야 하므로!Homo homini Homo!

노년의 양식良識 : 새로운 전투지는 나의 몸이자 나의 태도

>한낮에 국수 가는 전철은 한산하다.
>노인은 왜소한 몸으로 7인석 좌석을 다 차지하고 앉아
>신문을 쌓아놓고 보고 있다.
>한쪽 다리를 좌석 위에 턱 얹어놓고
>등을 옆으로 기대고 한껏 편한 자세를 취하고 있다.
>편할수록 더 결리는 허리.
>최선을 다해 자세를 고쳐 앉아보지만
>삶은 여전히 바뀌지 않는다.
>허리와 어깨는 10초 동안 평안한 척하다가 다시 못마땅해진다.
>―김기택, 「국수행 전철에서」(『갈라진다 갈라진다』) 부분

위 시는 무엇이 노년의 삶을 권태롭게 하는가를 잘 보여주는 작품이다. 그것은 시간의 이빨이다. "최선을 다해 자세를 고쳐 앉아보지만/ 삶

은 여전히 바뀌지 않는다"라는 표현에서 여실히 확인할 수 있다. 위 시에 등장하는 시적 화자의 내면에서 행선行禪의 여유를 느낄 수 있는가. 시간 과잉에 시달리는 노년층에 관한 어떤 이미지를 확인할 수 있게 되는 것이 아닐까? 어느 누가 시 속의 노인을 '고려대'(고상하게 여행다니는 노년) 노년이라고 부를 수 있을까. 문제는 이런 시간 과잉에 시달리는 노년층의 삶은 가난한 노년에게는 언감생심이라는 사실이다.

오근재는 노인이 된다는 것은 '액자 밖 사람들'이 되는 것이라고 말한다. 자본주의사회라는 액자의 바깥에 내던져진 존재와 같다는 의미에서이다. 그는 대학에서 디자인을 가르치는 교수로 재직하다 정년 퇴임한 뒤 어느 날 문득 자신이 노인이 되어 있다는 사실을 자각하게 되었다고 한다. 저 유명한 카프카Franz Kafka의 「변신」에 등장하는 주인공 그레고르 잠자처럼! 노년이 된 그는 같은 세대 노인들이 자주 머무는 서울의 주요 현장들(탑골/종묘공원, 허리우드클래식, 서울노인복지센터 등)을 찾아 일종의 문화기술지적 심층 탐사를 했다.

오근재는 이러한 공간들을 퇴적 공간이라고 부른다. 도시의 인위성에 밀리고 속도에 적응하지 못한 인간들이 강 하구의 삼각주에 쌓여가는 모래섬처럼 모여든다는 뜻에서다. 자본주의 시장에서 자신의 노동력을 더 이상 '내다 팔 수 없는' 잉여의 신세가 되어버린 노인들이 하구의 삼각주처럼 퇴적되어 있는 공간이라는 의미를 갖는다. 그런 퇴적 공간에서 노인은 뒤처진 존재 혹은 그저 보이는 대상으로 물성화될 뿐, 주체성을 지닌 인간으로 대접을 받지 못한다. 그런 사회에서 한 사람의 노인이 된다는 것은 내면화된 수치심의 문화를 수용해야만 한다. 영어 단어 'shame'이란 단어가 '수치심'이라는 명사이면서 동시에 '창피 주다'는 동사이기도 하다는 점을 우리는 생각해보아야 한다. 그는 말한다. "자신들이 인간으로 살아온 것이 아니라 자본주의사회의 자원(human resource)으로 분류되어 살아왔음을, 물성적 교환가치가 소멸되는 순간 시장에서 찌꺼기처럼 폐기되었음을. 그래서 '어르신'들은 누구랄 것 없이 고독하고 쓸쓸하다."

노년의 삶을 바라보는 우리 안의 척도가 바뀌어야 한다. 자연현상으로서의 노화보다 사회학적 노화 차원에 대한 우리의 인식 자체가 변화할 필요가 있음은 물론이다. 저 그리스 시대 아리스토텔레스가 역설한 형상론은 지금에 와서 재화의 획득으로 대체되었다. 노화와 죽음 자체를 긍정하고, 노동과 정의가 제자리를 찾는 사회와 문화의 토대를 형성하는 일이 중요한 것은 말할 나위 없다. 개인의 자존과 자아실현을 위한 사회적 프로그램 개발에 더 신경을 써야 하지 않을까. 그리고 노인들을 삶의 현장에서 몰아내고 노인'만'의 공간으로 고립시키는 지금의 노년의 문화를 바꾸기 위해 가정이나 공동체의 부활이 필요하다는 점을 직시해야 할 필요가 있다.

이와 관련해 일본의 주택문제 해결을 위해 1948년에 설립된 주총연의 고령기거주위원회(www.jusoken.or.jp)가 2009년부터 2012년까지 실시한 바 있는 '지역공생의 집' 이야기를 기록한 『노후를 위한 집과 마을』(클)에 나오는 사례는 참조할 바가 적지 않다. 이 책의 부제는 '문을 열고, 사람을 만나고, 함께 살아가다'이다. 핵심은 집과 마을을 연결하는 생활 방식에 있다. 책에는 세 가지의 모델에 따른 16개 사례가 등장한다. 자신의 집을 마을에 개방하는 경우, 마을에 또 하나의 집을 만드는 경우, 여럿이 함께 살아가는 집을 만드는 경우가 그것이다. 노년의 삶과 사회를 보장하려면 먼저 문[門]을 여는 행위가 필요한 것은 당연하다. 이 때의 문은 실재하는 문뿐만 아니라 마음의 문을 포괄함은 물론이다. 먼저 내 집의 거실을 개방하려는 거실혁명livingroom revolution이 필요한 것도 그런 이유와 무관하지 않으리라.

양식 있는 노년의 삶과 사회를 위한 문화적 접근과 노력이 필요하다. 이 점에서 프랑스 과학자, 인권운동가, 사회운동가 등 70~80대 원로 4명이 함께 대담하며 장수의 윤리학에 대해 말하는 『노인으로 산다는 것』(계단)에 주목할 필요가 있다. 프랑스 언론인 도미니크 시모네Dominique Simonnet가 원로 과학자 조엘 드 로스네Joël de Rosnay, 인권운동가 장 루이 세르방 슈레베르Jean-Louis Servan-Schreiber, 사회운동가 프랑수아 드 클로제Françcis de Closets와 함께 생물학적 노인, 정신적 노인, 사회적 노인을 주제로 깊이 있는 대담을 나눈 책이다. "새로운 노년은 발견되어야 할 아메리카이고, 60세 너머에 감춰져 있는 미지의 대륙이다"라는 인터뷰어 도미니크 시모네의 말이 퍽 인상적이다. 과학자 조엘 드 로스네는 바이오노미bionomy라는 개념을 제안한다. 집의 경영을 의미하는 이코노미economy라는 표현에 빗대어 '젊게' 늙기 위한 삶의 경영을 강조하는 의미에서 사용한 말이다. 영미권에서 쓰이는 성공적인 나이 들기 sucessful ageing라고 이해해도 무방하다. 몸을 잘 다스리는 법을 배우자는 것이다.

그렇다고 하여 이들이 압축된 죽음, 노화 지연, 노화 중지처럼 노화에 맞서는 안티에이징anti-aging을 권장하는 것은 아니다. 오히려 일종의 제2중간기(60~75세)가 된 노년을 맞이하는 개인의 몸과 정신의 변화 그리고 사회정책의 변화가 동시에 필요하다고 역설한다. 핵심 요지는 은

퇴라는 말 대신에 '삶의 전환'을 추구하는 삶을 살자는 것이다. 다시 말해 언제나 항상 호기심을 갖고 항상 행동하며 관심을 갖고 역동적으로 살자는 것이다. 세상이 아니라 나 자신에게 도전하는 삶을 살자는 것! 팔순의 인권운동가인 장 루이 세르방 슈레베르가 "노년은 철학적이고 영적인 물음을 던지는 시기"라고 한 대목에서 이런 생각을 여실히 엿볼 수 있으리라.

   노년의 양식良識과 관련해 우리가 주목해야 할 대목은 인권운동가인 세르방 슈레베르의 격조 있는 생각이다. 그는 인생의 쇠퇴기에는 '행동'이야말로 절망하지 않을 수 있는 최선의 방법이라고 말한다. "새로운 전투지는 바로 나의 몸이자 나의 태도"라는 그의 말을 보라. 스스로에게 부여할 작은 도전을 찾아서 행동하라는 것이다. 육체적으로 독립을 해야 하는 동시에, 경제적으로 독립해야 한다는 것도 잊지 않는다. 소위 온건한 이기주의를 권장하는 세르방 슈레베르의 주장은 노년의 문화 관점에서 참조해야 할 측면이 적지 않다. "상대방이 나에게 호감을 갖게 만드는 것이 최선의 방법입니다. 반드시 성적인 매력이 아니어도 좋습니다. 사람들이 나를 만나고 싶은 마음을 갖도록 자신의 행동을 바꿀 수 있지요. 하지만 다른 사람과의 관계를 추구하되, 기대는 크게 하지 않는 게 좋습니다. 그것은 우리가 늘 염두에 두어야 할 현실적인 태도입니다." 유혹의 힘이 필요한 것은 당연하다. 이때의 유혹의 힘은 나의 몸과 나의 태도에 저항할 때 얻어지는 어떤 것이라고 말할 수 있으리라.

노년의 양식樣式 : 그들의 삶은 하나같이 홀가분했다

권정생 선생은 평소 자신의 몸 상태를
멀쩡한 사람이 쌀 석 섬 지고 있는 것 같다 했다

개구리 짐 받듯 살면서도
북녘에서 전쟁터에서 아프리카에서
굶주리는 아이들 짐 덜어주려 했다 그리했다

짐 진 사람 형상인 어질 仁
대웅보전 지고 있는 불영사 거북이
짐 진 자 불러 모은 예수

세상에는 짐을 대신 져주며 살았던 사람들이 있다
그들의 삶은 하나같이 홀가분했다
―안상학, 「쌀 석 섬」(『그 사람은 돌아오고 나는 거기 없었네』) 전문(강조 : 인용자)

노년의 새로운 양식이 필요하다. 생물학적으로 노년이 되었다는 이 유만으로 대가연하는 태도로는 더 이상 젊은 세대와 대화할 수 없고 소통할 수 없다. 노년의 삶에서 가장 경계해야 할 태도가 "내가 왕년에~" 하는 식의 소위 '꼰대질'하는 태도인 것은 말할 나위 없다. 한 사람의 인격과 인품은 과거에 어떤 일을 했느냐가 물론 중요하다. 그러나 더 중요한 것은 이 현재의 순간 무슨 일을 하고 있느냐이다. 이 점에서 위 시에 등장하는 동화작가 권정생 선생은 최후의 순간까지 자신에 대해 저항하고, 세상과 타협하지 않으며, 멋진 말년의 양식late style(E. 사이드)을 보여준 드문 경우였다고 확언할 수 있다. 선생이 죽기 직전까지 저 스피노자의 『에티카』를 여러 번 탐독하며 스피노자와 같은 삶을 살고자 했다는 이야기는 자못 감동적이다. 언제나 항상 자신의 죽음을 생각하며 자신이 죽은 뒤 유산의 전액을 북한 어린이들을 위해 써달라며 작성한 유언장(2005. 5. 1.)에는 선생 특유의 유머 감각이 넘친다. 나는 "태어나서 25살 때 22살이나 23살쯤 되는 아가씨와 연애를 하고 싶다. 벌벌 떨지 않고 잘할 것이다"라는 유언장의 문구를 보며 코끝이 찡해지는 감동을 받았다. 죽음으로써 완성되는 삶의 한 경지를 권정생 선생에게서 보게 되는 것은 나만은 아니리라.

노년의 양식을 위해서는 예의 세르방 슈레베르가 "노년은 철학적이고 영적인 물음을 던지는 시기"라고 한 말처럼 삶을 위한 철학 수업이 중요하다. 철학사 이진경의 말처럼, 자유로운 삶을 위한 '필로-비오스philobios'가 필요한 셈이랄까. 여기서 말하는 필로-비오스가 지식을 쌓는 식의 공부를 의미하는 것만은 아니다. 우리 시대 어른으로 존경받고 있는 채현국 선생이 『한겨레』와의 인터뷰에서 "지식을 가지면 '잘못된 옳은 소리'를 하기가 쉽다"고 한 말씀을 우리는 상기해야 한다. 자신만의 아상我想을 고집하는 한, 젊은 세대를 비롯한 타자와의 만남과 차이의 철학은 불가능하다. 자신의 내공을 쌓는 진짜 공부가 무엇이고, 어떻게 살 것인가에 대한 공부가 요구되는 것은 말할 나위 없다. 평균 연령 78.2세에 이르는 충북 옥천의 할머니들이 펴낸 시집 『날 보고 시를 쓰라고』(문학공원)는 그 생생한 증거라고 할 수 있다. 그리고 먼저 산 사람으로서의 책임을 다하려고 묵묵히 문화 봉사활동을 하는 전주 효자문화의집 문화 동아리 북북BookBook의 존재를 나는 잊을 수 없다.

왜 노년의 양식에서 공부가 중요한 것일까. 여기서 말하는 공부는 공부工夫이고 쿵푸功夫이다. 그러나 여하튼 간에 그런 공부는 몸과 마음을 낮추는 하심下心의 훈련과 깊은 관련을 맺는다. 공부의 본래 목적이란 몸과 마음이 자유로운 삶을 살고자 하는 의지와 열정 자체에 있다는 점을 부정할 수 없기 때문이다. 물론 우리 사회에서 공부는 입신출세를 위한 학습으로 대체된 지 오래되었다. 그러나 학습이 공부를 대신할 수 있는 걸까. 우리는 누구나 자유자재한 삶을 살고자 하지만, 그런 자유란 필시 지배(권)와 소유(권)를 향한 자유를 진짜 자유인 양 착각하는 경우가 적지 않은 것이 아닐까. 우리는 '자유는 누구의 것인가?'에 대해 스스로에게 질문을 던지고 그 답을 찾으려 해야 한다. 노예가 노예를 부리는 자본주의 체제를 작동시키는 원리가 인정 욕망이라는 점은 주지의 사실이다. 우리는 그러한 인정 욕망을 자유라고 착각하며 살고 있는 것이 아닐까. 노예를 부리는 '노예 주인'의 자유가 아니라, 자신을 뜻대로 부리는 '자신의 주인'으로서의 삶을 사는 자유가 요구되는 것은 당연한 노릇이다. 이진경이 '자유를 위한 작은 용기'를 역설하는 것도 그런 이유 때문이다. 나 자신의 자유로운 삶을 위해 자신의 자유의지만이 아니라 자신을 벗어나려는 의지가 동시에 필요하다. '자신의 주인됨'이라는 자유로운 삶과 사유의 조건을 만드는 동시에, 그 과정에서 형성된 자신의 아상마저 넘어서서 무아의 사상을 향해 또다시 사유의 모험을 기꺼이 떠나려는 삶과 사유에서의 분투가 요구되는 셈이다.

우정과 환대의 마음은 그런 사유와 삶의 모험에서 나온다. 그것은 나 자신의 삶과 생각을 '조금' 바꾸려는 행위와 연결된다. 혁명이라는 단어가 본래 천체의 회전revolution을 뜻하는 말에서 유래했다는 점을 생각해보아야 한다. 김중식 시인이 쓴 「이탈한 자가 문득」이라는 시는 바로 이 회전의 의미를 풀이한 작품이라고 간주할 수 있다. 결국 노년의 새로운 양식樣式은 사색하는 삶이고, 젊은 세대를 비롯하여 누군가와 함께하는 삶이 대안인 것이다. 성공 지향 문화에 익숙해진 우리 사회에서 행복을 잊은 사회 대한민국의 피로한 자화상이 우리의 미래가 되는 사회는 불행하다. 철학자 한병철이 『피로사회』에서 성과 사회가 낳은 탈진 증후군 문제를 바이러스, 적대자, 억압과 착취, 결핍과 같은 부정성의 소멸이라는 관점에서 성찰하여 큰 관심을 모은 것도 번아웃 신드롬 현상에서 자유롭지 못한 대한민국의 자화상을 보여주는 예가 아니던가.

  신자유주의가 강권하는 자기 계발하는 주체(서동진)로는 그 악무한의 궤도에 편승하는 일에 지나지 않는다. 노년의 삶을 위해서는 시간의 향기(한병철)가 절실히 요청되는 것이다. 근대 계몽주의 이후 역사적 인간들은 신이 부여한 확고부동한 시간의 받침대Halt를 잃어버리고, 선-시간 혹은 점-시간에서 노동하는 인간으로서의 운명을 다해야 하는 상황을 맞게 되었다는 한병철의 분석은 지금 우리 사회에서 재음미되어야 한다. 점-시간이라는 말은 시간 자체가 원자화되었다는 의미를 함축한다. 이러한 시간의 위기는 필연적으로 서사적 탈시간화를 낳게 되는 동시에, 개인 또한 원자화의 운명을 감내하도록 재촉한다. 우리는 우리 자신을 이해하고 설명할 수 있는 '이야기'의 전통을 모두 잃어버린 채 모든 것이 '정보'로 환원되는 상황에서 어쩔 줄 몰라 전전긍긍하고 있다. 노년의 삶은 더욱 그러하다. 한병철의 『시간의 향기』(문학과지성사)가 갖는 문화적·사회적 의미는 바로 서사적 탈시간화가 초래한 향기 없는 시간에 맞서 새로운 시간 혁명의 가능성을 탐색하는 점이다. 우리 사는 세상에서 가치 있고 의미 있는 모든 것들을 집어삼키는 크로노스적 시간에 포획되는 인질 신세를 거부하고, 저마다의 사유 행위와 후각의 회복을 통해 카이로스적 시간을 되찾으려는 시간 혁명을 촉구한 점은 노년의 양식樣式을 생각하려는 이 자리에서 각별한 의미를 갖는다.

그러나 한병철이 말하는 시간 혁명이 가능하려면 발터 베냐민이 「역사의 개념에 대하여」(1940)에서 역설한 '지금-시간Jetztzeit'의 구체적인 사례들과 접목해야 함은 물론이다. 그러나 한병철은 지금-시간의 구체적이고 실제적인 사례를 보여주지 않는다. 또는, 그렇게 하지 못한다. 나 역시 한병철이 이야기하는 것처럼 "행동 없는 사색적 삶은 공허하고, 사색 없는 행동적 삶은 맹목이다"라고 생각한다. 그러나 이 말이 좀 더 현실성을 갖기 위해서는 노동의 시간을 내파하고 한가로움의 민주화를 위한 '혁명의 시간'에 대해 더 많이 말해야 한다. 그렇지 않으면 새로운 시간의 혁명에 대한 사유와 머무름의 기술은 시간이 남아돌아 주체할 수 없는 일부 '부유한' 노년들의 경우에만 해당되는 신자유주의의 약속에 불과할 수 있다. 여전히 노동 사회에 포획된 채로 유포되는 '여가 사회' 담론이 우리 사회에서 활용되는 맥락이 철저히 근대적인 이유가 여기에 있다. 그것은 소비자로서의 정체성만을 강조하는 레토릭에 불과할 수 있다.

노년의 새로운 양식을 위해서라도 한가로움의 민주화는 여전히 필요하다. 이반 일리치가 사용가치의 자율적 창조를 위한 저항으로서 공생의 정치를 역설한 것도 그런 이유와 무관해 보이지 않는다. 노년의 삶을 비롯해 우리 모두의 사용가치를 만들 수 있는 자유를 공정하게 분배하기 위한 저항으로서 이반 일리치가 제안한 공생의 정치가 필요한 시점이라고 할 수 있다. 그럼에도 불구하고 지금 당장 실현 가능한 나를 위한 한가로움의 민주화는 당연히 필요하다. 이반 일리치가 『성장을 멈춰라! : 자율적 공생을 위한 도구』(미토)라는 책에서 공생의 세 가지 도구로 자전거, 도서관, 시를 언급한 것은 하나의 중요한 참조점이 될 수 있으리라. 지금 당장 자전거를 타고 도서관에 가서 시를 읽으시라. 바로 거기서부터 시작하면 된다.

노년의 멋론論을 위하여 : "태초에 멋이 있었다"

나는 이 글에서 다시 쓰는 노년의 '멋론論'을 제안하고자 한다. '멋'이라는 우리말은 얼마나 멋진 말인가. 그러나 멋에 관한 담론은 우리나라 문화와 예술 현장에서 그렇게 많이 회자되지 않았다. 시인 신석초가 『문장』1941년 3월호에서 「멋설說」(1941)을 처음 제기한 이후 일석一石 이희승, 도남陶南 조윤제, 동탁東卓 조지훈이 멋에 관한 담론을 제기하였다. 이들은 멋이 '맛'에서 비롯하였다는 점에서는 일치하였으나, 이들의 멋에 관한 담론은 최원식이 「멋에 관한 단상」(2001)에서 적절히 분류한 것처럼, 고전적 멋과 풍아미(석초) 내지는 풍류미(동탁) 사이에서 대체로 벗어나지 못했다. 곡선의 예술론을 주장한 석초의 멋론은 일제 말 상황에서 한국의 독자적 미학을 구축하려 한 업적이 없지 않으나, 야나기 무네요

시柳宗悅와 고유섭의 자장으로부터 결코 자유롭지 못하다. 일석은 비실용성을 기초로 한 멋의 특성을 '흥청거림'과 '필요 이상'으로 파악했으나, 멋이 무질서에서 비롯한다고 보았다. 도남의 경우 멋에 관한 담론을 탄핵하며 '은근과 끈기'야말로 한국미의 특질이라고 파악했다. 동탁은 멋이 맛에서 기원했다는 설을 지지하며 멋의 일탈적 주관성을 주장하였다.

이 점에서 최원식이 멋에 대한 논의가 왜 실종됐는가를 규명한 작업이 오히려 더 흥미를 끈다. 최원식은 "아마도 산업화의 속도전이 가동되기 시작한 박정희 독재 시대의 전개와 관련될 것"이라고 진단한다. 멋 대신에 한恨을 바탕으로 한 1970년대 저항문학(저항예술)의 출현과 깊은 관련을 맺는다는 것이다. 이러한 특성을 적절히 보여주는 예가 김지하의 유명한 평론인 「풍자냐 자살이냐」(1970)이다. 김수영의 시정신을 이어받아 '한'을 비애에 기초한 강력한 풍자의 무기로 재창안하고자 한 김지하의 미학적 실험은 이후 1970~1980년대 내내 한국문학과 한국예술의 중심적인 미학적 범주가 되었음은 물론이다. 최원식의 주장을 더 자세히 들어보자.

"전후 부흥기, 4월 혁명, 그리고 5·16쿠데타로 이어지는 이 시기는 6·25라는 국제적 내전을 거쳐 남한이 본격적 건국기로 진입한 때라는 점에 주목해야 한다. 멋론은 그를 안받침하는 일종의 국민·민족문화론이다. 이 논의는 문화적 정체성의 확립을 통해 건국을 추진할 국민을 창출하고자 하는 정치적 무의식의 자연스러운 분출이 아니었을까? 비록 반쪽의 정체성론에 긴박된 위로부터의 국민주의 또는 엘리트주의라는 한계 때문에 4월세대가 본격적으로 대두한 1970년대에 슬그머니 퇴장했지만, 새로운 건국기를 맞이하여 멋론의 국민문화론적 의의를 비판적으로 되새겨볼 만한 시점이 아닐 수 없다."

―최원식, 「멋에 관한 단상」(『민족의 길, 예술의 길』) 중에서

이 점에서 나는 기왕의 멋에 관한 담론을 새롭게 전유하여 다시 쓰는 우리 시대의 멋론이 필요하다는 점을 제기하고자 한다. 이 의미는 노년의 멋론을 위한 실용적 의미로서뿐만 아니라 우리나라 문화와 예술의 미래를 위한 새로운 담론 형성 차원에서도 적잖이 기여할 것이라는 점에서 그러하다. 담론이란 개념을 제시하는 작업이다. 그런 담론이 없는 각개약진은 문화적 공동성을 제대로 형성하지 못한다. 문화적 공동성 없이 저마다 분절되고 분리되어 있는 우리 시대의 문화적 문법을 생각하면 멋론이 갖는 의미는 각별하다는 생각을 더하게 된다. 물론 최원식이 우려한 것처럼, 멋론이 일종의 국민·민족문화론 차원에서 국가주의적 방식으로 수렴되려는 경향에는 마땅히 경계해야 한다. 후일 김지하가 민족미학의 핵심 원리로서 '한恨'과 '멋'을 설정하고 두 개념 간에 절충을 시도하고자 했으나, 폭넓은 지지를 받지 못한 이유 또한 국가주의화 경향과 무관하지 않았다. 김지하는 '기우뚱한 균형'을 역설하며, 한의 자리를 멋에 내어주고, 한은 멋을 지지하는 배합 관계가 되어야 한다고 주장한 바 있다. 멋에 관한 후속 논의가 필요한 대목이 아닐 수 없다.

동탁 조지훈은 「멋설說」(1958)에서 "태초에 멋이 있었다"고 주장한다. 멋을 멋있게 하는 것이 바로 무상無常인가 하면 무상을 무상하게 하는 것이 또한 '멋'이라는 의미에서다. 앞서 언급했듯이, 동탁은 멋과 맛의

관련 양상을 가장 깊이 연구한 시인이다. 그리고 실제로 그런 삶을 지조 있게 살고자 하였다. 저 유명한 『지조론』(1962)이 그 생생한 증좌이다. 동탁이 「삼도주三道酒」(1958)라는 글에서 "머루 맛에서 老子가 웃는다. / 솔잎 맛에서 佛陀가 웃는다. / 당귀當歸 맛에서 孔子가 웃는다"고 한 표현에서 이러한 멋의 정신을 여실히 확인할 수 있을 법하다. 이 의미는 그리스적 의미에서 노예적 삶의 양상을 의미하는 '조에^{Zoe}'적 상태와는 전혀 상관없다. 사는 대로 사는 것이 나의 삶이라는 동탁의 멋론은 노년의 삶과 문화를 성찰하려는 이 자리에서 참조해야 할 삶의 한 경지가 아닌가 한다. 물론 동탁의 멋론이 저 유명한 「주도유단酒道有段」(1956)처럼 맛에 관한 논의로 기운 점은 비판할 여지가 없지 않다. 그러나, 그럼에도 불구하고, 우리 시대 노년의 새로운 멋론을 위한 동탁의 논의가 적잖이 기여했음을 부정하지 못할 것이다.

    노년의 멋론을 형성하는 것은 결국 우리 사회에 노년을 위한 집과 마을이 어디에 있는가 하는 질문과 통할 수 있다. 이 질문에 대한 우리의 답은 '아니오'에 더 가까울 것이다. 그러나 "유토피아를 상상하기조차 어려운 순간이야말로 유토피아가 가장 필요한 때"라는 말이 있다. '여기-천국'이 필요한 것은 이 때문이다. 지난 4·16 세월호 참사 이후 안전한 마을공동체는 우리 모두의 화두가 되었다. 그러나 안전한 마을은 주민들의 자발적 참여 없이 중앙정부 및 지방정부에 의해 행정이 투입되고 재정이 집행되는 마을공동체 만들기 정책사업 형식을 통해서만 구현되는 것일까. 살아가기와 투쟁하기가 따로 분리된 것이 아니라 하나로 통합되어야 하는 시절에 살고 있음을 우리는 잘 알고 있다. "마을은 마을 사람이다"라는 슬로건에 함축된 의미를 더 생각하고, '여기

−천국'을 구현하려는 다양한 문화적·예술적 상상력과 행동들의 결합이 필요하다.

이와 관련해 우리 사회는 성장과 복지를 둘러싸고 오랜 논쟁을 벌이고 있다. 그러나 재난은 비유가 아니라 실제 현실이 되었다. 지금 여기 대한민국에서 가장 결핍된 것이 안전하고 평화로운 일상이라는 사실을 누가 부정할 수 있겠는가. 우리는 삶 자체가 형벌이 되는 삶을 아무도 원하지 않는다. 복지와 사회정의가 실현되는 다른 대한민국을 상상하고 그런 사회를 위해 지혜를 모아야 한다. 그렇지 않으면 우리는 또다시 일상화된 재난 혹은 재난의 일상 자체를 피할 도리가 없다. 그런 미래는 끔찍한 디스토피아라고 할 수 있다. 경제성장뿐만 아니라 사회보장의 가치가 함께 공존할 수 있는 대한민국의 청사진을 위해 지도와 나침반을 준비해야 한다. 스웨덴을 비롯한 북유럽 5개국의 노르딕 모델Nordic model이 이룩한 성장과 나눔의 선순환 사회체제는 노스텔지어로서가 아니라 실현 가능한 구체적인 목표로서 참조 사례가 되어야 마땅하다. 스웨덴은 강력한 사회민주주의, 보편적인 복지국가, 중립 외교정책, 계급 타협과 노동시장 합의라는 가치를 지상에 구현한 복지국가의 모범적 모델로서 인식되고 있다. 좋은 사회good society의 현실 모델인 셈이다. 스웨덴의 '국민의집People's Home'과 같은 제도가 그 좋은 예가 된다.

우리나라는 노년을 위한 나라인가. 노년을 위한 나라는 청년 세대를 소외시키는 나라와는 전혀 상관이 없다. 노년과 청년이 함께 사는 사회가 결국 대안이 될 것이다. 이를 위해서는 '복지는 비용인가?' 하는 논의로부터 시작된다. 우리 사회에서 복지라는 말은 여전히 '비용'으로 취급되고 있으며, 문화적 접근은 일부 노인복지관의 상투화된 프로그램에 국한되고 있다. 특히 우리 삶은 분리될 수 없는데도 불구하고 온갖 사회정책은 서로 분절되어 있다. 1932년 스웨덴 사민주의 경제학자 뮈르달 부부Alva Myrdal, Gunnar Myrdal가 "사회정책은 비용이 아니라 생산적인 투자"라고 한 생각이 스웨덴의 미래를 바꾸어놓았음을 우리는 직시해야 한다. 뮈르달 부부는 이러한 관점을 예방적 사회정책이라고 했다. '낡은' 사회 시스템을 업데이트하여 사회를 보호하자는 것이었다. 예방적 사회정책들은 사회문제를 개별 증상으로 파악하지 않고, 경제구조 전체를 치료 대상으로 삼는다는 뮈르달 부부의 입장은 훗날 "사회보장이 곧 경제성장이다"라는 스웨덴 사민당의 공식 테제로 자리 잡았다. 이러한 정책 변화 과정에서 '언어 싸움'이 얼마나 중요한 역할을 했는지는 따로 설명하지 않아도 좋으리라. 이 점에서 노년의 멋론에 관한 더 심화된 후속 논의가 필요한 것이라고 해야 할까.

세대 간 문화적 공유지대 형성이 요구된다. 그것은 어떻게 실현 가능한 것일까. 나는 우리 몸에는 세 개의 길이 있다고 생각한다. 눈길, 발길, 손길이 그것이다. 누군가로부터 눈총을 맞아야 하는 삶은 얼마나 서글픈 일인가. 우리는 누군가와 눈길을 마주하고, 발길을 옮겨, 손길을 주고받아야 하는 것이 아니겠는가. 이 의미를 잘 풀어낸 이대흠의 멋진 시 「아름다운 위반」(『귀가 서럽다』)을 인용하는 것으로 결론을 대신할까 한다. 아래 시에서 우리가 특히 주목해 보아야 할 대목은 2연에 등장하는 버스기사의 독백이다. "기사 양반"과 "노인네"가 주고받는 대화 속에서 나는 함께 산다는 것의 의미를 깊이 생각하게 된다. 나는 세대 간 문화 공유지대 형성을 위해서는 지금의 견고한 질서에 작은 균열을 나는 '아름다운 위반'이야말로 우리 시대 멋론을 구축하는 한 양상이 되지 않을까 하는 생각을 하게 된다. 다시 말해 파격이 필요하고, 일탈이 요구된다.

로마 철학자 키케로는 함께 산다는 것의 의미를 '콘비비움 convivium'이라고 말했다. 이 말은 친구들과의 만남과 대화를 의미한다. 우리 시대 새로운 노년의 멋론은 젊은 세대와 노년 세대 간에 그런 만남과 대화 속에서 싹이 트는 것인지도 모르겠다. 누군가에게 눈길을 주고, 발길을 재촉하며 함께 서 있고자 하고, 누군가에게 먼저 손을 내미는 행위에서 그런 멋진 함께 살기의 문화는 꽃을 피우리라.

> 기사 양반! 저짝으로 조깐 돌아서 갑시다
> 어찧게 그란다요 뻐스가 머 택신지 아요?
> 아따 늙은이가 물팍이 애링께 그라제
> 쓰잘데기 읎는 소리 하지 마시오
> 저번챀에 기사는 돌아가듬마는……
> 그 기사가 미쳤능갑소
>
> 노인네가 갈수록 눈이 어둠당께
> **저번챀에도**
> **내가 모셔다드렸는디**
>
> ─이대흠, 「아름다운 위반」 전문(강조 : 인용자)

꿈꾸는 책들의
나우토피아를 위하여

도시는 사람이다

　영국 사회운동가 존 조던이 쓴 『나우토피아』는 비정한 신자유주의 질서에서 '인간됨'의 형식을 지상에 구현하고 있는 유럽의 대안적 마을 공동체 현장들을 심층 탐사한 책이다. 이 책을 쓴 저자의 의도는 "유토피아를 상상하기조차 어려운 순간이야말로 유토피아가 가장 필요한 때이다"라는 말에서 확인할 수 있다. 여기서 나의 흥미를 끈 표현은 '나우토피아Nowtopia'라는 말이다. 크리스 칼슨Chris Carlsson이 처음 사용한 것으로 알려진 나우토피아라는 말은 더 나은 세상을 '지금 여기' 지상에 실현한 곳이라는 의미를 지닌다. 우리말로는 '여기-천국'이라고 부를 수 있을 법하다.
　그렇다면 '여기-천국'이 과연 가능한 것일까. 스페인 남부 안달루시아Andalucia 지방에 있는 작은 마을 마리날레다Marinaleda는 아마도 그런 곳이라고 감히 말할 수 있으리라. 영국 저널리스트 댄 핸콕스Dan Hancox가 쓴 『우리는 이상한 마을에 산다』(위즈덤하우스)에 소개된 스페인 마리날레다 공동체는 스페인의 로빈 후드로 불리는 후안 마누엘 산체스 고르디요Juan Manuel Sánchez Gordillo 시장의 리더십과 자발적 시민들의 지지와 참여 속에 출범한 '여기-천국'이라고 말할 수 있으리라. 마리날레다는 '저항'과 '창조'의 토대 위에서 건설된 마을공동체라고 확언할 수 있다.

그러나 하나 분명한 것은 마리날레다 같은 지상의 나우토피아는 타급자족他給自足의 방식으로는 절대 실현되지 않는다는 점이다. 유토피아를 뜻하는 영어 단어인 노웨어Nowhere를 '지금 여기Now-Here'로 변환하는 핵심 동력은 타급자족에 있지 않기 때문이다. 어쩌면 그것은 또 다른 종속에 불과할 것이다. 나우토피아의 실현은 자급(경제)과 자치(정치) 그리고 자유(문화)의 가치를 빼놓고 말할 수 없으리라. 그러나 자급과 자치 그리고 자유라는 가치는 저절로 얻어지는 것이 아니다. 이 점에서 마리날레다 공동체는 우리로서는 매우 특이한 도시라고 말할 수 있다.

이 책의 원제는 '세상에 맞서 싸우는 마을The Village against the World'이다. 책 제목에서 보듯이, 마리날레다 공동체는 사람보다 돈을 더 숭배하는 신자유주의적 세상 질서에 맞서 자급과 자치의 가치를 지금 여기에 구현하고자 하는 마을공동체이다. 인구 3000명 남짓한 마리날레다 공동체에서는 직접민주주의, 협동조합, 실업률 0%, 무상주거, 무상의료 같은 일들이 더 이상 꿈같은 기적이 아니다. 1980년 이후 30년이 넘도록 마리날레다의 선출직 시장으로서 이 공동체를 이끌고 있는 후안 마누엘 산체스 고르디요 시장이 1985년 어느 인터뷰에서 한 말을 보라.

"우리는 유토피아를 정의하는 것만으로는 충분하지 않다는 것을 배웠습니다. 반동 세력에 맞서 싸우는 것만으로도 충분하지 않았습니다. 지금 여기에 유토피아를 세워야 합니다. 벽돌을 쌓듯이 차곡차곡, 끈기 있게, 꾸준히, 우리가 오랜 꿈을 현실로 만들 수 있을 때까지. 모든 사람에게 빵이 있고, 시민들 사이에 자유가 있고 문화가 있을 때까지, '평화'라는 말을 존경심을 가지고 말할 수 있을 때까지. 우리는 현재에 세워지지 않는 미래는 없다고 믿습니다. 진심으로."[1]

그렇다면 어떻게 이런 일이 가능할 수 있었을까. 여기서 1975년 스페인 독재자인 프랑코Francisco Franco 사후 격변의 스페인 현대사를 이해할 필요가 있다. 프랑코 사후 마리날레다 공동체는 민중 자치와 민주주의를 요구하는 스스로의 힘을 바탕으로 하여 매우 독특한 방식으로 권력 '이행'에 성공한 사례이다. 마리날레다 주민들은 자신의 정당을 만들었고, 노동조합을 결성했으며, 토지와 자유를 얻기 위해 십년 넘도록 지속적으로 싸웠다. 1980년 한여름에 한 달여 동안 진행된 토지점거운동은 운동의 절정을 이루었다. '굶주림에 맞서는 굶주림 투쟁'이라는 이름으로 한여름에 한 달간 지속된 토지점거운동에 참여한 주민들은 매일같이 16킬로미터를 행진해 지역 귀족이 소유한 토지를 점거하고 단식투쟁을 하는 등 갖은 수단과 방법을 동원해 투쟁했다. 그리고 주민들의 이러한 점거 투쟁은 스페인 언론을 비롯해 세계 주요 언론의 뜨거운 관심을 받

---

[1] 댄 핸콕스, 『우리는 이상한 마을에 산다』, 윤길순 옮김, 위즈덤하우스, 2014, 13~14쪽.

왔다. 언론이 '공론장' 형성에 얼마나 큰 영향을 미치는지를 보여주는 사례라고 할 수 있다. 그리고 마침내 마리날레다 주민들은 1991년 스페인 정부로부터 지역 귀족의 소유지 1200헥타르(360만 평)를 무상으로 불하받는다. 이 운동의 중심에 산체스 고르디요를 비롯한 시민들의 직접민주주의가 있었다.

산체스 고르디요를 수식하는 이름들은 제법 많다. '로빈 후드 시장', '스페인 위기의 돈키호테', '스페인의 윌리엄 월리스' 같은 별명들이 그것이다. 그러나 이 운동의 성과는 산체스 고르디요 한 사람이 이룬 것이 아니다. 마을 주민들이 한마음으로 참여한 데에는 토지 없는 날품팔이를 의미하는 호르날레로jornalero의 삶을 방치하는 것은 '사회적 홀로코스트'라는 산체스 고르디요의 주장에 전폭 공감하고 함께했기 때문이다. 여기에 저 19세기 이래 스페인 남부 지방에 깊이 뿌리를 내린 민중자치의 아나키즘 전통 또한 빼놓을 수 없다. 마리날레다 공동체가 여느 공동체와 다른 점이 있다면 바로 이 점이다.

그런데 이 책에서 가장 인상적인 대목은 '일'에 대한 사유 전환이다. 마리날레다 사람들은 '그러나'를 말해야 하는 절망적인 상황에서도 언제나 항상 "여기에, 지금, 다 같이, 스스로!"를 신뢰하고 함께하려는 삶의 태도와 더불어 노동에 대한 관점을 더 중시한다. 이 당당한 자부심을 어떻게 이해해야 할까. 나는 스페인어 '푸에블로pueblo'라는 말에서 어떤 힌트를 얻을 수 있지 않을까 한다. 푸에블로라는 말은 마을이나 도시를 뜻하지만, 동시에 사람들을 뜻하는 말이기도 하다. 양가적 의미를 함축한 푸에블로라는 말을 풀어보자면 "마을은 곧 마을 사람이다"라는 의미를 담고 있는 셈이다. 다시 말해 마을(도시)은 사람인 것이다! 실제 마리날레다 공동체는 "마을(도시)은 사람이다"라는 관점에서 예술(연극축제)과 도서관 그리고 평생교육원 같은 제도와 기구를 통해 안전한 마을공동체와 민중자치의 경험을 공유하는 '여기-천국'으로서 각광을 받고 있다. 빵과 장미를 동시에 추구하고 있다고 말할 수 있으리라.

마리날레다의 이러한 경험은 우리 사회에서 각별한 의미를 지닌다. 2014년 4·16 세월호 참사 이후 안전한 마을공동체는 우리 모두의 화두가 되었지만, 이른바 안전한 마을은 주민들의 자발적 참여 없이 중앙정부 및 지방정부에 의해 행정이 투입되고 재정이 집행되는 마을공동체 만들기 같은 정책사업 형식으로 구현되는 것이 아니기 때문이다. 이 점에서 스페인 마리날레다의 실험은 '살아가기'와 '투쟁하기'가 따로 분리된 것이 아니라 하나로 통합되는 과정이어야 함을 생각하게 한다. 다시 말해 다른 사회와 다른 세상을 꿈꾸는 것만으로는 충분하지 않은 것이다. "마을은 마을 사람이다"라는 슬로건에 함축된 의미를 더 생각하고, '여기-천국'을 구현하려는 다양한 상상력과 행동들의 결합이 필요한 것이 아닐까.

새로운 도시의 세기를 여는 도시 침술

이제, 우리나라 도시는 '국가의 세기'가 아니라 '도시의 세기'를 준비해야 한다. 도시의 세기는 스페인 마리날레다의 경우처럼 "도시는 인간이다"라는 선언을 구체화하려는 문화적 과정에서 실현 가능하다고 할 수 있다. 그리스 정치철학자 카스토리아디스$^{Corneliuss\ Castoriadis}$에 따르면, 고대 그리스 역사가 투키디데스^{Thucydides}가 꿈꾼 '자유로운' 도시는 "도시는 인간이다"라는 관점에서 자율적이고, 자기 심판적이며, 독립적인 것으로서 언제나 시민들을 의미한다고 파악한다. 그리고 그런 도시를 위한 시민들의 공적 문제에 대한 열정의 중요성을 언급하며 '아스티노모스 오르게$^{Astynomos\ Orge}$'라는 개념을 제시한다. '아스티노모스'의 뜻은 '제도 만들기'이며, 오르가슴의 어원인 '오르게'는 강한 충동 혹은 정열을 뜻한다.[2] 공적인 것에 대한 정열, 책임, 참여가 더없이 중요하다는 것이다.

이 점에서 위에서 언급한 스페인 마리날레다의 경우 인구가 작은 커뮤니티의 예외적 사례로 간주해서는 곤란하다. 작은 규모의 커뮤니티라고 하여 세상의 모든 도시들이 마리날레다처럼 자치의 원리에 의거해 작동하는 것이 아니기 때문이다. 결국, 관료주의를 어떻게 극복하며 직접민주주의를 실현하느냐의 문제인 것이다.

현재 인천광역시와 비슷한 규모인 브라질의 꾸리찌바^{Curitiba}(위성도시 포함 326만 명)의 경우 유네스코가 지정한 '2015 세계 책의 수도 인천' 사업과 관련해 참조할 점이 적지 않다. 브라질 꾸리찌바는 도시계획가인 박용남이 『꿈의 도시 꾸리찌바』(녹색평론사)와 『꾸리찌바 에필로그』(서해문집)를 통해 우리나라 도시행정에 '꾸리찌바 배우기' 열풍을 낳은 진원지라고 할 수 있다. 예를 들어 서울시의 버스전용차로는 이명박 전 대통

---

2 코르넬리우스 카스토리아디스, 「오늘날 민주주의의 근본문제」, 『녹색평론』 142호(2015년 5-6월), 134쪽.

령이 서울시장 재임 시절에 이 도시를 방문해 얻은 정책 아이디어였다. 문제는 꾸리찌바 시정 운영의 철학을 배운 것이 아니라는 점이다.

2003년 파나마시티Ciudad de Panamá와 더불어 아메리카 문화 수도로 선정된 바 있는 브라질 꾸리찌바는 세계적인 창의 도시 또는 존경의 수도라는 별칭을 갖고 있다. 이러한 도시 혁신이 가능할 수 있었던 것은 자이메 레르네르Jaime Lerner 전 시장을 중심으로 1970년대 초반부터 삼십 년이 넘도록 재미와 장난의 요소를 결합해 도시 침술Urban Acupuncture이라는 독특한 시정 운영의 원리를 바탕으로 하여 관 주도형으로 창조도시를 이룬 데 있다. 그 결과 꾸리찌바는 삶의 질, 쾌적성, 편의성, 정주성이 높은 공동체형 문화도시의 전형이라는 평가를 받고 있다. 로마클럽 보고서 『성장의 한계』(갈라파고스)를 공동 집필한 도넬라 메도즈Donella H. Meadows가 꾸리찌바를 '희망의 도시', '시민을 존경하는 존경의 수도', '웃음의 도시' 같은 애칭을 붙인 것이 전혀 어색하지 않다. 2007년 테드 강연회에서 레르네르가 강연 말미에 부르는 〈도시의 노래〉는 새로운 도시의 세기를 여는 당당하고 겸손한 꾸리찌바 시민들의 합창이라고 확언할 수 있다.[3]

박용남에 따르면, 레르네르가 표방하는 '도시 침술'이란 도시의 중추

---

3 〈도시의 노래〉 가사는 다음과 같다. "똥치통! 똥치통! 똥치통! 가능해요, 가능해요. 당신은 할 수 있어요. 당신은 할 수 있어요. 자동차를 덜 사용하도록 하세요. 결단을 내리세요. 탄소 배출을 피하세요. 가능해요, 가능해요. 당신은 할 수 있어요. 직장 가까이에서 살도록 하세요. 집에서 가까운 데서 일하도록 하세요. 집에서 에너지를 절약하세요. 가능해요, 가능해요. 당신은 할 수 있어요. 당신은 할 수 있어요. 쓰레기를 분리하세요. 유기농으로 하세요. 좀 더 절약하세요. 낭비를 줄이세요. 가능해요. 당신은 할 수 있어요. 제발! 해요, 지금." 박용남, 『꾸리찌바 에필로그』, 서해문집, 2011, 95쪽.

신경을 잘 파악해서 문제가 있을 경우 정확한 침술로 소생시키는 것을 의미한다. 다시 말해 "도시는 문제가 아니라 해결책이다"라는 것이다. 문제로서 도시를 보려는 것이 아니라 해결책으로서 도시를 상상하고 문제를 풀어야 한다는 주장인 셈이다. 레르네르의 이러한 도시 침술 요법은 박용남이 저술한 2권의 책에 상세히 나와 있다.

여기서는 우리의 관심사인 도서관을 통해 어떻게 도시 재생을 꾀했고 공동체형 문화도시를 만들었는지에 대해 살펴볼까 한다. 바로 그 생생한 실체가 꾸리찌바의 '지혜의등대도서관 프로젝트'이다.

지혜의등대도서관은 꾸리찌바의 대표적인 빈민촌 지역에 세운 도서관이다. 작명에서 알 수 있듯이, '지혜의 길로 안내하는 동네도서관'으로 16미터 높이의 등대를 세우고 3층짜리 철골 구조물로 건설되었다고 한다. 2001년 현재 55개가 건립되었으며, 지역 주민들에게 문화적 혜택을 나누어 주는 '문화의 나무' 기능을 하고 있다. 1층과 2층에는 책을 읽을 수 있는 공간이 있고, 망루에는 밤 9시부터 경찰관이 상주하며 안전을 책임진다. 박용남이 이 지혜의등대도서관을 일러 지혜의 등대인 동시에 치안의 등대라고 말하는 것도 결코 무리는 아니다. 이 등대도서관이 세워진 이후 거리를 배회하는 비행 청소년들이 급격히 줄었다고 한다. 이 사실만 보아도 레르네르를 비롯한 꾸리찌바의 시정 책임자들의 도시행정의 철학을 엿보는 것은 어렵지 않으리라. 수년 전 박용남이 쓴 『꿈의 도시 꾸리찌바』를 읽으며 책에 수록된 어느 시에서 큰 감동을 받은 기억이 새롭다. 컴퓨터 타자 연습 교재에 실린 아래의 시인데, 한 도시가 시민들을 얼마나 존경하는지를 단적으로 보여주는 뜨거운 실체이리라.

당신이 울고 싶을 때 나를 불러라.
그러면 나는 당신과 함께 울어줄 수 있다.
당신이 웃고 싶다고 느낄 때 나에게 말하라.
그러면 우리는 함께 웃을 수 있다.
그러나 당신이 나를 필요치 않을 때에도 역시 나에게 말하라.
그러면 나는 누군가를 찾을 수 있다.

이웃의 윤리를 생각하고, 환대하는 도시/마을을 상상하는 무수한 표현들 가운데 이토록 멋지고 감동적인 표현을 나는 알지 못한다. 우리가 생각하는 도덕성의 본질이란 결국 책임감과 연대라고 할 때, 위의 표현은 공동체의 관습과 법도를 표현한 적확한 말이 아닐 수 없다. 사람과 장소에 대한 새로운 가치의 전환을 꾀하고, 그런 가치의 실현을 실생활의 디테일한 부분에까지 적용하고자 한 시적 선언이라고 감히 말할 수 있다. 사람과 장소를 바꾸려는 '통합예술'을 구현하고자 한 꾸리찌바의 시정 철학을 엿보았음은 물론이다.

어떤 하나의 사례에 대한 과도한 낭만화는 우리 문제를 해결하는 데 도움이 되지 않을 수 있다. 그렇지만 '품위 있는' 삶을 만들어낼 수 있는 문화 능력을 회복하기 위한 정책의 철학과 민관 협력사업이 시급한 우리 실정에서 꾸리찌바 사례가 좋은 참조점이 될 수 있다는 점은 분명하다. 문화와 예술에 기초한 공동체 커뮤니티 사업이 다른 무엇보다 사라져가는 또는 비어가는 (공적) 공간을 정비하여 '사람'을 채워 넣는 일이어야 한다는 점에서 그러하다. 누구랄 것 없이 삶의 목표를 잃은 정신적 난민 신세와 다를 바 없는 우리 현실에서 이와 같은 조용한 가치의 전환이 요구되는 것은 어쩌면 당연하다. 동네가 키우는 아이들, 동네에서 자라나는 아이들을 위한 커뮤니티 형성이라는 가치의 전환이 시급한 것이다. 19세기 영국 시인 메리 호위트Mary Botham Howitt가 썼듯이, "신이 우리에게 아이들을 보내는 까닭은/ 시합에서 일등을 만들라고 보내는 것이 아니다"(「신이 아이들을 보내는 이유」)라고 확언할 수 있기 때문이다. "꾸리찌바에서 태어난 생명은 가치 있다"라는 꾸리찌바의 시정 철학이 단순한 수사적 분식은 아닐 것이라고 내가 확신하는 까닭이 여기에 있다.

인문도시 인천은 가능한가

그러나 인천을 비롯한 우리의 도시는 지금 어떠한가. 요즘 우리나라 지자체에서 추진하는 '인문도시' 열풍을 어떻게 보아야 할 것인가. 구호만 있고, 실체는 없다는 인상을 나는 지울 수 없다. 어쩌면 우리는 할리우드식 빗장 공동체gated community야말로 지상 최고의 유토피아라는 마음의 습관과 감정 구조가 강력히 작동하는 사회에 살고 있는 것은 아닌가. 인천 송도 신도시의 경우 여러 전문가들이 토건형 모델의 일종인 '두바이 모델'이라고 평가하는 것에서도 단적으로 확인할 수 있을 법하다. 송도 신도시와 기존의 인천 구도심 간에는 두 개의 하늘이 존재하는 것은 아닐까. 이 점에서 우리는 '새로운 중세' 시대를 살고 있다고 말할 수 있으리라.

이런 현상은 최근 우리 사회에서 갈수록 공유지common가 파괴되는 현상과 무관할 수 없다. 그 결과 우리 사회는 무심한 상대주의, 정신을 좀먹는 냉소주의, 전통과 인간 존엄성에 대한 경멸, 고통과 죽음에 대한 무관심을 당연시하는 감정의 구조가 견고히 작동한다. 소설가 조세희가 쓴 『난장이가 쏘아올린 작은 공』에 나오는 어느 대사는 여전히 현재진행형인 것이다! "햄릿을 읽고 모차르트를 들으며 슬픔을 교육받은 사람들이 정작 이웃집의 인간적 절망에 대해서는 눈물짓는 능력을 마비당했을지도 몰라."

우리 사는 도시에 인간의 무늬가 필요하다. 그런 도시는 우리 사는 도시 공간을 시간이 스며든 의미심장한 공간으로 바꾼다. 우리는 너와 나의 시간이 스며든 의미심장하고 자유로운 공간에서 사회적·정치적 연합을 꿈꿀 수 있다. 이러한 과정 자체가 갈수록 공유지가 훼손되어가는 이 시절에 '공통적인 것'을 지키며 사회를 보호하는 문화자치의 무대가 될 수 있다.

이 점에서 우리는 랜드마크에 대한 환상을 버려야 한다. 그리고 '사람'이 존중받는 도시를 만들고, 도시의 문화를 만들어야 한다. 예의 "꾸리찌바에서 태어난 생명은 가치 있다"라는 시정 철학이 지금 여기에 던져주는 메시지는 얼마나 통렬한가. 2014년 4·16 세월호 참사 이후 우리는 "과연, 대한민국에서 태어난 생명은 가치 있는가?"라는 질문을 뼈 아프게 던지고 있지 아니한가. 지금 여기 대한민국에서 가장 결핍된 것이 안전하고 평화로운 일상을 누릴 수 있는 마음의 생태학이라는 사실을 부정할 사람은 아마도 없을 것이다.

우리는 이 물음에 어떠한 대답을 내놓을 수 있는가. 이 점에서 우리는 2010년부터 2013년까지 네 차례에 걸쳐 매년 4월 인천에서 열린 '인천AALA문학포럼' 같은 사회문화적 공론의 장을 부활시켜야 한다. 인천문화재단이 주최한 '인천AALA문학포럼'은 아시아, 아프리카, 라틴아메리카 '비서구' 문인들이 인천 아트플랫폼에서 문화적 다원성을 꾀하는 동시에, 비서구 문학(문화) 간에 대화의 가능성을 실험한 의미 있는 문화 프로젝트였다. 무엇보다 구한말 '강요된' 개항이 이루어진 인천에서 열렸다는 점에서 그 의의를 더한다. 에드워드 사이드는 『문화와 제국주의』(창)에서 말한다. "제국주의도 식민주의도 단순한 축적과 획득의 행위가 아니다. 둘 다, 어떤 영토와 인민이 지배받기를 요구하고 간청한다는 관념을 포함하는 현저한 이데올로기적 형성에 의해, 그리고 동시에 지배와 연대 관계를 갖는 지식이라는 형태에 의해 지원되고 추진된다."

여전히 구미중심주의의 제국주의 문화에 깊이 침윤된 우리의 경우 아시아, 아프리카, 라틴아메리카의 비서구 문학에 대한 연구와 문학인들의 교류는 자본의 세계화에 대항하여 '지역화'의 새로운 방식을 통해 복수의 근대 혹은 근대 이후를 모색하고 성찰하려는 상상력의 국제 연대가 될 수 있다는 점에서 그 의의가 적지 않다. 비서구 문학(인)들의 국제 연대는 식민지 독립 이후에도 여전히 계속되는 식민주의의 역사적 상흔을 치유하며 진정한 정신적 독립을 이루는 동시에, 탈식민적 전환의 역할을 맡아야 하는 문학과 문학인들의 수행적performative 힘으로 크게 작용할 것이기 때문이다. 이와 같은 '인천AALA문학포럼'의 취지와 정신은 '2015 세계 책의 수도 인천'의 정신과도 그대로 통하는 문제의식이라고 확언할 수 있다.

실제 오늘의 문학인 내지는 문화예술인들은 동아시아 역내域內의 교류와 실천뿐만 아니라 구미중심주의 '세계문학' 패러다임에 대한 일종의 문화정치적 상징 투쟁과 실질적인 대안 마련에도 공동의 힘과 정성을 쏟아야 한다. 이러한 맥락에 대해 최원식 교수는 '2011년 인천AALA문학포럼'에서 발표한 논문「다시 살아난 불씨」에서 다음과 같이 역설하였다. "정치를 잊지는 말되 정치를 버립시다. 나라를 기억하되 나라를 잊읍시다. 대륙을 잊지는 말되 대륙도 떠납시다." '인천AALA문학포럼'이 추구하고 지향하는 절대공동체는 오로지 이러한 자유의 여정으로써만 이루어질 수 있는 축제의 한마당이라고 해야 마땅하다. 사랑과 연대의 방식으로써만 가능한 문학적 방식을 통해 지식인과 권력 관계를 되묻고, 그릇된 역사에 대해 '되구부리기'를 실현하려는 '다시 쓰기$^{\text{re-write}}$'의 문화적 형식에 가까운 문화기획인 것이다.

또한 행사가 진행될수록 구미중심주의 세계문학 개념과 정전에 대해 문제 제기를 하는 동시에, 새로운 안목으로 '세계문학선집' 출간을 기획하고 편집했으며, 아시아, 아프리카, 라틴아메리카 문학(문화) 관련 서적을 읽는 시민들의 독서 동아리를 꾸려온 점도 그런 일환이었음은 말할 나위 없다. 인천문화재단 또한 과테말라 시인 루벤 다리오$^{\text{Rubén Dario}}$의 시선집『봄에 부르는 가을 노래』(글누림)와 쿠바 소설가 미겔 바르넷$^{\text{Miguel Barnet}}$의『어느 도망친 노예의 일생』(인천문화재단)을 비롯해「AALA 문학총서」를 발행한 것도 그 좋은 예가 된다. 무엇보다 이 행사 이후 이른바 '세계문학=서구문학'이라는 우리 안의 정신적 척도에 어떤 '균열'이 일어나기 시작했다는 보이지 않는 효과를 간과할 수 없으리라. 행사에 참여한 한국 작가들도 세계 일급 '비서구' 작가들의 수준 높은 문학을 접하고, 문학인들과의 만남과 교류를 통해 더 높은 차원의 상상력의 연대가 이루어지고 있었다는 점도 부기해야 마땅하다.

그러나 유감스러운 일이 일어났다. 2010년부터 진행된 '인천AALA 문학포럼'이 2014년 행사를 앞두고 인천시의 재정 상태 열악 등의 이유로 돌연 폐지된 것이다. 그러나 엄밀히 말해 시 '재정' 고갈이 과연 행사를 폐지해야 할 만큼 큰 문제가 되었을까. 중요한 것은 인천시, 인천문화재단의 적극적인 정책 추진 의지와 열정이 아니었을까 생각된다. 예의 '아스티노모스 오르게'는 이런 경우에 필요한 것이라고 말해야 할 법하다. 한 도시, 혹은 한 나라의 진짜 문화예술정책은 '추진'하는 데 있는 것이 아니라 어떤 가치를 '추구'하는 데 달려 있는 것이 아닐까. 저 꾸리찌바의 경우처럼! 탑을 쌓는 일은 어려워도 허무는 일은 한순간이라는 점을 우리는 더 자주 생각해보아야 한다.

한 도시 혹은 한 나라가 인문도시가 되는 과정은 일종의 '발효의 시간'을 요구한다. 발효의 시간은 결국 인내의 시간이며, 시간 속에 의미를 넣는 것이다. 그런 인내를 견디는 발효의 시간에서만 시민들의 공적인 삶이 가능한 공간이 회복될 수 있고, 문화적 공론장이 형성될 수 있다. 실재하는 공간이든 보이지 않는 공간이든 간에 그런 공간들의 존재는 도시의 핵심적 교차로들을 서로 연결하고 외부로 확장하게 된다. 시민과 행정기관 간 협력적 거버넌스의 형성과 지속적인 상호 신뢰가 중요한 것은 당연한 노릇이다. '2015 세계 책의 수도 인천' 같은 행사 또한 지역의 문인들과 크고 작은 도서관 관계자들의 자발적 참여는 철저히 배제한 채 행·재정의 일방적인 주도와 지원에 의존하는 관공(官公) 프로젝트로는 실현 불가능하기 때문이다. 시민운동가 유창복이 『도시에서 행복한 마을은 가능한가』(휴머니스트)에서 '마을 만들기'를 표방하는 정부(또는 지자체) 정책과는 구별되는 의미로서 '마을 하기'를 강조한 이유가 여기에 있다. '마을 하기'란 시민·주민이 자신의 삶터에서 자발적으로 이웃들과의 생활 관계망을 만들어가는 움직임을 말한다. 시민과 주민들의 자발적 참여와 실천이 중요한 것이다. 이러한 원칙은 '세계 책의 수도 인천' 같은 사업에서도 여일하다. 이른바 '깡통도서관' 논란을 비롯해 이벤트 행사에만 치우친다는 비판이 좀처럼 가시지 않는 이유도 '배반당한' 거버넌스의 문제와 결코 무관할 수 없으리라.

꿈꾸는 책들의 도시를 위하여

인천은, 아니 대한민국은, 더 이상 '토건국가'에 대한 환상을 버리고, 이제 꿈꾸는 책들의 도시를 꿈꾸고 지금 여기에 구현하려는 사회적 합의를 이루어야 한다. 스페인 마리날레다, 브라질 꾸리찌바 같은 '여기-천국'은 결코 멀리 있는 것이 아니다. 결국 이러한 전환은 우리 안의 '척도'를 바꾸려는 사회적 합의를 형성할 때에만 가능할 것이다.

문제는 우리나라 도시행정은 물론이요, 국책사업의 경우 옥스퍼드대학의 벤트 플뤼비아Bent Flyvbjerg 교수가 「사기에 의한 디자인Design by Deception」(2005)에서 지적한 것처럼 '마키아벨리주의 공식'과 '역전된 다위니즘'을 그대로 묵수하고 있다는 점이다. 전자는 과소평가된 비용, 과대평가된 이익, 과대평가된 지역개발 효과와 과소평가된 환경 영향을 따르는 것을 의미하고, 후자는 가장 부적합한(최악의!) 종이 변화하는 환경에서 살아남는 것을 의미한다.[4] 인천의 경우 2009년 6월 개통한 지하철 1호선 송도국제도시 연장선과 2014년에 치른 아시안게임 같은 경우가 이에 해당된다고 할 수 있다.

그렇다면 꿈꾸는 책들의 도시는 불가능한가. 발터 뫼르스Walter Moers 라는 독일 작가가 쓴『꿈꾸는 책들의 도시』(들녘)라는 소설은 글쓰기의 꿈과 상상력의 소중함을 일종의 모험소설 형식으로 잘 빚어낸 작품이다. 이 책은 '문학/출판'이라는 문화 텍스트가 얼마나 소중한 가치지향을 담고 있는지를 역설하는 소설이다. 발터 뫼르스의 기발한 발성과 구성력은 탁월하다. 독일판 '책에 미친 바보'라고 할 수 있는 발터 뫼르스는 이 소설에서 '오직 현실만이 주어지는 세계'를 구상하는 '스마이크'라는 서적상의 음모에 맞서 애송이 공룡과 부흐링족(=문학 숭배자)이라는 존재를 통해 문학과 출판과 사회에 대한 역설과 은유의 상상력을 마음껏 뿜낸다. 예컨대 부흐링족은 '독서'를 하면 배가 부르는 족속들로 묘사되는가 하면, 소설은 매우 영양가가 높아서 '서정시 다이어트'를 한다는 식의 비유들은 퍽 재미있다.

그리고 실제로 그런 꿈꾸는 책들의 도시를 실현한 도시들이 세상에는 여럿 있다. 전국학교도서관담당교사 서울 모임이 독서 강국인 북유럽의 핀란드, 스웨덴, 노르웨이, 덴마크의 여러 도서관을 방문한 탐방기인『아름다운 삶, 아름다운 도서관』(우리교육)에서 눈으로 확인할 수 있다. 이 도서관들은 하나같이 '도시의 심장' 지역인 다운타운에 세워진 도서관들로서 사람 중심의 생명력 넘치는 도서관의 위용을 자랑한다. 도서관 내부 디자인은 물론 건축에도 세심한 신경을 써서 지은 도서관

---

4 박용남,『꾸리찌바 에필로그』, 서해문집, 2011. 95~96쪽.

들의 모습을 수백 장의 사진 자료를 통해 생생히 확인할 수 있다. 예를 들어 서가 맨 아래 칸을 비워둔다든가, 다양한 독서 동아리를 지원한다든가 하는 식이다. 한마디로 말해 살아 있는 유기체로서 도서관이 아이들과 어른들의 생활 속에서 숨쉬는 공간이 된 것이다. 도서관 하나 짓는데 '기적' 운운해야 하는 우리 사회로서는 아직은 머나먼 꿈이라고 치부해야만 하는 걸까.

특히 인상적인 것은 노르웨이 소설가 악셀 산데모세Aksel Sandemose의 소설 『도망자는 지나온 발자취를 다시 밟는다』(1933)에 등장하는 마을인 '얀테Jante' 사람들이 지키는 11개의 법칙을 따서 실제 도서관을 운영하는 얀테의 법칙이었다. 도서관 짓고 운영하는 것이 상식이 되어야 하는 우리 현실에서 놓쳐서는 안 될 사회 통합의 원칙이라고 확언할 수 있다. 핵심 내용은 사람은 모두 같으며, 우리는 서로를 위하여 태어났다는 점을 역설하는 평등주의라고 할 수 있다. 북유럽 사람들이 일상생활에서 자주 쓰는 말로는 '라곰lagom'과 '얀텔라겐jantelagen'이 있다. 라곰은 더하지도 덜하지도 않은 적당함을 의미하며, 얀텔라겐은 평등주의이다. 구체적인 내용은 다음과 같다.

1. 당신이 특별하다고 생각하지 말라.
2. 당신이 남들과 같은 위치에 있다고 생각하지 말라.
3. 당신이 남들보다 똑똑하다고 생각하지 말라.
4. 당신이 남들보다 더 나은 위치에 있다고 생각하지 말라.
5. 당신이 남들보다 더 많이 안다고 생각하지 말라.
6. 당신이 남들보다 중요하다고 생각하지 말라.

7. 당신이 모든 것에 능하다고 생각하지 말라.

8. 남들을 비웃지 말라.

9. 아무도 당신을 신경 쓰지 않는다.

10. 다른 사람을 가르치려 하지 말라.

11. 당신에 대해서 우리가 모른다고 생각하지 말라.

이 밖에도 『아름다운 삶, 아름다운 도서관』에는 꿈꾸는 책들의 도시가 더 이상 먼 꿈만은 아니라는 점을 보여주는 예가 적지 않다. 국민의 80%가 도서관 회원으로 등록한 핀란드의 교육 및 도서관 정책을 보면 입이 떡 벌어진다. 그리고 도서관이 책 무덤이 아니라 일종의 '도시의 작업장'으로서 제 기능을 할 수 있도록 미래의 도서관을 책 없는 도서관의 일종인 '어반 오피스Urban Office'로 설계하고 운영하는 점도 퍽 강렬하다. '높은 문화의 힘'(김구)을 몸소 실감할 수 있는 생생한 실례가 아닐까 한다. 그런 나라의 아이들은 책 읽기 프로그램이 따로 있어 책을 보는 것이 아님을 말할 필요도 없으리라.

결국, 우리는 사람의 격은 어디에서 비롯하는가를 더 많이 생각할 필요가 있다. 커뮤니티 교육 전문가이자 미국에서 '전환운동'을 주도하는 활동가인 세실 앤드류스Cecile Andrews가 이른바 '거실혁명'을 제안하는 것도 삶의 전환과 문명의 전환을 위한 풀뿌리운동의 맥락과 무관하지 않을 것이다. 그는 자신의 거실을 외부에 개방해 이웃들과 함께 웃고 떠들며 작당作黨하라고 권유한다. 독서 동아리 같은 자발적 소모임을 직접 운영하라는 것이다. 그런 유쾌한 작당이야말로 나를 바꾸고, 사회를 바꿀 수 있는 중요한 연결의 고리가 될 것이리라. 앤드류스는 그런 활동을 하는 사람은 '맨발의 교사'가 되어야 한다고 역설한다. 합리주의와 이상주의를 동시에 품고 있는 '진정성'이 있는 교사를 의미하는 표현이다.

그러나, 우리의 경우 자발적 문화를 형성하는 일이 여전히 쉽지 않다. 사람의 격보다 아파트의 격을 더 중시하고 있지 아니한가. 소비자로서의 정체성만을 유독 강조하는 지금 여기의 마음의 습관을 바꾸어야 한다. 그리고 내 집의 거실에서, 동네에서 사람들과 만나 무엇인가를 함께 해야 한다. 세상은 저절로 아름다워지는 것이 아니기 때문이다.

올해 초 한승헌 변호사가 어느 모임에서 한 말이 내 귓전에서 여전히 맴돈다. 한 변호사는 조선조 율곡 이이 선생이 『율곡전서』에 쓴 "도는 높고 먼 곳에 있지 아니하나, 사람들은 스스로 행하지 않는다道非高遠 人自不行"라는 말을 일러주었다. '스스로 행함'에서 비롯되지 않는 창조도시 혹은 인문도시는 어쩌면 불가능할 것이다. 그것이 바로 '살아가기'와 '투쟁하기'가 둘이 아니라 하나임을 알아가는 과정일 것이라고 나는 생각한다. 그런 점에서 다른 사회와 다른 세상을 꿈꾸는 것만으로는 충분하지 않다. "도시는 사람이다"라는 슬로건에 함축된 의미를 더 많이 생각하고, '여기-천국'을 실제 구현하려는 다양한 상상력과 행동들의 결합이 필요하다. 이때 문학과 예술이 맡아야 할 몫이 적지 않으리라는 점은 말할 나위 없다. 예의 브라질 꾸리찌바 전 시장이 가장 영향을 받은 인물이 저 19세기 러시아 작가 톨스토이였다는 점에서도 확인된다. 눈에 보이는 것만이 세상의 전부는 아닌 것이다.

나를 위한
시간

조그만 항구도시에 사는 가난한 어부가 자신의 보트에 누워 늘어지게 낮잠을 잤다. 그때 이곳으로 휴가를 온 사업가가 아름다운 풍광을 담으려고 사진을 찍다가 어부를 깨웠다. 두 사람은 고기잡이 근황과 이 지역의 노동관 등을 주제로 이런저런 농담을 나누었다. 가난한 어부가 하루에 단 한 차례만 출어를 하고 남은 시간은 빈둥거리며 쉰다는 이야기를 들은 부자는 그 사업가적 야심이 근질거려 참을 수가 없었다.

"어째서 두 번, 세 번 출어를 하지 않는 겁니까? 그럼 곱절 아니 세 배로 더 많은 고기를 잡을 수 있는데요."

어부는 고개를 끄덕이면서도 대체 그렇게 일해서 무슨 소용인지 아리송하다는 표정을 지었다. 조바심이 난 사업가는 어부에게 일장훈계를 했다.

"그럼 늦어도 1년 뒤에 당신은 모터보트를 살 수 있을 거요. 2년 뒤에는 보트가 두 척으로 늘어나겠죠. 3년이나 4년 뒤에는 아마도 작은 어선을 누릴 수 있을 거요. 두 척의 보트와 한 척의 어선이면 당연히 훨씬 더 많은 고기를 잡을 수 있겠죠."

워낙 열을 올리며 이야기하는 통에 부자의 목소리는 꺽꺽 막혔다.

"그럼 작은 냉동 창고를 지을 수 있을 거요. 잘만 하면 훈제 생선 공장과 커다란 생선 처리 공장까지 마련할 수도 있어요. 그럼 자가용 헬리콥터를 타고 날아다니며 어디에 물고기 떼가 있는지 알아내 무전으로 어선에 지시를 내리는 거죠."

신이 나서 떠드는 부자의 얼굴을 물끄러미 바라보던 어부는 그래도 모르겠다는 표정으로 물었다.

"그런 다음에는?"

부자는 여전히 열띤 얼굴로 주워섬겼다.

"그런 다음에는 여기 이 항구에 편안하게 앉아 햇살 아래 달콤한 낮잠을 즐기는 거요. 저 멋진 바다를 감상하면서!"

어부는 피식 웃었다.

"**내가 지금 바로 그러고 있잖소.**"

그리고 어부는 아까부터 하고 싶던 말을 덧붙였다.

"그 셔터 누르는 찰칵 소리만 방해하지 않았으면 좋겠소."

(강조 : 인용자)

독일 작가 하인리히 뵐$^{Heinrich\ Böll}$의 소설에 나오는 장면이다. 이 이야기는 자신의 인생을 사는 법을 잃은 현대인들의 '성장중독' 증상을 꼬집은 장면이라고 할 수 있다. 이 이야기에 등장하는 어부가, 더 많은 부를 추구하는 것이야말로 길이요 진리요 빛이라고 주장하는 부자에게

"내가 지금 바로 그러고 있잖소"라고 일갈한 대목은 자못 통쾌하다. 과연 우리는 무엇이 행복이고, 어떤 삶을 사는 것이 좋은 삶인지에 대해 생각하며 살고 있는가. 어쩌면 생각하는 대로 사는 것이 아니라 사는 대로 생각한다고 보는 것이 더 정확할 것이다. 그것은 시간 속에 의미를 넣는 법을 잃어버린 우리 자신의 태도와 무관하지 않을 것이다. 어쩌면 우리는 전부를 걸어 아무것도 얻지 못하는 자본주의의 '나쁜 요술'에 중독된 채 하루하루를 탕진하며 살아가는 것이 아닐지 근본적인 개안開眼이 필요하다. 다시 말해 경제성장에도 '불구하고' 정신 없이 사는 것이 아니라, 경제성장 '때문에' 그렇게 사는 것은 아닐지 자각이 필요한 것이다.

그런 점에서 지그문트 바우만Zigmunt Bauman이 '고독이 필요한 시간'을 적극 강추하는 것은 충분히 이해할 만하다. 우리 시대의 사회학자인 바우만은 '유동하는 근대liquid modernity' 혹은 '액체 근대'로 번역되는 독특한 개념을 제시한 학자로 특히 유명한데, 유동하는 근대 세계에 띄우는 44통의 편지글을 모은 책『고독을 잃어버린 시간』(동녘)에서 고독(력)의 회복과 부활을 권장한다. 그러나 고독력의 회복과 부활을 권장하는 바우만의 주장이 얼마나 호소력이 있을지는 잘 모르겠다. 바우만도 지적하듯이, 우리 현대인들은 누군가의 '사냥감'이 되지 않기 위해 끊임없이 '사냥꾼'으로서의 삶을 강제당하며 살기 때문이다. 한곳에 머물러 있으려 해도 끊임없이 여행으로 내몰리는 사냥꾼으로서의 삶을 살아가지 않던가! 다시 말해 "잡느냐, 먹히느냐, 그것이 문제로다!"는 유동하는 근대의 행동 수칙의 매뉴얼이 된 것이다. 바우만이 44통의 편지가 일종의 여행기 형식을 취할 수밖에 없다고 실토하는 것도 이해가 되는 대목이다. "내가 내 편지들에서 시도하려고 하는 것은 농사꾼이 이야기하는 뱃사람들에 대한 이야기"라고 주장하는 바우만의 말에서도 짐작할 수 있으리라.

바우만은 좀처럼 지치지 않고, 우리 삶에서 고독(력)이 갖는 의미에 대해 성찰하고 또 성찰한다. 그는 말한다. "멀리 있는 친구들이 접속하려고 버튼을 클릭해올 때 과연 누가 정작 가족과 이야기하기를 원하겠는가?" 실제 우리는 외로움으로부터 멀리 도망치기 위해 갖은 네트워크에 접속하지만, 네트워크에 접속할수록 그곳에서 고독을 누릴 수 있는 기회를 놓쳐버리곤 한다. 바우만이 고독을 주장하는 이유가 바로 이 지점에 있다. "놓친 그 고독은 바로 사람들로 하여금 '생각을 집중하게 해서' 신중하게 하고 반성하게 하며, 창조할 수 있게 하고 더 나아가 최종적으로는 인간끼리의 의사소통에 의미와 기반을 마련할 수 있는 숭고한 조건이 되기도 한다."(31쪽) 위의 주장에서 바우만이 역설하는 고독의 의미는 '고독력'의 의미로 해석되어야 마땅할 것이다. 고독은 힘이 센 것이다!

그러나 나와 당신은 고독할 줄 모르는 마음의 병에 걸렸다. 고독을 '심심하다'와 같은 의미로 이해하는 사람들이 의외로 많은 것에서도 알 수 있다. 예를 들어 아이들에게 장래 희망을 말하라고 하면, 열이면 열 백이면 백 할 것 없이 특정 직업들을 나열하는 것도 그와 비슷한 맥락이다. 그러나, 장래 희망이 직업인가. 어쩌면 직업이 곧 장래 희망이 되는 사회는 일본의 사상가 모리오카 마사히로가 말한 무통문명無痛文明의 징후는 아닐지 모르겠다. 우리는 괴로움과 아픔이 없는 문명을 추구함으로써 안락을 위한 전체주의를 용인하는 문명을 구축하지는 않았는지

자문자답해야 한다. 그런 문명사회에서는 오직 자기 가축화의 윤리학을 내면화하게 된다. 자기 가축화란 인간이 인간 자신을 가축의 상태로 몰아간다는 것을 의미한다고 모리오카 마사히로는 말한다. 아이들의 장래 희망의 목록들에서 육체노동을 경멸하는 우리 시대의 무의식을 확인할 수 있는 것도 그런 이유 때문이리라. 이 점에서 '고독 교육'이 필요한 것은 아닐까 생각하게 된다.

재일조선인 강상중 또한 고독을 예찬한다. 전작 『고민하는 힘』(사계절)과 『살아야 하는 이유』(사계절)에서 '고민하는 힘'이란 결국 살아가는 힘이라고 역설한 바 있는 강상중은 『마음의 힘』(사계절)에서 성과 사회의 강제와 피로로부터 나를 지키는 방법인 마음의 힘에 대해 설파한다. 그리고 마음의 모라토리움을 권장한다. 마음의 힘이라니! 나를 시장에 내놓고 판매하는 것이 능사인 이 시대에 마음의 힘을 역설하는 강상중의 주장은 한가한 객담 아닌가. 분명 그런 '혐의'가 없지 않다. 이 사회의 구조적 모순에 대한 문제의식을 거세한 채 유독 마음의 힘을 표나게 강조하는 것은 일종의 현대의 '관념론'으로 치부될 수 있는 측면이 없지 않기 때문이다. 강상중의 책이 자기계발서의 변형 버전으로 독서 시장에서 읽히고 있는 것에서도 알 수 있으리라.

그럼에도 불구하고 강상중의 『마음의 힘』은 월드 와이드 배틀의 삶이 독촉하는 '마음이 없는 시대'를 살아가는 이 시대 사람들에게 마음의 병은 시간과 밀접한 관련이 있다는 점을 상기한다는 점에서 읽혀야 할 필요가 있다. 강상중은 토마스 만Thomas Mann의 『마의 산』(1924)과 나쓰메 소세키夏目漱石의 『마음』(1914)의 주인공인 한스 카스토르프와 가와데 이쿠로의 가상 대담이라는 기발한 형식을 통해 왜 마음의 힘이 필요한가 역설한다. 일종의 사고실험인 셈이다. 그런 사고실험을 통해 강상중은 위대한 평범을 말하고, 모라토리움을 적극 권장하고자 한다. 나는 특히 토마스 만 소설의 무대인 스위스 '다보스'의 의미를 전유하여 '다보스 포럼'식 생활로부터 모라토리움을 선택하자고 한 주장이 퍽 신선했다. 이것이 책 제목 '마음의 힘'의 의미라고 보아도 좋을 것이다. "진지하기 때문에 고민합니다. 그 속에서 고민하는 힘이 자라납니다. 이 고민하는 힘이야말로 '마음의 힘'의 원천입니다." 고민하는 힘이 마음의 힘의 원천이라는 강상중의 주장은 자신의 인생론에 대한 동어반복이라고 할 수 있다. 그럼에도 불구하고 강상중이 두 대가의 작품에서 '마음의 상속'을 경험하고 삶에 대한 비의 전수initiation를 시도한 대목은 허무맹랑한 사고실험으로 치부할 수만은 없으리라.

결국, 나는 어떤 삶을 살고자 하는가에 대한 진지하고도 재미있는 탐색들이 더 많아져야 하는 것 아닐까. 나는 이 점에서 최근에 읽은 책 가운데 오가타 다카히로尾方孝弘가 쓴 『비밀기지 만들기』(프로파간다)라는 책만큼 다른 삶에 대한 상상력을 강하게 자극받은 책은 없었노라고 단언한다. 속된 말로 하자면 나는 이 책에 팍 꽂혔다! 이 책의 메시지는 간명하다. 유년 시절에 친구들과 함께 시간 가는 줄 모르고 만들었던 비밀기지를 만들며 살자는 것이다. 책을 쓴 오가타 다카히로라는 사람의 이력 또한 재미있다. 유년 시절에 만든 비밀기지의 추억을 잊지 못한 저자가 일본 최초로 '일본기지학회'를 만든 것이다! 철없는 '어른이'인 셈이다.

책에서 저자는 비밀기지 만들기를 통해 인생을 살아가는 데 있어서 반드시 필요한 용기와 지혜를 배웠다고 말한다. 내가 알아야 할 모든 것은 비밀기지에서 배웠다고 해야 할까. 그러나 이 책이 더 가치 있는 것은 비밀기지 만드는 방법에 관한 매뉴얼 북이 아니라는 점이다. 어느 50대 남성이 비밀기지의 추억을 회상하며 적은 구절이 나는 특히 인상적이었다. "무엇을 했는지는 중요하지 않다. 그저 친구와 함께 있는 것만으로도 즐거웠다." 저 유년의 시간을 돌아보며 우리가 애석해하는 감정이 이 말 속에 전부 녹아 있다. 비밀을 공유하는 사람들과의 우정과 친교의 시간을 나와 당신은 너무나 잊고 살고 있는 것은 아닌가. 이 책을 보는 내내 든 생각이다.

나는 무엇보다 비밀기지 만들기에 대한 저자의 문제의식이 플레이파크playpark(모험 놀이터)에 대한 문제의식으로, 그리고 사회를 바꾸는 건축과 도시 재생에 대한 문제의식으로 확장되는 점이 퍽 인상적이었다. 젊은 건축가 사카구치 교헤이坂口恭平가 유년 시절에 만난 노숙인 스즈키 씨의 집에서 착상을 얻은 〈0원 하우스〉 같은 모델은 노숙인의 주거복지를 위한 예술 프로젝트로서도 큰 의미를 갖는다는 점에서 그러하다. 그가 쓴 『나만의 독립국가 만들기』(이음)라는 책을 본 적이 있어서 비밀기지 만들기의 경험이 나와 세상을 바꾸는 상상력 혁명으로 작동할 수 있음을 나는 믿어 의심치 않는다. 재미와 장난이 만들어낸 혁명이라고 하지 않을 수 없다. 그런 재미와 장난을 즐기는 우리의 시간은 크로노스의 시간이 결코 아닐 터이다.

나쓰메 소세키는 『마음』에서 "신경쇠약은 20세기의 공유병共有病이다"라고 썼다. 이 문장처럼 21세기를 사는 나와 당신은 '마음 없는 시대'의 병을 앓고 있다고 보아도 무리는 아닐 터이다. 그런 점에서 나는 치밀한 방식으로 자신의 논지를 전개하지는 않았지만, 강상중이 토마스 만과 나쓰메 소세키의 작품을 통해 '모라토리움'의 삶을 권장하는 대목은 앞서 인용한 하인리히 뵐의 이야기와 일맥상통한다는 생각을 하게 된다. 결국, 나만의 '비밀기지'를 위한 공상이 필요하다. 그러기 위해서는 '홈뒹굴링'의 시간이 더 많이 필요할지 모르겠다. 홈뒹굴링은 홈스쿨링보다 더 위대하다고 나는 생각한다. 그런 멍때리는 시간이야말로 나를 위한 시간이 되지 않을까 생각한다. 지금 이 현재의 순간, 나를 위한 시간은 다른 무엇도 아닌 홈뒹굴링의 시간이다. 먼저 휴대폰을 끄자. 그리고 마음의 불을 켜야겠다.

덴마크어
'휘게'를 아십니까?

― 미하엘 엔데『모모』/ 브리짓 슐트『타임 푸어』
와타나베 이타루『시골빵집에서 자본론을 굽다』

어느 시인은 "푸어라는 어종이 인간 생태계를 위협하고 있다"(공광규)고 쓴 바 있다. 워크 푸어, 하우스 푸어 같은 신종의 '어종'이 인간 생태계를 교란시킨다는 점을 재치 있게 표현한 것이다. "자본이 던진 낚싯바늘을 깊숙이 삼킨 어종"이라고 시인은 푸어의 의미를 풀이한다. 이 신종의 어종에 또 하나의 어종을 포함시켜야 할지 모르겠다. 그것은 바로 '타임 푸어Time Poor'이다. 시간 빈곤층이다.

나는 단순하고 소박한 삶이 나와 당신 삶의 대안이 되어야 한다고 생각한다. 그러나 나와 당신이 사는 대한민국에서 단순하고 소박한 삶을 사는 것이 그렇게 간단하지는 않은 것 같다. 어쩌면 그런 삶이야말로 부와 권력의 호패와도 같다고 말해도 좋으리라. 최근 한국고용정보원이 조사한 바에 따르면 한국 임금노동자 중 시간 빈곤층이 42%인 930만 명으로 추정된다고 보고한다. 하루 평균 여가 시간이 2시간도 채 되지 않는 것이다. 1주일 168시간 중 노동 등을 이유로 먹고, 자고, 씻는 등 인간적 삶을 유지하는 데 필요한 여가 시간을 보장받지 못하는 상태에 처한 사람들이 너무나 많은 것이다. 대한민국은 독일 작가 미하엘 엔데가 쓴 『모모』에 등장하는 '시간 도둑'들이 지배하는 식민지가 된 것이라고 보아도 좋으리라.

 이 작품에서 특히 인상적인 장면은 '니노의 빠른 레스토랑'이다. 잠시의 기다림조차 허용되지 않는 니노의 레스토랑을 찾은 모모는 너무 많이 먹지만 배가 부른 것 같지는 않다고 느낀다. 원형경기장에서 발군의 이야기꾼 기질을 뽐내던 니노 아저씨는 시간저축은행에서 파견된 시간 도둑들에게 자신의 시간을 몽땅 판 뒤 '떼돈'을 번다. 그런 니노 아저씨의 레스토랑을 찾은 모모가 "니노 아저씨한테 꽃들이랑 음악 얘기를 할 수도 없었어"라고 혼잣말하는 장면은 시간 도둑들의 식민지가 된 대한민국에서의 삶을 절로 연상시킨다.

 나와 당신의 정신줄을 잡아챈 우리 시대 '시간 도둑'들은 누구인가. 행복은 결국 나를 위한 시간의 활용에 있다는 점을 나와 당신은 망각한 것이 아닐까. 예의 『모모』에서 시간 도둑인 회색 신사들이 모두 연기처럼 사라지자 사람들이 한없이 많아진 시간에 행복해한다는 작품의 결말은 퍽 은유적이다. 독일 경제학자 베르너 온켄Werner Onken이 「경제학자를 위한 『모모』」(1986)라는 논문에서 시간저축은행에서 파견된 '회색 신사'를 현대의 금융자본주의를 표상하는 알레고리라고 간파한 대목은 그래서 퍽 의미심장하다. 그에 따르면 『모모』는 이른바 '시간을 잘 활용하자'는 식의 소위 착한 자기 계발 서적이 절대 아닌 것이다!

 이 점에서 소설 『모모』처럼 너무나 오독된 작품도 없을 법하다. 화폐경제를 기반으로 하는 근대 경제의 파괴적이고 자멸적인 속성에 대해 근본적으로 문제 제기를 하는 전복적인 작품으로 새롭게 읽어야 하는 이유가 여기에 있다. 미하엘 엔데가 1980년대 중반 일본 NHK 취재팀과 수년간에 걸쳐 인터뷰한 내용을 정리한 『엔데의 유언』(갈라파고스)에서 여실히 확인할 수 있다. 그는 말한다. "성장을 전제로 하고 성장을 강요하는 성격을 가진 현행 금융 시스템이 이 경쟁 사회를 만들어낸 근본 원인이다"라고. 그런 관점에서 본다면, 시간저축은행에서 파견된 회색 신사는 일종의 '매드 머니mad money'를 표상하는 존재라고 확언할 수 있으리라.

　미하엘 엔데의 이러한 문제의식은 다른 작품들에서도 여실히 확인할 수 있다. 『끝없는 이야기』(비룡소)를 비롯해 1990년대 독일에서 초연된 오페라 대본 〈하멜른의 죽음의 춤〉과 〈병 속의 악마〉 같은 작품이 그러하다. 오페라 대본 〈하멜른의 죽음의 춤〉에서는 중세 독일에 유행한 하멜른의 전설을 새롭게 해석하여 돈이 돈을 낳는 자본주의의 비인간적 본질을 그려내고자 했으며, 마지막 유작인 오페라 대본 〈병 속의 악마〉에서도 이자가 이자를 낳고, 격차가 격차를 낳는 금융자본주의의 본질을 파헤치고자 했다. 성장 강박증이라는 '나쁜 요술'에 빠져 오직 플러스 경제를 향해 눈먼 질주를 하는 삶의 방식 대신에, '시장 사회market society' 자체에 대한 근본적인 개안開眼과 회심回心을 촉구했다고 보아야 할 것이다. 모모가 거북이 카시오페아의 안내를 따라 마이클 호라 박사를 만나러 가는 장면에서 '뒷걸음쳐봐!'라고 말하는 장면은 강렬하다.

"뒷걸음쳐봐!"

모모는 그렇게 했다. 몸을 돌려 뒷걸음질을 치니 갑자기 전혀 힘들이지 않고 앞으로 나갈 수 있었다. 그런데 도무지 영문을 알 수 없는 일이 일어났다. **모모가 뒷걸음질을 치는 동안 생각도 뒷걸음쳤고, 숨도 뒷걸음쳤고, 느낌도 뒷걸음쳤다. 한마디로 모모의 삶이 뒷걸음쳤던 것이다!**

— 미하엘 엔데, 『모모』 중에서 (강조 : 인용자)

나와 당신은 지금의 삶의 방식과 궤도에서 이탈해 과연 '뒷걸음'을 칠 수 있는가. 이것은 오로지 개인이 감당하고 책임을 져야 할 노릇은 분명 아니다. 사회 전반에 걸쳐 '탈성장 사회'를 향한 조용한 전환이 요구되는 셈이다. 그런 점에서 미국 『워싱턴포스트』 기자로서 두 아이의 엄마인 브리짓 슐트Brigid Schulte가 쓴 『타임 푸어』(더퀘스트)는 시간 도둑이 지배하는 땅 대한민국에서 적극적으로 읽혀야 할 필요가 있다. 그것은 '시간 권리'를 위한 차원에서 그러하다. 이 책의 메시지는 간명하다. "시간의 주인이 되어 마음껏 일하고, 사랑하고, 놀아라!"라는 것이다.

나는 특히 이 책에서 덴마크 사람들의 시간관에 깊은 감명을 받았다. 덴마크 사람들의 경우 오후 5시부터 8시까지의 시간은 신성불가침에 가까운 가족의 시간이라고 한다. 우리의 경우 이 황금시간대에 방영되는 TV 프로그램을 보라. 갖은 '먹방' 프로그램 일색인 것에 비하면 전혀 딴 세상의 문법이 작동하는 것이다. 무엇보다 덴마크 사람들은 물건을 그렇게 많이 사지도, 만들지도, 모아두지도 않는다. 학교에서는 남녀 학생 누구나 '실과實科' 수업을 받아야 한다. "덴마크에서는 여가에 무엇을 하느냐가 곧 그 사람의 사회적 지위를 보여줍니다." 기자 신분인 저자가 덴마크 학자들에게 '어린아이를 둔 엄마가 일을 하는 것이 바람직한 일인가?'라고 묻자 누군가가 이렇게 답변했다는 대목에서 나는 쓴웃음을 지었다. "덴마크였다면 그런 질문 자체가 나오지 않았을 겁니다."

그렇다면 덴마크는 지상천국인가. 책에 묘사된 내용을 보면 꼭 그런 것만은 아닌 것 같다. 물가가 비싸고, 청소년 음주율과 자살률이 높으며, 이민정책에 반대하는 정치 세력이 점점 득세하고 있다. 그럼에도 불구하고 이 나라 사람들은 누구랄 것 없이 자신이 소중하다는 사실을 알고 있으며, 그것을 일상적으로 누릴 수 있는 사회적 여건 또한 형성되어 있음을 확인하게 된다. 다시 말해 일-사랑-놀이가 적절한 균형을 이룰 수 있는 개인적이고도 사회적인 여건이 구비되어 있는 것이다. 나는 특히 덴마크어로 '휘게^{Hygge}'라는 말에서 그 단서를 발견하게 된다. 이 말은 단순하고 소박한 '지금 이 순간'에 아름다움과 따스함을 발견하려는 덴마크 특유의 미학이라고 한다.

'휘게.' 지금 이 순간. 아이슬란드 조랑말을 탈 때는 아이슬란드 조랑말에 집중하라. 차 한잔을 마실 때는 진짜로 차를 즐겨라. 멋진 저택을 지나치면서 욕심과 질투가 고개를 들기 시작하면 지금의 내 집을 얼마나 사랑하는가를 다시 떠올려라. 기대를 낮추자는 게 아니라 현실적인 기대를 가지자는 것이다. "그게 바로 '휘게'입니다."

나와 당신은 여기에 묘사된 '휘게'를 지금 이 순간 구현하며 살고 있는가. 우리의 경우 어쩌면 이 질문에 대한 긍정적인 답변은 많지 않을지도 모르겠다. 1997년 IMF 외환위기를 겪으며 유례없는 돈의 폭력을 생생히 겪은 한국인들의 문화적 문법에는 지금도 여전히 무의식적인 불안과 공포를 유발하는 트라우마가 작동하고 있기 때문이다. 가계부채 1540조 시대는 언제 폭발할지 모르는 시한폭탄을 안고 살아가는 것과도 같다. 지금 이 순간을 즐기며 살아갈 수 있는 세 가지 차원의 건강한 생태학의 형성과 강화는 아직은 남의 나라 이야기에 불과하다. 세 가지 생태학이란 자연생태학, 사회생태학 그리고 마음생태학을 의미한다고 할 수 있다. 이 가운데 마음생태학이 가장 중요한 것은 말할 나위 없다. 지금의 나와 당신의 삶을 위한 상상력과 더불어 사회적 연대가 요구되는 것이 아닐까.

2014년 『시골빵집에서 자본론을 굽다』라는 책으로 우리나라 서점가에서 돌풍을 일으킨 일본의 와타나베 이타루渡邉格가 가장 영향을 받은 책이 마르크스의 『자본론』과 미하엘 엔데의 『모모』였다는 점은 의미심장하다. 와타나베 이타루가 운영하는 빵집은 요일별로 빵을 굽는 종류가 다르며, 일주일에 사흘은 가게를 닫고, 매년 한 달은 장기 휴가를 간다. 휴가가 많은 이유가 흥미롭다. "지금보다 더 빵을 잘 만들기 위해 빵을 안 만드는 시간이 필요하다"는 것이다! 단순한 제빵 기술자가 아니라 일과 생활의 조화가 이루어진 워크라이프 밸런스work-life balance의 한 모습을 여기에서 확인하게 된다. 우리나라 '빵집 잔혹사' 내지는 이른바 '치킨집 수렴의 법칙'을 생각하면 더욱 그러하다.

시간 빈곤층이 급증하는 사회는 좋은 사회가 아니다. 그런 사회에서의 삶은 진짜로 나 자신의 삶을 살아가기가 불가능하다. 나와 당신의 삶에는 시적인 향기가 필요하다. 이상국 시인의 「오늘은 일찍 집에 가자」라는 시를 결론을 대신해 소개하며 글을 맺는다. 나는 이 시를 수년 전 벌금을 내지 못해 스스로 징역형을 선택한 교도소 수형자들과 함께 읽은 적이 있다. 그들은 모두 시간 빈곤의 삶을 살아가는 우리 시대의 '장 발장'들이었다.

오늘은 일찍 집에 가자
부엌에서 밥이 잦고 찌개가 끓는 동안
헐렁한 옷을 입고 아이들과 뒹굴며 장난을 치자
나는 벌서듯 너무 밖으로만 돌았다
어떤 날은 일찍 돌아가는 게
세상에 지는 것 같아서
길에서 어두워지기를 기다렸고
또 어떤 날은 상처를 감추거나
눈물자국을 안 보이려고
온몸에 어둠을 바르고 돌아가기도 했다
그러나 이제는 일찍 돌아가자
골목길 감나무에게 수고한다고 아는 체를 하고
언제나 바쁜 슈퍼집 아저씨에게도
이사 온 사람처럼 인사를 하자
오늘은 일찍 돌아가서
아내가 부엌에서 소금으로 간을 맞추듯
어둠이 세상 골고루 스며들면
불을 있는 대로 켜놓고

숟가락을 부딪치며 저녁을 먹자

—이상국, 「오늘은 일찍 집에 가자」(『어느 농사꾼의 별에서』) 전문

언어의 감옥에서,
해방의 언어를 꿈꾸다

─서경식 『언어의 감옥에서 : 어느 재일조선인의 초상』

    2010년 늦가을, 한국작가회의가 주최한 '세계작가와의 대화' 행사의 스타는 단연 서경식 선생이었다. 선생이 발표한 「'한국문학'과 '세계문학'을 둘러싼 단상」과 「오늘날 '세계문학'으로서의 '제노사이드 문학'」은 무엇이 문학에서 새로운 보편성이어야 하는지를 근본적인 차원에서 되묻는 비평문이었다.
    선생은 특히 앞의 비평문에서 한중일 3국과 깊은 관련이 있는 윤동주 문학의 디아스포라^{Diaspora}적 보편성을 예로 들어, 기존의 '민족문학작가회의'라는 단체 이름을 '한국작가회의'로 변경한 것은 특정의 지역(남한)만을 '한국문학'의 범주로 스스로 국한함으로써 한 나라의 틀을 뛰어넘는 다양한 조선민족의 문학'들'을 결정적으로 간과하는 인식론적 퇴행을 보여주는 사례였다고 매서운 비판을 가했다. '한국문학'이라는 이름의 새로운 분류 체계와 명명법으로는 조선민주주의인민공화국 문학은 말할 것도 없고, 재일조선인 문학, 재중조선인 문학 같은 다양한 조선민족의 문학'들'이 존립 근거와 이유를 부정당하고, 새로운 민족문학적 통합의 가능성을 스스로 차단하게 되는 인식론적 퇴행이 아니냐 하는 우려 섞인 비판을 제기한 셈이다.

그런 점에서 서경식 선생이 한 나라의 틀을 뛰어넘는 조선민족의 문학을 포괄하는 의미에서 '민족문학'이라는 개념을 역제안한 것은, 소위 민족 사수파적 관점과 태도와는 거리가 멀다고 할 수 있다. 이 점은 "나는 근대 이후 조선민족의 경험에 바탕을 둔 문학을 너른 시야에 담는다는 의미에서 '민족문학'이라는 개념이 여전히 유효하다고 생각한다"고 한 선생의 언급에서도 확인할 수 있다. 작가회의 명칭 변경 논란 당시 명칭 변경을 옹호하고 지지했던 나뿐 아니라 행사에 참여한 작가회의 소속 문인들은, 무엇이 세계문학의 시대에 걸맞은 문학적 보편성인가에 대해 심사숙고할 수 있는 사유의 단서들을 얻을 수 있는 죽비를 얻어맞은 셈이다. 그래서 몹시 아팠지만, 문학과 세상에 대한 나와 우리들의 인식은 아픈 만큼 더 성숙해졌다고 말할 수 있을 것 같다.

서경식 선생의 이러한 비판적 문제의식은 세계문학 하면 서구중심주의적 정전을 연상하는 오늘의 문학 현실에서 우리가 다시 쓰고 만들어야 할 '세계문학'을 구상하고 형성하는 일에 있어서도 매우 귀중한 통찰을 던져주고 있다. 2010년부터 비서구 지역 문인들이 인천에 모여 지구적 세계문학을 생각하자는 취지에서 '인천AALA문학포럼'을 열고 있는데, 이것은 결국 무엇이 한국문학이고, 무엇이 세계문학인가를 성찰하자는 것이 아니던가. 여기서 우리 문학의 범주를 설정할 때, 선생의 지적처럼 '민족문학'을 통하여 전진해야 하며 '한국문학'으로 후퇴해서는 안 된다는 점은 명확하다. 우리 문학의 범주를 내 마음의 국경선으로 획정하는 일의 편협성과 위험성을 간과해서는 안될 것이다. 나는 그래서 서경식 선생을 말의 참다운 뜻에서 '작가'라고 생각한다. 무릇 작가는 무엇인가. 승산이 있을 때만 저항하는 존재가 아니라, 승산이 없어도 자기의 실존을 모어를 통해 온몸으로 표현하는 존재가 아니던가!

『언어의 감옥에서』(돌베개)는 국내에서 출간되는 작가 서경식의 두 번째 평론집이다. 책 제목이 암시하듯이, 이 책은 옛 식민지 종주국의 언어(일본어)를 모어로 삼아 글을 쓰는, 아니 써야만 하는 작가 서경식 선생의 수인囚人적 글쓰기의 운명을 상징적으로 표상하는 사례가 될 것이다. 실제로 이 책에서 다루고 있는 다양한 주제들 또한 책 제목에 드러나듯이, 재일조선인이라는 선생의 정체성과 조선민족의 삶의 현장을 자신의 모어인 일본어로 써야만 하는 작가의 실존적 자의식이 묘하게 팽팽한 긴장 관계를 형성한다는 점에서 각별한 주목을 요한다. 선생이 책의 제목을 '언어의 감옥에서'라고 정한 것은 바로 이 긴장 관계를 국내 독자들이 읽어달라는 의도가 깔린 것 아닌가 생각을 하게 된다. 바로 이 점이 이 책의 매력이요, 발화 자체의 특이성에서 비롯되는 작가 서경식의 글쓰기가 갖는 일종의 '저주받은 축복'의 글쓰기 결과물이라고 감히 말할 수 있으리라.

언어 내셔널리즘

이 책은 5년 전에 국내에 출간된 평론집 『난민과 국민 사이』(돌베개)

에 비할 때, '문학비평'에 해당하는 글들이 전면에 배치된 것이 특징적이다. 1부와 2부에 수록된 글들이 여기에 해당한다. 나는 1부와 2부에 수록된 선생의 비평문들을 보며 과연 우리 시대에 '문학비평이란 무엇인가' 하는 질문들을 수없이 자문자답하지 않을 수 없었다. 오늘날 우리 사회에서 문학비평이라고 하면 곧 작품 해설을 뜻하는 의미로 축소되어 유통되고 있다. 문학비평가 하면 시대의 흐름에 맞서서 저항하고 비판하면서 새로운 담론을 형성하는 일이 아니라, 옛 문화유산 해설을 하듯이 작품을 해설하는 '문학해설사'쯤으로 간주되고 있지 않는가. 미국의 한 비평가가 최근 미국 출판 시장에 진출한 신경숙의 『엄마를 부탁해』(창비) 서평에서 "김치 냄새가 나는 눈물 짜는 소설"이라고 혹평을 가하는 일이, 우리네 주류 문예지에서 허용될 수 있는 비평 행위가 될 수 있을까. 나는 물론 외국 사례를 들어 우리네 문학 시장의 치부를 비판하려는 너스레 따위는 하지 않으련다. 누워서 침 뱉기가 될 뿐만 아니라, 나 자신이 문제 삼고 싶은 것은 시장 권력이 절대 권력을 행세하는 어디라도 비평 정신이 살아 있어야 하지 않겠느냐 하는 점을 말하려고 하기 때문이다.

이 점에서 작가 서경식 선생이 온몸으로 보여주는 비평적 고투와 실존의 모어들은 만일 당신이 글쓰는 자라면 시대를 표상하는 문장의 사표로 삼아도 좋을 것이다. 「모어라는 폭력-윤동주를 생각한다」를 보라. 윤동주의 「서시」 번역을 둘러싼 일본 내 논쟁에 가세해 쓴 이 글은 재일조선인 작가 서경식의 발화 스탠스와 함께 선생의 글쓰기 전략과 가치 지향을 한눈에 보여주는 명문이다. 일본 작가 이부키 고伊吹郷는 왜 "모든 죽어가는 것들을 사랑해야지"라는 원시原詩의 표현을 "모든 살아 있는 것들을 사랑해야지"라고 의역을 했는가. 그리고 이러한 번역의 문맥에는 어떤 방식으로 '계속되는 식민주의'가 작동하는가.

선생은 이 글에서 하나의 시구절을 두고 작동되는 무의식의 권력 체계, 즉 옛 식민지 종주국과 피지배자인 재일조선인 사이에 작동하는 지知의 식민주의적 지배 구조에 대해 탁월한 통찰력을 행간에 부려놓는다. 번역이라는 절대 권력을 행사하는 일본 작가 이부키 고와 같은 옛 식민지 종주국 사람들의 심적 경향을 '가부장적 온정주의'라고 비판하는 대목에 이르면, 절로 무릎을 치지 않을 수 없다. 나는 이 대목에서 국제결혼 여성과 탈북 이주민을 위한, 다문화정책이라는 이름으로 추진되는 정부 정책을 생각하게 된다. 이들 정책의 본질이란 결국 윤동주 시 번역 과정에서 작동하는 무의식과 같은 방식으로, 적응과 동화 위주의 아류 제국주의적 무의식을 기념하는 문화 현상을 읽을 수 있다는 점에서 그렇다. 이와 같은 현상에 대해 선생은 『고통과 기억의 연대는 가능한가?』(철수와영희)에서 '국익에 의해 편성되는 다문화주의'라고 명명한 바 있다.

선생의 경우 계속되는 식민주의는 일상이다. 그래서 그만큼 재일조선인이라는 정체성은 균열되기 십상이다. 이러한 선생의 "으스러진 설움의 풍경"(김수영)을 잘 포착할 수 있는 텍스트가 파울 첼란, 장 아메리, 프리모 레비에 관한 비평문들이다. 특히 언어 내셔널리즘이라는 교묘한 상징조작의 형태로 표출되는 일본의 '계속되는 식민주의'에 대한 섬세하고도 발본적인 비판은 이 책을 읽는 즐거움이 될 것이다. 파울 첼란이 브레멘문학상을 받고서 한 연설의 유명한 첫 줄을 "생각한다denken와 감사한다danken는, 우리 국어에서는 같은 기원을 가집니다"라고 일본어로 번역한 경우를 비판한 대목이 그러하다. 독일어 원문의 'Sprache'는 '언어'로 번역해야 하지 않던가.

이 점은 선생 또한 일상적으로 언어 내셔널리즘의 폭력을 감내해야 하는 절대 고독의 상황에서 이들 작가에 대한 '고통과 기억의 연대'의 정신이 유감없이 잘 드러난 사례라고 단언할 수 있다. 이 책을 보며 선생이 쓴 프리모 레비 평전을 자꾸 들추어 보게 되는 것도 선생의 고독한 운명을 생각하는 마음 때문은 아니었을까. "나 자신은 재일조선인 2세이고 모어는 일본어지만 일본어가 옛 지배자의 언어였다는 것, 원래 모어였어야 할 조선어를 태생적으로 박탈당했다는 것을 항상 의식하지 않을 수 없었다." 이 진술은 이 책 『언어의 감옥에서』뿐만 아니라, 선생의 사유와 실천을 일관하는 언어(모어) 의식이고, 바로 여기가 선생의 예리한 평문들이 나올 수 있는 상상력의 수원지랄 수 있을 터이다.

오해는 마시라. 역자인 권혁태 선생도 지적했지만, 작가 서경식 선생의 사유와 글쓰기를 재일조선인이라는 존재에서 읽어내는 것은 매우 중요하지만, '재일조선인이기 때문에 가능한 사유'로 환원하는 일은 결코 적절하지 않다. 같은 재일조선인지만, 선생이 작가 이양지^{李良枝}를 비롯한 재일조선인들의 균열된 정체성에 대해서 비판적 글쓰기로 힐문하는 데에서도 확인할 수 있다. 선생이 이양지의 에세이 「후지산」에서 일본의 국가주의에 침몰된 작가 정신의 '퇴락'의 징후를 읽어내는 게 그 좋은 예가 될 것이다.

지식사회의 집단적 책임 회피

이 책의 참된 가치는 3부라고 단언할 수 있다. 1부와 2부의 글들에서 보여주는 세계와 역사와 문학(문화)에 대한 선생의 웅혼한 통찰력은, 실상 3부의 글들이 연출하는 격렬한 내전의 드라마 없이는 쓰여질 수 없으리라는 점에서 그렇다. 선생은 3부의 글에서 패전 후 일본인들이 극우파는 말할 것도 없고, 일본 내 리버럴파는 물론이요, 한국의 일부 역사수정주의 학자(박유하)에 이르기까지 일종의 공모 관계를 형성하여 과거사 문제에 관한 한 '무책임의 체계'를 완고히 구축하는 중이라고 말한다. 이 불순한 공모 관계를 증언하고 고발하는 선생의 글쓰기는 비유적으로 말하자면 우공이산愚公移山의 그것을 연상시킨다.

선생은 3부의 글에서 와다 하루키和田春樹, 우에노 지즈코上野千鶴子, 하나자키 고헤이花崎皋平 등 일본 내 리버럴파에 대한 매서운 비판을 수행한다. 그러고는 이들 리버럴파가 도착적 피해 의식, 나르시시즘석 역사의식, 대항적 국가주의 등의 자기중심적 유아 정서에 머물렀다는 '전황戰況 보고'를 내놓는다. 이와 같은 전황 소식을 전하는 선생의 숨소리는 사뭇 가쁘다. 일본 내 리버럴파에도 선생의 '친구들'이 많지 않기 때문이다. 이 책에 드러난 선생의 친구(?)로는 다카하시 데쓰야高橋哲也 정도가 유일하게 선생과 호흡이 맞는 듯 보이지만, 이 책의 문맥으로만 보아서는 좋은 친구인지는 판단이 서지 않는다. 어쨌든 선생은 이 책에서 패전 후 책임론으로부터 자유로울 수 없는 일본 지식사회의 집단적 책임회피론에 환멸을 하면서도 싸움을 주저하지 않는다. 나는 반동의 시대와 사회를 사는 선생의 이 싸움의 동력이 어디에서 비롯되는지 혀를 내두를 수밖에 없다.

또 하나 간과할 수 없는 사실이 있다. 한국인 학자 박유하의 『화해를 위하여』 일본어 판본(2007) 서문에 한국어판에는 없는 문장 한 줄이 추가된 점을 통해 박유하와 일본 내 리버럴파의 제휴 관계를 비판한 대목 또한 이 책의 성취가 아닐까 싶다. "일본의 지식인이 자신에 대해 물어왔던 만큼의 자기비판과 책임 의식을 지금껏 한국은 가진 적이 없었다." 선생은 박유하의 이 표현 등에 대해 과연 "그 글을 누구를 향해 썼느냐"(「화해라는 이름의 폭력」)고 조목조목 비판을 가한다. 2009년에 쓴 박유하의 에세이에 대해서는 프리모 레비의 「회색지대」를 통해 역비판하는 대목은 비판적 글쓰기의 한 모범 사례로 보아도 좋을 것이다.

나는 선생의 삶과 글쓰기를 생각할 때, 이 책의 「『태양 속의 남자들』이 던지는 물음」이 계속되는 식민주의 상황에 처한 재일조선인이라는 선생의 운명을 은유하는 표상은 아닐까 생각하게 된다. 그런 점에서 "탱크 벽"에 갇힌 선생의 모어적 글쓰기는 결국 '탱크 벽'에서 해방되는 그날을 꿈꾸는 언어가 아닐까 하는 생각을 하는 것도 나만의 억측은 아닐 것이다. 그 해방의 날, 선생은 베트남 음식점에서 "자포네(일본인)?"라는 가게 주인의 말에 "논, 코레안(아니오, 조선인입니다)"이라고 즉답할 수 있으리라고 생각한다.

나는 4월 16일을 살고 있다

화재경보로서의 육성

집이 불타지 않게 해주세요

폭격기가 뭔지 모르게 해주세요

밤에는 잘 수 있게 해주세요

삶이 형벌이 아니게 해주세요

엄마들이 울지 않게 해주세요

아무도 누군가를 죽이지 않게 해주세요

누구나 뭔가를 완성시키게 해주세요

그럼 누군가를 믿을 수 있겠죠

젊은 사람들이 뭔가를 이루게 해주세요

늙은 사람들도 그렇게 하게 해주세요

―베르톨트 브레히트, 「아이들의 기도」 전문

4월 16일 이후 나와 우리의 일상은 철저히 파괴되었다. 그날 이후 너덜너덜해진 나와 우리들은 좀처럼 일상의 감각을 회복하지 못하고 있다. 함민복 시인이 "숨 쉬시기도 미안한 4월"이라고 한 표현은 결코 과장이 아닌 것이다. 단 한 사람이라도 최후의 생존자가 귀환하기를 온 마음으로 기도했지만, 그런 '기적'은 일어나지 않았다. 2014년 4월은 부서진 4월로 기록될 것이다.

이러한 나의 마음을 위로해준 것은 책이었다. 나는 베르톨트 브레히트의 시를 읽었고, 아우슈비츠 강제수용소에서 극적으로 귀환한 생존자들의 기록을 찾아 문장과 문장 사이를 눈과 손으로 더듬었다. "삶이 형벌이 아니게 해주세요"라는 브레히트 시의 표현을 보며 한세상 함께 사는 죄에 대해 생각하지 않을 수 없었다. 그리고 나는 다시 책을 읽었다. 프리모 레비의 『이것이 인간인가』(돌베개), 장 아메리의 『죄와 속죄의 저편』(길), 그리고 빅토르 프랑클의 회상록 『책에 쓰지 않은 이야기』(책세상), 파울 첼란의 시집 『죽음의 푸가』(민음사) 같은 책들을 찾아 읽었다. 고통스러운 상황에서는 자신이 현재 처한 상황보다 더 고통스러운 경험을 겪은 사람들의 이야기를 읽어야 진짜 위로가 될 수 있다는 경험적 진실 때문이었다. 고2 때 셋째 형이 자살한 이후 막막했던 십 대 시절에 체험한 나의 별난 독서 치료는 지금도 계속되고 있는 것일까. 그 시절 나를 구원한 것은 중국 작가 루쉰의 문장들이었다. 「광인일기」의 마지막을 장식하는 "아이들을 구해야 한다"라는 문장을 읽었을 때의 강렬한 충격이 30년이 지났지만 여전히 생생하게 전해온다. 세월호 참사는 광인의 식인食人 공포증이 전혀 기우가 아니었음을 증언하고 있다고 보아도 틀리지 않으리라.

그러나 당신도 알고 나도 알고 있듯이, 고통에 처한 사람들을 위로하고 애도할 수 있는 우리들의 언어 목록은 너무나 빈약하다. 때로는 차라리 침묵하는 편이 더 나을 수 있다. 나와 당신 또한 이 점을 모르지 않는다. 아우슈비츠 강제수용소에서 생환한 사람들의 책을 찾아 읽은 것도 그런 이유와 무관하지 않을 법하다. 그들의 글쓰기에는 언어절言語絶의 참사를 겪은 사람 특유의 화재경보로서의 육성을 행간에서 들을 수 있다. 그들의 몸과 마음에 각인된 강제수용소의 경험이 가혹할수록 그들이 육성으로 전하려는 이야기는 그래서 언제나 기도처럼 들려온다. 장 아메리가 『죄와 속죄의 저편』에서 "나는 화재경보를 울린다"라고 쓴 문장에서 여실히 알 수 있다.

어쩌면 나는 4·16 재난 이후 '이것이 인간인가?'(프리모 레비)라는 질문에 대한 답을 찾고 싶었는지도 모르겠다. 아니다, 그렇지 않다! 나는 이 언어절의 상황 자체를 회피하고 싶어서인지도 모른다. 이런 책들을 읽고 나 자신은 지금의 이 참혹한 재난과 전혀 무관하다고 하는 알리바이를 증명하고 싶어 했는지도 모른다. 이른바 '국가 없는 국가주의'(발리바르)가 부른 대재난 앞에서 나는 그렇게 나 자신을 합리화하려 했던 것인지도 모르겠다. 그러나 나와 당신은 알고 있다. 인간이 사는 곳에서는 오직 '인간'만이 진실이고 답이라는 사실을! 그래서 나는 책을 읽었고, 지금도 읽고 있다. 인간적인 '인간성'을 확증하는 답을 찾기 위하여!

"히틀러가 사후에 승리한 것이 아닌가"

그러나 인간적인 인간성은 저절로 구해지는 것이 아니다. 우리는 고통의 연대를 통해서만 인간적인 인간성을 가까스로 얻을 수 있는 것인지도 모른다. 저 1980년 5월에서 우리는 그 교훈을 얻었다. 그러나 사정은 어떠한가. 세월호 참사 이후 우리가 목격한 것은 국가의 책임 의식 또한 철저히 침몰했다는 것이다. 지그문트 바우만이 국가 없는 시대를 살고 있다고 진단한 현상과 정확히 포개지는 형국인 셈이다. 문제는 우리의 아픔과 좌절 또한 깊은 내상을 남긴 채 좀처럼 해소되지 않는 분노의 감정으로 남아 있다는 점이다. 재난 이후 진정한 애도가 이루어지지 않은 현상과 무관하지 않다. 우리는 아직도 상중喪中인 것이다.

과연 진정한 애도가 가능할까. 애도의 (불)가능성을 묻는 질문은 결국 우리의 이성은 함께-살기라는 공생의 감각과 연결되어 있느냐 하는 문제라고 할 수 있다. 다시 말해 이성과 공생을 연결하는 문제가 일대 공안公案이 된 것이다. 이 문제를 풀기 위해서는 결국 기억 투쟁의 문제와 직면하지 않을 수 없다. 저 1980년 5월 이후가 그러했던 것처럼. 그러나 최근의 우리 상황을 보면 낙관보다는 비관적 전망이 우세한 것은 어찌할 수 없다.

아우슈비츠 강제수용소에서 생존한 장 아메리가 "가끔 히틀러가 사후에 승리를 거둔 것이 아닌가?" 하는 탄식을 읊조린 것도 그런 사회적 현상과 결코 무관하지 않았다. 1976년 자살을 시도하며 스스로 죽음을 선택할 수 있다는 자유죽음론을 옹호한 장 아메리는 1978년 잘츠부르크의 어느 호텔에서 수면제 과다 복용으로 끝내 목숨을 끊었다. 세월호 참사 이후 애도의 (불)가능성을 성찰하는 이 지면에서 장 아메리의 자살을 언급하는 것은 무엇 때문인가. 나 또한 자유 죽음론을 역설한 장 아메리의 주장과 행동에 어쩌면 깊이 공명하기 때문인지도 모른다. 세 통의 유언장 중 하나에 "나는 밖으로 가는 길 위에 있다. 그것은 쉽지 않다. 그러나 그것은 하나의 구원이다"라고 그는 썼다. 장 아메리는 진정한 애도의 불가능성을 온몸으로 증언하고자 한 것이리라.

지금 여기에서 이루어지는 세월호 이후의 기억 투쟁이 중요하다. 고은 시인이 "우리 모두 빵(0)으로 돌아가/ 다시 하나둘 시작해야 하겠습니다/ 나도 너도/ 나라도 무엇도 다시 첫걸음 내디뎌야 하겠습니다"(「이름 짓지 못한 시」)라고 쓴 이유도 기억 투쟁의 중요성을 언급한 대목이라고 할 수 있다. 그러나 이러한 재난 앞에서 문학은, 예술은, 언제나 항상 무력했다. 문학은 병원을 지을 수 있는 힘도 없고, 학교를 세울 힘도 없다. 그러나 문학이 할 수 있는 일은 "우리가 바꾸려던 세계가 우리를 바꾸어 버렸다"(현기영)는 사실을 정면으로 응시하며 누군가의 '옆에서' 함께 우는 일이다. 이른바 '있어줌'의 윤리학이야말로 문학의 윤리학이라고 확언해도 좋을 법하다.

미국 작가 수전 손택이 "문학은 더 큰 삶, 다시 말해 자유의 영역에 들어가게 해주는 여권"이라고 한 맥락도 이 의미와 그리 멀지 않다. "아름다움에 압도되는 능력은 놀라울 정도로 억센 것"이라는 오래된 믿음이 부정당할 때, 우리는 지금의 폐허를 넘어설 수 없게 된다. 그래서 지금 우리에게 필요한 것은 다른 무엇도 아닌, 세계관世界觀이 아니라 '세계감世界感'이어야 한다. 세월호와 무관하게 쓰였지만, 이문재 시인이 쓴 「오래된 기도」라는 시를 그날 이후 자주 들여다보곤 했던 것도 그런 세계감의 필요성을 절감한 나의 생각과 무관하지 않으리라. 나는 "가만히 눈을 감기만 해도/ 기도하는 것이다"라는 이문재 시인의 표현에 자주 울컥하곤 했다.

그럼에도 불구하고 우리는 각자도생各自圖生의 처세술을 내면화하는 방식으로 회귀하고 있는 것 같다. 2014년 5월 복수의 여야 국회의원들이 〈수영교육 활성화 방안 토론회〉를 개최하려다 취소한 사건을 보며 나는 진짜 기함하는 줄 알았다. 아마도 나만 그랬던 것이 아니었으리라. 그러나 이것이 단순한 실수였을까. 우리는 이 체제 바깥을 전혀 사유하지 못하고, 전혀 상상하지 않으려는 후천적 상상력결핍증후군을 심하게 앓고 있는 것이 아닐까. 이런 세상에서 세상 자체가 위험한데 내 아이는 안전할 수 있다고 믿는 것은 일종의 아Q식 정신승리법에 불과하다. 각자도생의 처세술이란 실상 지배 세력에 의해 언제든지 각개격파를 당하기 쉬운 통치술의 한 형태일 수 있다.

이 점에서 로마제국을 멸망하게 한 역사 속 야만인을 기리는 시를 남긴 카바피Constantine P. Cavafy의 「야만인을 기다리며」는 중요한 참조점이 될 수 있다. "왜 우리가 이렇게 광장에 모인 거지?/ 야만인들이 오늘 도착한다나 봐." 로마제국의 시민들은 야만인의 도래 앞에서 비로소 자신의 동일자로서의 한계를 자각하게 되었다. 그리고 제국의 불가능성 자체를 되묻게 되었다. 송경동이 「우리 모두가 세월호였다」라는 시에서 "이 세월호의 항로를 바꾸어야 한다/ 이 자본의 항로를 바꾸어야 한다"고 한 맥락 또한 이러한 동일자의 지옥에서 벗어나려는 탈출 행위라고 할 수 있으리라. 우리는 야만인을 기다려야 할 뿐만 아니라, 우리 자신이 '야만인'이 되어야 하는지 모르겠다. 이른바 관제 기억에 맞서는 일종의 대항 서사가 필요한 것은 말할 나위 없다. 우리가 말하고, 쓰고, 읽고, 토론하며 스스로의 존엄을 지킬 뿐만 아니라 함께 살기에 대한 감각을 외면해서는 안 되는 이유가 여기에 있다.

국가 없는 국가주의를 넘어서

세월호 유족들이 요구하는 수사권과 기소권이 있는 '세월호 특별법'을 제정하는 것이 중요하다. 그러나 제대로 된 세월호 특별법이 제정될지는 여전히 의문이다. 특별법 제정의 본질은 '사고'냐 '사건'이냐는 정명正名을 둘러싼 싸움으로 나타나고 있다. 소설가 박민규가 "이것은 국가가 국민을 구조하지 않은 '사건'이다"라고 언명한 것도 정명의 문제가 결국 세월호 참사의 핵심 본질이라는 것을 누구보다 잘 알고 있기 때문이리라. 다시 말해 왜 국가가 만든 문제를 개인이 책임져야 하는가 하는 질문이라고 할 수 있다. 우리는 이 의미를 잘 알고 있다. 1980년 5월 이후 '폭동'에서 '사태'를 거쳐 '민주화항쟁'으로 이름을 바꾸는 과정 자체가 우리나라 민주주의의 한 과정이었기 때문이다.

이 점에서 세월호 사고로 규정하려는 관제官製 기억에 대항하는 일종의 대항 서사가 필요한 것은 당연하다. 1980년 5월 이후 광주사태라는 이름의 유일·확고한 관제官製 기억과 공공 기억에 맞선 것은 슬픔의 지리학을 넘어 분노의 정치경제학을 구현하고자 한 문학적 정의正義의 방식이었다. 5월 이후 극심한 패배주의, 공포심(레드콤플렉스), 자책감, 체념적 숙명론, 허무주의 사고에 점령당한 우리들의 배반당하고 억압당한 유토피아에의 꿈과 사유를 다시 환기한 것이 문학의 수행적 역할이었다. 그런 점에서 저 4월 이후의 문학 또한 생생한 대항적 기억 문화를 형성하는 데에서 자신의 몫을 할 필요가 있다.

나는 물론 역사학자 강만길이 말한 "역사는 인간 이상의 현실화 과정이다"라는 도저한 낙관주의를 쉽게 믿지 않는다. 그러나, 그럼에도 불구하고, 이 명제 자체를 부정하지도 않는다. '뜻'에서 '뜻'으로 이어지는 역사적 운동의 저류를 이해하고 공감하려는 태도는 지금 이곳에서 어느 때보다 요구된다고 말할 수 있으리라. 유족들을 비롯해 민중들의 집합 기억을 통해 당대 권력의 지배 서사에 맞서 그 자체로서 또 다른 역사를 상상하며 대안 서사를 만들고자 한 기억 투쟁의 의미가 더 중요해졌다고 할 수 있기 때문이다.

이제 4월 16일은 단순한 기념일이 아니다. 기념일이란 크로노스적 시간으로서 언제든지 폐허의 시간화 또는 시간의 폐허화로 변질될 수 있다. 기념일이란 언제든지 멜랑콜리의 우울한 시간으로 화할 수 있음을 우리는 직시해야 하는 것인지도 모르겠다. 이 폐허를 직시하려는 용기가 필요한 것은 당연하다. 애도란 누군가가 "자기 안에 타자의 묘소를 마련하는 일"(자크 데리다)이라고 했던가. 탐욕, 몰염치, 무책임의 시대에, 우리는 애도를 통해 분노의 정치경제학을 지상에 구현해야 함은 물론이요, 지금의 '엘리트 패닉' 상태로는 공통적인 것 The common을 지킬 수 없다는 사실을 직시해야 마땅하다. 지금의 국가 없는 국가주의를 넘어 '다른 나라'를 상상하고 사유하기 위해! 사사키 아타루가 책 제목으로 사용해 유명해진 "잘라라, 기도하는 그 손을"이라는 파울 첼란의 시적 표현 같은 개안開眼과 용기가 더 많이 필요할지 모르겠다. 이 과정에서 세월호 참사의 한 원인으로 지목된 변침變針의 의미가 나라의 변침을 뜻하는 의미로 전환될 수도 있을 것이다.
　나는 아직도 4월 16일을 살고 있다.

{ 에필로그 }

터 무늬 있는
'비빌리힐스'를 꿈꾸며

『오래된 미래』(녹색평론사)를 쓴 저자로 유명한 헬레나 노르베리 호지가 2012년에 펴낸 책 『행복의 경제학』(중앙북스)에 나오는 일화 한 대목이 생각난다. 그녀가 1970년대 중반 라다크를 처음 방문했을 때 그곳 청년에게 "이 마을에서 가장 가난한 집을 보여달라"고 부탁했다. 그러자 청년은 "여기에는 그런 집이 없어요"라고 딱 잘라 말했다. 그런데 10년이 지난 후 다시 방문했을 때, 그녀는 예전의 그 청년이 외국 여행객들을 향해 "우리를 도와주셨으면 해요. 우리는 너무 가난해요"라며 구걸하는 장면을 목격했다고 한다.

이 일화에는 많은 이야기가 함축되어 있다. 하나는, 라다크 사람들이 '세계화'의 얼굴로 변장한 서구 문명을 자신들의 문화보다 우월한 것으로 간주하고 '선망의 문화'를 내면화하는 과정이 바로 세계화 과정이었음을 엿볼 수 있다. 그리고 서구식 근대화를 해야 한다는 심리적 압

박과 함께 자기 문화에 대한 열등감을 스스로 부추기며 쓰디쓴 자기혐오라는 감정의 구조를 견고히 구축해온 과정이 세계화의 그늘이라는 점 또한 확인할 수 있다. 이러한 과정이 라다크 자신의 고유문화였던 자급자족과 협동 그리고 교환에 기반을 둔 경제 시스템을 스스로 붕괴시킨 것은 말할 나위 없다. 어쩌면 마을공동체가 남아 있는 것 자체가 퍽 이상하다고 해야 할까. '터의 무늬'가 없는 삶, 말 그대로 '터무니없는' 삶의 문화를 자초한 셈이랄까.

우리라고 해서 라다크 사회와 과연 다를까. 최근에 읽은 김금희의 「집으로 돌아오는 밤」, 박완서의 「옥상의 민들레꽃」, 이상섭의 「웨일맨, 나의 아버지」, 표명희의 「내 이웃의 안녕」, 최용탁의 장편소설 『즐거운 읍내』 같은 소설들에 나타난 우리네 삶터와 일터의 풍속도에 대해 생각해보자. 궁전아파트 칠층에서 할머니가 투신자살(박완서)을 하고, 월마트와 맥도날드 매장 같은 전 지구적인 공간이 우리네 삶터와 일터를 지배(이상섭)한 것은 어제오늘의 일이 아니다. 공동주택에 사는 이웃 간에는 흡연 문제 같은 사소한 층간 다툼(표명희)이 그치지 않고, '새가정아파트'는 도시개발로 철거 위기(김금희)에 처해 있으며, 농촌공동체 또한 이제 장렬한 최후(최용탁)의 순간을 눈앞에 두고 있는 것으로 묘사되고 있다.

박완서와 김금희의 작품이 특히 인상적이다. 박완서 소설에서 투신자살한 할머니의 죽음 이후 결성된 주민대책회의에서 누군가가 베란다에 '쇠창살'을 만들자고 제안하고, 누구랄 것 없이 아파트 값이 '똥값'되는 사태를 걱정하며 할머니의 자살을 서로 입단속하자고 공모한다. 김금희 소설에서는 고향을 떠나 낯선 타지에서 삼십 년 넘게 살도록 한 아버지 세대의 생의 부력^{浮力}에 대한 탐사가 자식 세대의 관점에서 전개된다. 자식 세대의 눈에 비친 정주^{定住}와 이주^{移住} 사이의 그 아슬아슬한 생의 부력은 무엇이었을까. 1979년생인 김금희는 "이곳에 정주하지 않겠다"는 다짐이야말로 아버지 세대가 타지 삶을 견디게 한 힘이었노라고 보고하고 있다.

위 소설들이 전언하는 우리 시대 삶터와 일터의 풍속도가 과장된 것일까. 그렇지 않으리라. 생명보다 돈을 더 숭배하는 시장전체주의가 지배하는 우리 사회에서 일터에 관한 묘사는 그 어떤 수사로도 충분하지 않을 만큼 상황이 가혹하다. 자신의 일터에서 처세를 추종하는 몸과 마음으로 변신하지 않으면 생존^{Zoe} 자체마저 어려운 형국에 처한 것인지도 모르겠다. 우리가 주목해야 하는 장소^{place}가 온기가 있고 인기척이 살아 있는 생명^{bios}의 삶터라는 사실을 누구도 부정하지 못하는 이유가 여기에 있다. 이 점에서 철거 예정인 빈집 담벼락에 누구도 알아보지 못할 기호를 적는 소설 속 할머니의 행위를 응시하는 김금희의 문체가 퍽 감동적이다. "불가해한 기호들인데도 여러 번 읽자 어떤 온도가 느껴졌다."

온도! 사람 사는 인정이 있고, 인기척이 살아 있는 '터전'의 중요성은 아무리 강조해도 지나치지 않으리라. 우리 사는 삶터가 서로가 서로에게 작은 '비빌 언덕'이 되고, 기쁨의 공동체가 되어야 한다는 오랜 믿음은 쉽게 포기할 수 없는 유구한 에토스^{ethos}가 아닐까. 그리스 시대 최대의 형벌이 자신이 사는 토착적 에토스에서 강제로 '추방'되는 것이었다는 사실은 무엇을 말하는가. 이 점에서 나는 우리 사는 삶터가 소위 '비빌리힐스^{비빌里Hills}'가 되어야 한다고 감히 주장하련다. '비빌 언덕'이라는 우리말에 마을^里과 언덕^{Hills}을 뜻하는 한자와 영어를 조합해 재미있게 표현하고자 한 말이다. "마을[里]에는 비빌 언덕이 있어야 한다" 내지는 "마을[里] 자체가 비빌 언덕이 되어야 한다"는 의미를 함축하고자 한 조합어이다.

우리 사는 삶터가 '비빌리힐스'가 되었을 때 비로소 우리네 삶터는 서로가 서로에게 '있어줌'의 존재론을 구현하고, 내면의 야생성을 회복하는 장소의 혼으로서 제 기능을 회복하게 된다. 있어줌이란 철학자 고병권의 해석처럼 '존재(있음)'와 '선물(줌)'이 일치되는 경험이다. 그것은 저마다의 '존재'가 곧 누군가에게 '선물'이 되는 가능성을 신뢰하는 것이다. 그런 있어줌이 실현되는 터전에서는 언제나 터의 무늬가 선명하고 삶의 향기가 진하게 묻어 나올 것이다.

2014년 7월 말 안양 평촌아트홀을 찾은 미국 교육자 크리스 메르코글리아노^{Chris Mercogliano} 또한 강연회에서 "우리는 저마다 초원의 들꽃 같은 야생성을 회복해야 한다"고 강조한 바 있다. 이어 그는 "들꽃에게 필요한 것이 있다면 트랙터와 제초기, 탐욕스러운 부동산 개발업자로부터 보호받는 일뿐이다"라고 덧붙였다. 갈수록 우리 사는 터전이 고유의 장소성을 잃어버린 채 '터무니없는' 삶으로 변질되는 시절에, 과연 무엇이 '터의 무늬'를 지키고 향유하는 것인지에 대해 생각하게 한다. 어쩌면 그것은 지역화와 분권화를 내실화하는 데 있을 것이다. 그 길이야말로 '경제소국 문화대국'의 복지국가를 지역 스스로 준비하고 구현할 수 있는 거의 유일한 대안이지 않을까 싶다.